新民说　成为更好的人

细读金庸

一部严肃的古代社会史

吴钩 著

广西师范大学出版社
· 桂林 ·

细读金庸：一部严肃的古代社会史
XIDU JINYONG: YIBU YANSU DE GUDAI SHEHUISHI

图书在版编目（CIP）数据

细读金庸：一部严肃的古代社会史 / 吴钩著. -- 桂林：广西师范大学出版社，2024.6（2024.11 重印）
ISBN 978-7-5598-7035-3

Ⅰ.①细… Ⅱ.①吴… Ⅲ.①金庸（1924-2018）－侠义小说－小说研究②社会史－研究－中国－古代 Ⅳ.①I207.425②K220.7

中国国家版本馆 CIP 数据核字（2024）第 107864 号

广西师范大学出版社出版发行
（广西桂林市五里店路 9 号　邮政编码：541004）
网址：http://www.bbtpress.com
出版人：黄轩庄
全国新华书店经销
广西广大印务有限责任公司印刷
（桂林市临桂区秧塘工业园西城大道北侧广西师范大学出版社集团有限公司创意产业园内　邮政编码：541199）
开本：880 mm × 1 240 mm　1/32
印张：9.75　　　字数：229 千
2024 年 6 月第 1 版　　2024 年 11 月第 3 次印刷
定价：88.00 元

如发现印装质量问题，影响阅读，请与出版社发行部门联系调换。

目 录

i 自序 我为什么要写这本闲书

第一辑 服饰·化妆

003 宋人簪花的时尚
009 江湖儿女不缠足
014 黄蓉会如何穿搭
019 张无忌怎么给赵敏画眉
024 契丹人的胸膛真有狼头刺青吗

第二辑 美食·饮品

033 段誉饮的是什么茶
038 乔峰喝的是什么酒
044 黄蓉的厨艺在宋朝很厉害吗
048 洪七公的口福
054 曲灵风能不能吃到花生米
060 张翠山在冰火岛住了那么多年,为什么不会得坏血病

065　宋朝的江湖好汉不吃猪肉吗
072　乔峰为什么要吃狗肉

第三辑　日常卫生・日用品

079　杨过如何剪指甲
086　梅超风如厕后怎么清洁
093　行走江湖的人怎么洗澡
100　大侠们每天会刷牙吗
108　小龙女如何处理月事
114　行走江湖要不要随身带着火折子
122　郭靖、黄蓉家里有没有棉被
129　有没有大侠戴眼镜

第四辑　婚恋・生育

137　郭靖应该怎么向黄药师提亲
146　郭靖与黄蓉是怎么避孕的
151　欧阳锋与嫂子私通，会受什么刑罚
157　张无忌悔婚，周芷若能起诉他吗
163　韦小宝是不是犯了重婚罪
170　宋朝娘子可"休夫"

第五辑　商业・财富

179　郭靖第一次请黄蓉吃饭花了多少钱
185　韦小宝贪污了多少钱
190　韦小宝真的可以从怀里掏出一大沓银票吗

196　镖局是个什么组织
202　丐帮帮主的财富知多少
208　江湖门派哪来的经济收入

第六辑　社会·制度

217　为什么说江湖社会形成于北宋
223　为什么说朱元璋时期的江湖很寂寞
229　乔峰真要生在宋朝，又何必自杀
234　虚竹是不是一个奴隶主
239　袁承志能在海外建立一个共和国吗

第七辑　武器·武功

247　为什么剑客与刀客给我们的感觉完全不一样
253　大侠们成天带着一把刀，不犯法吗
260　为什么武侠世界的武功越来越退化
266　什么才是冷兵器时代的大杀器
272　宋朝全民爱相扑
278　为什么我们会觉得太监的武功高深莫测

283　附录　武侠江湖的解构

自 序

我为什么要写这本闲书

1

这是一本向金庸武侠小说致敬的闲书。

为什么要写这本小书呢?

首先是出于我少年时喜欢读金庸武侠小说的情结。我的家乡小镇,虽说是一座始建于明代洪武年间的文化古城,但其实已经没有什么文化遗存。在我的少年时代,小镇几乎没有一间像样的书店,对于那些不知为何居然养成了读书癖好的孩子(比如我)来说,在读书这件事上,真的有点饥不择食。

幸好小镇有一间租书的小店,里面的书永远只有两种:从港台来的言情小说与武侠小说。男孩子对言情小说不感冒,所以都租武侠小说看。那时候只要身上有点零花钱,我都要到那个租书店租武侠小说。由于租书店是按日计算租金的,如果你看得飞快,就能用更少的钱读到更多的小说。所以我从小就训练出一目十行的能力，一套四五册的武侠小说，一天一夜就能看完。

在我的少年时代，读得最多的书就是武侠小说。金庸的"飞雪连天射白鹿，笑书神侠倚碧鸳"，古龙的陆小凤系列、楚留香系列、小李飞刀系列，基本上都读过一遍以上。此外，梁羽生、卧龙生、陈青云、诸葛青云、上官鼎、柳残阳、云中岳、温瑞安等人的作品（能一口气说出这么多武侠作家名字的，显然是武侠小说的忠诚拥趸），也都读过一些。印象最深刻的当然是金庸与古龙的小说。直至今天，有空的时候，我还会翻翻这两位武侠大家的小说。

少不更事的年龄，武侠小说读多了，便梦想着自己也能练成绝世武功，成为一名行走江湖、行侠仗义的侠客，就如周星驰电影《功夫》里的男主角，以为世间真有厉害的武功秘籍。我也曾偷偷练习"二指禅"，用两根手指天天戳墙壁、床板，戳了几个月，手指头都戳出了老茧，"二指禅"还是未能修炼成功。

我也曾经是文学少年。"二指禅"既然练不成，便偷偷模仿金庸的笔调写武侠小说，写了一章，拿给我的童年好友看（我们经常合租武侠小说，这样可以节省租金），结果给泼了一盆冷水："你这小说一点也不吸引人。"我虽然心里不服气，但已经没有动力再写下去，将草稿锁在抽屉里。后来抽屉的钥匙丢了，那份草稿已经二三十年没有取出来过。

现在写这本从金庸武侠小说派生出来的闲书，不过是为了了却少年时的武侠情结罢了。

2

这本小书说到底，无非是从金庸武侠小说中拈出若干话题，敷衍开来，借此闲聊江湖侠客的生活——实际上就是古代的社会生活。之所以这么写，是因为我从小就对历史很感兴趣。如果说，我少年时代读得最多的是武侠小说，成年后读得最多的则是历史类图书，且一不小心踏上了历史研究的"歧路"。

金庸武侠小说吸引我，也是因为他的小说将历史背景与江湖传奇做了非常巧妙的嵌合，让我在读小说的同时也像是在读历史，很对我的胃口。

古龙的小说都架空了历史背景，金庸的小说恰恰相反，除少数作品（如《笑傲江湖》《连城诀》《侠客行》）有意将故事发生的时代背景作模糊处理外，多数作品都交代了明晰的历史背景，将虚构的传奇巧妙地糅合进真实的历史场景中，让虚构的江湖人物与真实的历史人物发生密切联系，从而达成一种虚实交融的艺术效果。

在金庸构建的江湖世界里面，我们可以找到非常多真实的历史人物：《书剑恩仇录》中的乾隆、福康安；《鹿鼎记》中的康熙、鳌拜、索额图、吴三桂、郑经、施琅、顾炎武、黄宗羲；《碧血剑》中的李自成、李岩、袁崇焕、崇祯皇帝；《倚天屠龙记》中的朱元璋、常遇春、韩山童、韩林儿、陈友谅、王保保；《射雕英雄传》中的铁木真、托雷、王罕；《天龙八部》中的宋哲宗、苏轼、耶律洪基、完颜阿骨打，等等。他们都是人们熟知的历史名人，自不必多说。

很多被金庸当成"江湖中人"塑造的人物，历史上也确有其人。如《倚天屠龙记》里的明教"五散人"，除了"布袋和尚"

取自虚构的神话人物，彭和尚彭莹玉、铁冠道人张中、冷面先生冷谦、周颠都是元末明初的传奇人物，名字可见于史料。武当张三丰以及他的徒弟"武当七侠"，也非虚构，史书中可以找到宋远桥、俞莲舟、俞岱岩、张松溪、张翠山、莫声谷的名字，只有殷梨亭原来叫殷利亨，金庸老爷子将他改成了殷梨亭。

《射雕英雄传》中的全真教掌教王重阳与其徒弟"全真七子"——丹阳子马钰、长春子丘处机、长真子谭处端、玉阳子王处一、太古子郝大通、长生子刘处玄、清静散人孙不二（马钰之妻），全都是真实的历史人物。"全真七子"的徒弟，即全真教的"志"字辈，从尹志平、张志敬（金庸写成了赵志敬）到李志常，也都是元初的知名道士。不过，跟金庸虚构出来的抗金抗元形象不同，历史上的全真道士基本上都是跟金元汗廷合作很愉快的宗教人士。

这么热衷于将历史人物写入江湖世界的武侠作家，除了金庸，就只有梁羽生了。不过从文学技巧来说，金庸似乎技高一筹。

将真实的历史背景、历史人物与虚构的武侠世界糅合起来，是金庸的拿手好戏。将金庸武侠世界拆散，拣出一些有趣的话题，从史实角度详加考证，从而拼凑出更符合历史真实的侠客生活世界，则是我的兴趣所在。我写这本闲书的另一个原因，即是出于历史研究的个人爱好。

3

金庸用十五部武侠小说创造了一个包罗万象的武侠世界，吸引了无数读者。凡有华人处，俱有金庸武侠书。坊间还出现了一门"金学",从文学、史学等角度研究金庸武侠小说。不过,坊间种种评说金庸武侠的文字,似乎多数不入金庸法眼,他老人家曾说:"也有人未经我授权而自行点评,除冯其庸、严家炎、陈墨三位先生功力深厚兼又认真其事,我深为拜嘉外,其余的点评大都与作者原意相去甚远。"

坦率地说,我对金庸老爷子的这个意见是不敢苟同的。一篇作品发表之后,读者怎么评说,便全然由不得作者了,未经授权而自行点评是很正常的现象。冯其庸、严家炎、陈墨三位先生的金庸小说评论,我也略看过,无非是中规中矩的文学鉴赏罢了。

对于金庸创造出来的庞杂无比的武侠世界,应该有更加有趣的解读才对。

作为一名资深的金庸小说读者和一名不太资深的历史研究者,我不打算辜负我的平生所学,决定从社会史与生活史的角度翻入金庸的武侠世界。当然,我不想考据金庸先生笔下有哪些人物是真实的,哪些故事是历史上发生过的——似乎已经有人在做这个工作了。

我想谈点更特别的东西。

让我先从网络上流传颇广的"金庸学不解之题"说起:《射雕英雄传》中,梅超风练了"九阴白骨爪",指甲暴长,解手后怎么擦屁股?《神雕侠侣》中,独臂的杨过独自过了十六年,他是怎么剪指甲的?问题非常无聊,却吸引了无数网友解答,各种脑洞纷呈。其实,从技术的角度解答这些问题并没有什么意思,我们换一角度,从史学切入,便会发现无聊的问题也蕴含着严肃的历史知识。

我想做的,是借用金庸武侠小说中的一部分生动细节,进行社会生活史方面的考证，为读者打开一扇观察古人社会生活的窗口。

在我看过的评说金庸武侠小说的文字中，以新垣平博士的《剑桥倚天屠龙史》最为精彩，令人击节。新垣博士惟妙惟肖地模仿"剑桥中国史"的体例与文字风格，重新将《倚天屠龙记》的故事讲述了一遍，故意讲成严肃学术论文的样子。如果说，《剑桥倚天屠龙史》看似在一本正经地做学问，实则在戏谑地解构金庸的武侠世界；那我的这本书呢，大概可以说，看似在戏谑地解构金庸的武侠世界，实则是想一本正经地做学问——只是，由于个人学识有限，这学问做得不深。

读金庸武侠小说时，许多人都未必留意到其中的历史细节，注意力往往为起伏跌宕的故事情节、性情各异的人物所吸引。如果你掌握了更多的社会生活史知识，再读金庸小说，可能会有不一样的体验。即使不打算读武侠小说，这些社会生活史知识也可以让你在茶余饭后多一些有趣的谈资。

如果读了本书之后，你能赞一句"奇奇怪怪的知识又增加了"，那我就心满意足了。

4

本书曾以《原来你是这样的大侠：一部严肃的金庸社会史》为名，于2008年由东方出版社出版，次年又由香港中和出版有限公司引入，出了繁体字版，书名改为《金庸群侠生活志》（我个人更喜欢这个书名），听说市场反馈不错，因为加印了。要知道香港的图书市场是非常小的，很少有图书能加印。

如今本书的版权已到期,但书中谈论的各种"奇奇怪怪的知识"似乎尚不过时,而且今年(2024)适逢金庸先生100周年诞辰,我希望能够用一本谈金庸武侠的书来纪念这位武侠小说宗师。因此,我决定推出修订版。恰好与我长期保持愉快合作的广西师范大学出版社"新民说"团队对本书内容也感兴趣,修订版便交由"新民说"出版。

既然是修订版,当然需要对初版的文本作出修订。本书的修订主要体现在以下几个方面:

一、对初版文字的错漏之处作了订正。

二、对引用的文言文史料作了必要的翻译或解释。我知道,作为一本闲书,文字理应通俗易懂,对读者友好。

三、增加了四五十幅古代画作(含局部图)作为配图,同时也作为图像史料使用,这样修订版便有了图文并茂的特点,相信读者阅读时会更加赏心悦目。

四、增补了《宋朝的江湖好汉不吃猪肉吗》《乔峰为什么要吃狗肉》《郭靖、黄蓉家里有没有棉被》《有没有大侠戴眼镜》《宋朝娘子可"休夫"》5篇文章。

五、补充了一篇近万字的附录,是我年轻时给报章专栏写的一组游戏文章,想象力充沛,行文如天马行空,在金庸构建的武侠宇宙中肆意驰骋,试图用黑色幽默的文字揭示江湖社会的怪诞。虽说风格、主题与本书旨在科普各种"奇奇怪怪的知识"的趣旨有异,但话题同样是从金庸武侠中派生而出的,也适合闲读,因此便作为附录收入本书。

修订后的这本小书,正文共有44篇,每篇至少有一幅插图,仍分为七辑,再加一篇附录,内容比第一版丰富了许多。

最后我想说,这是一本闲书,没有什么微言大义,没有什么高深思想，但自认为颇有趣味性、知识性、话题性，可以放在枕边、马桶边、沙发边，适合在床上、沙发上、马桶上、上下班路上、出差途中阅读。希望你喜欢。

第一辑 服饰·化妆

宋人簪花的时尚

《鹿鼎记》第三十九回写道：韦小宝以钦差大臣的身份，巡视扬州，衣锦还乡。两江总督麻勒吉、江宁巡抚马佑以下，布政使、按察使、学政、淮扬道、粮道、河工道、扬州府知府，"早已得讯，迎出数里之外"。扬州芍药，扬名天下。这一日正是扬州知府吴之荣设宴，为钦差洗尘。吴之荣便在扬州禅智寺芍药圃搭了一个花棚，请韦小宝赏花。布政使慕天颜摘了一朵碗口大的芍药花，双手呈给韦小宝，笑道："请大人将这朵花插在帽上，卑职有个故事说给大人听。"

慕天颜道："恭喜大人，这芍药有个名称，叫作'金带围'，乃是十分罕见的名种。古书上记载得有，见到这'金带围'的，日后会做宰相。"韦小宝笑道："哪有这么准？"

慕天颜说道："这故事出于北宋年间。那时韩魏公韩琦镇守扬州，就在这禅智寺前的芍药圃中，忽有一株芍药开了四朵大花，花瓣深红，腰有金线，便是这金带围了。……韩魏公驾临观赏，十分喜欢，见花有四朵，便想再请三位客人，一同赏花。"他又说当时扬州有两个出名人物，一是王珪，一是王安石，都是大有才学见识之人。韩魏公心想，花有四朵，人只三个，未免美中不足，另外请一个人罢，名望却又配不上。正在踌躇，忽有一人来拜，却是陈升之，那也是一位大名士。韩魏公大喜，次日在这芍药圃前大宴，将四朵金带围摘了下来，每人头上簪了一朵。这故事叫作"四相簪花宴"，这四人后来都做了宰相。

韦小宝听得心花怒放。只是此人不学无术,不知心里会不会很奇怪:怎么大男人头上也簪一朵花,像丽春院的姑娘似的。其实,簪花在宋代是一种风尚。这一时尚不知起于何时,我们只确知到了宋朝便风行天下,无论男女老少,都喜欢在头上插一朵鲜花(或人工花),以此为美。清代学者赵翼在《陔余丛考》中说:"今俗惟妇女簪花,古人则无有不簪花者。"这里的"古人",主要便是宋人。

宋朝皇帝爱簪花。蔡绦《铁围山丛谈》载,北宋元丰年间,神宗游览皇家林苑金明池,"是日洛阳适进姚黄一朵,花面盈尺有二寸,遂却宫花不御,乃独簪姚黄以归"。姚黄,是宋朝的牡丹名品,而那朵进献给宋神宗的姚黄,居然有一尺二寸之大,可谓是珍稀之物。神宗很喜欢,便不簪常规的宫花,独簪姚黄回宫。周密《武林旧事》亦载,南宋淳熙十三年(1186)正月元日,宫廷举行庆典,自皇帝以至群臣、禁卫、吏卒,往来皆簪花。

士大夫也爱簪花。《鹿鼎记》所述"四相簪花",确实见于宋人笔记。《铁围山丛谈》便记录了这个故事:

> 维扬芍药甲天下,其间一花若紫袍而中有黄缘者,名"金腰带"。金腰带不偶得之。维扬传一开则为世瑞,且簪是花者位必至宰相,盖数数验。昔韩魏公(即韩琦)以枢密副使出维扬。一日,金腰带忽出四蕊,魏公异之,乃燕(宴)平生所期望者三人,与共赏焉。时王丞相禹玉(即王珪)为监郡,王丞相介甫(即王安石)同一人俱在幕下,及将燕,而一客以病方谢不敏。及旦日,吕司空晦叔(即吕公著)为过客来,魏公尤喜,因留吕司空。合四人者,咸簪金腰带。其后,四人果

清代钱慧安《簪花图》,画的是"四相簪花"

皆辅相(宰相)矣。或谓过客乃陈丞相秀公(即陈升之),然吾旧闻此,又得是说于吕司空,疑非陈丞相也。

后世不少画家都以此为题材,画过《四相簪花图》《金带围图》。

宋朝皇家宴请大臣的御宴,少不了有一道赐花、簪花的礼仪:每遇皇帝寿宴、大朝会国宴,皇帝通常会赏赐群臣通草花,每遇皇帝祭天、祭祀太庙,则会赏赐群臣罗帛花。南宋后期的御宴赐花规格是这样的:宰相赐大花十八朵、栾枝花十朵;枢密院长官赐大花十四朵、栾枝花八朵;自宰执以下文武百官皆赐花簪戴,花朵的数目依其品秩从高至低递减,诸色祗应人(小吏)也各赐大花二朵。(吴自牧《梦粱录》)解释一下,所谓"通草花",是用通草(通脱木)制作的人工花;"罗帛花"是用罗帛制作的人工花;"栾枝花"是用杂色罗制成的人工花。这类人工花,宋人一般称作"像生花"。

簪花并非上流社会的专美,坊间升斗小民、引车卖浆者流,也有簪花的习惯。欧阳修《洛阳牡丹记》说,洛阳春天,城里人无分贵贱,人人插花;王观《扬州芍药谱》说,扬州人家与洛阳一样,都喜欢戴花,所以春天的开明桥在拂晓时都有花市;周密《武林旧事》说,杭州六月,茉莉花初出,"其价甚穹(高),妇人簇戴,多至七插,所直数十券,不过供一饷之娱耳",可谓爱美之极。

簪花,自然是为了追求美、赶时髦。范成大有一首《夔州竹枝歌》写道:"白头老媪簪红花,黑头女娘三髻丫。背上儿眠上山去,采桑已闲当采茶。"老少都爱美,"白头老媪簪红花"是老来俏,"黑头女娘三髻丫"是青春美。《射雕英雄传》也写到黄蓉的簪花扮相:"只见纸上画着一个簪花少女,坐在布机上织绢,面目宛然便是黄蓉。"黄蓉是生活在南宋的大家闺秀,当然要簪花。

但按宋朝流行的簪花时尚,不独女子爱簪花,男子也可以簪花。北京故宫博物院收藏有一幅宋画《田畯醉归图》,图中一个喝得醉醺醺的老农,头上便别着一朵牡丹花。《水浒传》中的梁山泊好汉,也有好几位簪花的:"小霸王"周通鬓旁边插一枝罗帛像生花;"短命二郎"阮小五鬓边插朵石榴花;"病关索"杨雄鬓边爱插翠芙蓉;浪子燕青常插四季花;"一枝花"蔡庆生来爱戴一枝花,他的绰号便来自簪花的喜好。如此说来,郭靖要是在鬓边簪一朵鲜花,也是毫不奇怪的事情。

宋代《田畯醉归图》上的簪花老农

由于社会流行簪花，宋朝可以说是历史上鲜花消费最为发达、鲜花市场最为繁华的时期。北宋汴梁的春天，万花烂漫，牡丹花、芍药、棣棠花、木香花都上市了，卖花人用马头竹篮装着鲜花，沿街叫卖，卖花声如同歌曲一样悠扬宛转，十分动听。南宋时的杭州，一年四季都有人叫卖应季鲜花，春天卖桃花、四香花、瑞香花、木香花；夏天卖金灯花、茉莉花、葵花、榴花、栀子花；秋天卖茉莉花、兰花、木樨花、秋茶花；冬天则卖木春花、梅花、瑞香、兰花、水仙花、蜡梅花；还有人叫卖罗帛做的像生花。（吴自牧《梦粱录》）

三月暮春，正是鲜花盛开时节，杭州的鲜花生意更是热闹：牡丹、芍药、棣棠、木香、荼蘼、蔷薇、玉绣球、小牡丹、海棠、锦李、月季、粉团、杜鹃、宝相花、千叶桃、香梅、紫笑、长春花、紫荆花、香兰、水仙、映山红等鲜花都已采摘上市,卖花人将各式鲜花摆放在马头竹篮里,叫卖于街市,卖花声如歌如诗,引得路人纷纷上前买花。(吴自牧《梦粱录》)

不过,鲜花有时令性,也不易保存,尽管市场供应强劲,还是满足不了宋人簪花的需求,因此,市场上出现了许多代替鲜花的人工花。文献中提到的"罗帛脱蜡像生"就是人工花。吴自牧在《梦粱录》中说,杭州"官巷花作,所聚奇异飞鸾走凤,七宝珠翠,首饰花朵,冠梳及锦绣罗帛,销金衣箱,描画领抹,极其工巧,前所罕有者悉皆有之"。这些首饰店制作的都是"像生花"。

但宋朝之后,不知何故,簪花的风尚逐渐衰落不振,只是在皇室赐宴与进士及第时,尚保留有簪花的礼仪。明成祖时,朝廷举行迎春庆典,按惯例,应该由国子监的太学生为皇帝朱棣簪花,但"众皆畏缩",太学生的士气仿佛也随簪花风尚之衰落而不振。清朝时,殿试传胪之日,状元、榜眼、探花三人要簪戴金花,骑着高头大马游街,京城的副长官——顺天府丞也照例要在东长安门外设簪花宴,款待他们。(赵翼《陔余丛考》)"簪花"一词也成了"科举中式"的代称,李鸿章《二十自述》一诗就写道:"久愧蓬莱仙岛客,簪花多在少年头。"这里的簪花,当然不是指宋人的那种社会时尚,而是借指科举及第。

北宋"四相簪花"的故事也流传了下来,但不过是这个故事迎合了官场中人升官发财的梦想而已,因此才被慕天颜之流拿过来奉承韦小宝。至于宋人簪花背后的审美时尚与蓬勃生气,在韦小宝那个时代,早已湮灭不再了。

江湖儿女不缠足

金庸武侠小说的读者，有时候会很认真地讨论一些很无厘头的问题，比如网上有人问道："金庸小说里的女侠们缠足吗？"有人回答说："缠了足站都站不稳，还怎么打架？"但又有人从历史的角度反驳："古代女子不是都缠足吗？怎么金书里还有这么多武功高强的女子？"还强调一句："金庸既然以真实的历史为背景，就应该要尊重历史。"还有人感叹："老金把历史扭曲得太厉害了。"

这些讨论，既反映了网友对女性缠足的好奇，也显示了多数人对于缠足史确实缺乏了解。

相信许多人都会认为，缠足始于宋代，并被理学家推波助澜，从缠足风俗可以想见宋朝妇女深受礼教压迫云云。

但实际上，缠足并非始于宋代。五代南唐的宫廷内，已经有缠足的女性，据元代陶宗仪《南村辍耕录》记载，（南唐）李后主宫嫔窅娘，纤丽善舞。李后主便命人制作了一双小小的金莲绣鞋，饰以宝物、细带、缨珞，又令窅娘用绢帛缠足，将双足缠得十分纤细，脚趾上屈如新月状，穿上金莲绣鞋，这样跳起舞来，舞姿曼妙，更是动人。于是时人纷纷仿效，以缠足为时尚。所以也有网友将窅娘说成是"女子缠足陋习的开山鼻祖""史上第一个缠足的女子"。

但这个说法也不对。因为唐朝时已出现了缠足的风气，有诗为证：温庭筠《锦鞋赋》"耀粲织女之束足"，杜牧《咏袜》"钿

北宋王居正《纺车图》上的劳动妇女，显然没有缠足

尺裁量减四分，纤纤玉笋裹轻云"，描述的都是女性的纤纤小足。

不过，从唐至宋，缠足只是流行于上层贵妇和妓女群体的风尚，社会绝大多数的女性是不缠足的，比如北宋王居正《纺车图》中的劳动妇女，显然就没有缠足。《南村辍耕录》也载，熙宁、元丰以前的人很少缠足。南宋、元朝以降，缠足之风才逐渐兴盛起来。

缠足的兴起，也跟宋代理学家毫无关系。我们在宋朝的理学著作中找不出任何支持女子缠足的言论。恰恰相反，一部分理学家是明确反对缠足的。有记载称北宋程伊川先生家妇女俱不裹足，不贯耳（不戴耳环）。后唐刘后不及履（未穿鞋子），跣而出。是可知宋与五代贵族妇女之不尽缠足也。程伊川即北宋大理学家程颐。程氏家族直至元代，都坚持不缠足。

南宋的车若水在他的《脚气集》中也说："妇人缠脚不知起于何时，小儿未四五岁，无罪无辜，而使之受无限之苦。缠得小来，不知何用？"这应该是中国历史上最早的对缠足陋习的控诉。提出控诉的车若水，是南宋大理学家朱熹的再传弟子。

大体来说，宋代的缠足风气，只是上层社会病态审美的产物，跟西欧的束腰、今日的隆胸时尚差不多。而且，这个时候的缠足，只是将女性足部缠得纤直一些，叫作"快上马"，并不是明清时代那种变态的"三寸金莲"。

到元代时，缠足开始出现性别压迫的意味，如元人伊世珍的《嫏嬛记》称，女子缠足才符合圣人的教诲，因为女子应当深居简出，不可随便抛头露面，即便要外出，也应当坐于帷车之内，用不着双脚走路。女性地位的急剧下降，不是发生在读者以为的宋代，而是发生在元代。

明清时期又形成非常变态的"三寸金莲"审美，清代好几个放浪的文人都著文大谈"三寸金莲"之美，如方绚《香莲品藻》、袁枚《缠足谈》，李渔在《闲情偶寄》中说，女子的小脚，"瘦欲无形，越看越生怜惜，此用之在日者也；柔若无骨，愈亲愈耐抚摸，此用之在夜者也"。

其实康熙三年（1664），清廷曾经下诏禁止女性缠足："若有违法裹足者，其父有官者，交吏、兵二部议处；兵、民则交付刑部，责四十板，流徙。家长不行稽察，枷一个月，责四十板。"（徐珂《清稗类钞》）然而，由于民间畸形的审美观念，女性伦理观念已经僵化、固化，加之一部分汉族士大夫将女性缠足当成反抗满洲习俗的汉俗标志，"谓大足为'旗装'，小足为'汉装'"，暗中抵制禁令。因此，到了康熙七年（1668），缠足禁令便解除了。流风所及，一些满族女子也裹起了小脚。

到了清末，在山西大同，每年农历六月初六日还会举行所谓的"晾脚会"，请见姚灵犀《采菲录》的记述："是日，妇女盛装坐于门首，伸足于前，任人评议。足小者每得上誉，观客鱼贯前进，不得回顾也。"

清代桃花坞木版年画《十美踢球图》。图中女性都裹了小脚

然而，尽管清代缠足之风最盛，还是有很多地方的女性并不裹脚。据清末民初徐珂的《清稗类钞》：四川雅州一带，"民尚美丽，建南一带，民尚俭朴。南方女子，天足为多，其富厚之家，则多缠足"；江苏的乡村，"妇女皆天足，从事田亩，杂男子力作，樵渔蚕牧，挐舟担物，凡男子所有事，皆优为之"；广东大埔一邑，妇女"向不缠足，身体硕健，而运动自由，且无施脂粉及插花朵者。而又日出而作，日入而息，自奉俭约，绝无怠惰骄奢之性，于勤俭二字，当之无愧"。

徐珂还写过《天足考略》一文，据他考证：江西的龙南、定南、虔南三县，女子尚武，多不缠足；吉安、赣州、雩都、信丰等地，即便是富贵人家的妇女，也要下地种田，因而也不裹小脚；福建各县的女子也多天足，常有女孩子光着脚在闹市中行走；湖北襄阳的农家女都不缠足，因为要跟着丈夫耕田。

邱炜菱《菽园赘谈》也说："蜀江古号佳丽地，文君、薛涛，实产是邦。故多瑰姿殊色。独至裙下双钩（指双足），恒不措意，居恒辄跣其足，无膝衣，无行缠，行广市中。"意思是说，四川女子长得很漂亮，但对自己双足大小毫不在意，经常光脚，也不缠足，泰然行走于闹市中。

可见在传统社会，不缠足的女性并不少见。一般来说，官宦富贵之家的小姐、夫人、姨太太，通常会缠足；而乡村女性、劳动妇女，则多无裹脚的习惯。习武的江湖儿女，更是不可能缠足了。因此，金庸武侠世界中出现那么多不裹小脚的侠女，又有什么好奇怪？诚如《天足考略》所载，江西一带，女子尚武，甚至有械斗的，当然不可能缠足。

其实，金庸的小说也提到"小脚"，见《天龙八部》第二十八回："游坦之一见到她（阿紫）一双雪白晶莹的小脚，当真是如玉之润，如缎之柔，一颗心登时猛烈地跳了起来，双眼牢牢地盯住她一对脚，见到脚上背的肉色便如透明一般，隐隐映出几条青筋，真想伸手去抚摸几下。"随后，游坦之终于按捺不住，"犹如一头豹子般向阿紫迅捷异常地扑了过去，抱着她的小腿，低头便去吻她双足脚背"。

阿紫乃是习武之人，不可能裹小脚，只是双足天生纤细而已。倒是游坦之看到小脚就忍不住扑过去狂舔，是一种变态的"恋足癖"。

黄蓉会如何穿搭

在《射雕英雄传》中，金庸这么描写郭靖第一次见到换回女装的黄蓉：

> 郭靖转过头去，水声响动，一叶扁舟从树丛中飘了出来。只见船尾一个女子持桨荡舟，长发披背，全身白衣，头发上束了条金带，白雪一映，更是灿然生光。郭靖见这少女一身装束犹如仙女一般，不禁看得呆了。那船慢慢荡近，只见那女子方当韶龄，不过十五六岁年纪，肌肤胜雪，娇美无比，容色绝丽，不可逼视。

小说对黄蓉的服饰可谓是轻描淡写，一笔带过："全身白衣，头发上束了条金带。"金庸没有细写黄蓉穿的衣服。不过，考虑到宋朝是一个流行"内衣外穿"的时代，了解黄蓉的穿着，不但可以获得一点服装史方面的知识，还可以运用这一知识，去判断那些影视作品的服装设计是不是合乎历史。

许多人都会以为唐朝女性自由奔放，服装华丽性感，而宋代受程朱理学的影响，女性被礼教束缚住了，服饰风格变得拘谨、呆板，女性必须将自己的身体裹得严严实实。这当然是根深蒂固的成见，自以为是的想象。且不说程朱理学到底是不是束缚自由的思想学说，就算它是，但两宋时期，理学只不过是一种自发的社会思潮，而非强制国民信奉的国家正统，对社会的影响力并没有我们想象的那么大。

事实上,在《射雕英雄传》那个时代,即南宋后期,江南一带的女性非常赶时髦,服饰多变、新奇而华丽。周煇《清波杂志》说:"妇女装束数岁即一变,况乎数十百年前,样制自应不同。如高冠长梳,犹及见之,当时名'大梳裹',非盛礼不用。若施于今日,未必不夸为新奇。"庄绰《鸡肋编》说,两浙妇人醉心于吃穿,而耻于营生。周密《武林旧事》也说,都城的妇女儿童服饰华丽。

唐朝女子的典型服饰是襦裙。按领子之样式,襦裙可分为大襟交领襦裙、对襟直领襦裙、袒领襦裙;按裙腰之高低,则可分为齐腰襦裙、高腰襦裙及齐胸襦裙。我们从唐画中看到的性感女装,多为对襟齐胸襦裙,因为这一款式一般都是衣襟敞开,罗裙只系到胸部,颈部下面的小半个胸脯都露出来。唐诗所说的"慢束罗裙半露胸""粉胸半掩疑晴雪",应该就是指这种对襟齐胸襦裙。

宋朝女子的典型装束则是"抹胸+褙子"。抹胸,又称"诃子""袜胸""襕裙""合欢襟""奶头布""肚兜"等,总之都是指女性贴身内衣。"诃子"是唐人的说法,"合欢襟"是元人的说法,"奶头布"与"肚兜"是清人的说法。宋人一般叫作"抹胸",有时也叫"襕裙"。南宋洪迈《夷坚志》中有个故事说,淳熙十三年(1186)元宵节,北城居民相率在一道观内请道士做水陆道场,观者云集,有两个女子发髻并立,颇有姿色,做法事的福建籍道长说:"小娘子稳便,里面看。"两女拱谢。道长又说:"提起尔襕裙。"女子说:"法师做醮(做法事),如何却说这般话?"语气颇是不快。

"提起尔襕裙"是什么意思呢?为什么那两名女子听后很不高兴?我们看看明代凌濛初《初刻拍案惊奇》的解释就明白了:"盖是福建人叫女子'抹胸'做襕裙,提起了,是要摸他双乳的意思,

南京花山宋墓出土的褙子

南京花山宋墓出土的女性抹胸

乃彼处乡谈讨便宜的说话。"原来那个做法事的福建道长为人轻薄,看到漂亮姑娘就想在语言上占便宜。

至于褙子,有时也写成"背子",是宋代最时兴的上衣款式,直领对襟,下长及腰或过膝。宋朝各个阶层的女性,不管是大家闺秀,还是小家碧玉,不管是宫廷妃子,还是秦楼歌妓,都以着褙子为尚。

褙子的来历,按《朱子语类》上的说法:"女人无背,只是大衣。命妇只有横帔、直帔之异尔。背子乃婢妾之服,以其在背后,故谓之'背子'。"褙子似乎原为婢妾的服饰,却不知何故流行开来。随后褙子还被宋人列为未嫁女子的礼服,《宋史·舆服志》载:"妇人则假髻、大衣、长裙。女子在室者冠子、背子。"

为了方便理解宋代女性抹胸与褙子的形制,我们还是来看图片。南京花山宋墓曾出土一批保存完好的宋朝衣物,其中就有女性抹胸与褙子,现收藏于南京的博物馆。

宋朝女性习惯上身穿一件抹胸,外面再套上一件褙子,褙子双襟敞开,不扣纽,不系带,里面的内衣也就敞露出来。

在炎热的夏天,女性的褙子甚至会是半透明的薄纱罗,双肩、背部与小半个胸脯在朦胧的罗衫下隐约可见,更是性感迷人。一首宋代小词《丑奴儿》所描写的"绛绡缕薄冰肌莹,雪腻酥香。笑语檀郎,今夜纱橱枕簟凉",应该便是这种肌肤若隐若现的薄纱罗,从"笑语檀郎"一语看,这薄纱罗大概是闺房中的着装。不过,由于褙子还是宋人的礼服,一位宋朝女性穿着抹胸,套上一件微微敞开的褙子,是可以出来见客人的。宋朝女性的装扮风格确实比唐人收敛,但依然是性感动人。

黄蓉作为一名生活在南宋的江南女子,她的服饰必定有"抹胸+褙子"的款式。只是那些将《射雕英雄传》改编成电影、电视剧的人,几乎都未能注意到这一点,对服装设计全无考究。相比之下,张纪中版《射雕英雄传》的服饰算是最接近历史的,周迅饰演的黄蓉终于穿上了"抹胸+褙子"。

可惜这一相对而言更符合南宋女子形象的服装造型,当时却受到一些人的非议——认为黄蓉"打扮得跟个少妇似的""跟郭靖站在一起给我一种潘金莲西门庆偷情的错觉"。坦率说,这不是制作方的错,是这些人自己太无知。

张无忌怎么给赵敏画眉

《倚天屠龙记》的结尾写道:

> 赵敏见张无忌写完给杨逍的书信,手中毛笔尚未放下,神色间颇是不乐,便道:"无忌哥哥,你曾答允我做三件事,第一件是替我借屠龙刀,第二件是当日在濠州不得与周姊姊成礼,这两件你已经做了。还有第三件事呢,你可不能言而无信。"张无忌吃了一惊,道:"你……你……你又有什么古灵精怪的事要我做……"赵敏嫣然一笑,说道:"我的眉毛太淡,你给我画一画。这可不违反武林侠义之道罢?"张无忌提起笔来,笑道:"从今而后,我天天给你画眉。"

那么张无忌会怎么给赵敏画眉呢?说起来,作为一种化妆术,画眉在中国的历史是非常古老的。相传在战国时期,贵族女性中就有画眉之风气了;汉代时,眉妆更为流行,大美女卓文君的眉色如望远山,"远山眉"曾引领时尚潮流。今天女性朋友的化妆包内少不了一支眉笔,古时女子的闺房也离不开一套画眉工具。

不过古代女子之所以要画眉,原因却不是如赵敏所说眉毛太淡,而是为了追求各种漂亮、新奇的眉妆。为方便画眉,她们往往还将天然的眉毛剃掉。宋人朱翌《猗觉寮杂记》说:"今妇人削去眉,画以墨,盖古法也。《释名》曰:'黛,代也。灭去眉毛以代其处也。'"明人田艺蘅《留青日札》也说："眉有天生而细长者，其有粗大者，则以线缴之，或以刀削之。"今天好像也有很多女性朋友会剃了眉毛，然后画上或文上自己喜欢的眉形。

眉毛剃了还会长出来，古时又未发明永久性的褪毛法，想来那时候的女性梳妆盒内，应该备有一把剃眉刀。考古的发现进一步证实了这个猜想，不少出土的古代女性妆奁，如马王堆汉墓发现的单层五子漆奁中都有刀具，很可能就是刮眉的用具。

天然的眉毛刮去之后，再用眉笔蘸上颜料画出心爱的眉形。古时女性圈中流行的眉形，可谓千姿百态：有长眉，盛行于魏晋南北朝；有阔眉，唐朝比较流行，你去看周昉的《簪花仕女图》，图中贵族女性画的便是阔眉妆；有广眉，又称半额；有细眉，还有涵烟眉、连头眉、飞蛾眉、长蛾眉、柳叶眉、桂叶眉等。名目太多，足以令人眼花缭乱。

相传唐明皇曾经令画工画《十眉图》："一曰鸳鸯眉，又名八字眉；二曰小山眉，又名远山眉；三曰五岳眉；四曰三峰眉；五曰垂珠眉；六曰月棱眉，又名却月眉；七曰分梢眉；八曰涵烟眉；九曰拂云眉，又名横烟眉；十曰倒晕眉。"杨慎的《丹铅续录》便收录了这十眉名称。实际上社会流行的眉妆，肯定不止十眉，宋人陶谷《清异录》记载了一个名叫莹姐的歌妓，眉形一日一变，有人跟她开玩笑说："西蜀有十眉图，汝眉癖若是，可作百眉图。"

女子画眉，一般都是自己对镜妆画，明刻《历代百美图》中就收有一幅《吴绛仙画眉图》，画的是隋炀帝宠妃吴绛仙对镜画眉的曼妙情景。相传吴绛仙擅长画长蛾眉，画眉之际，隋炀帝总是站在一旁，不舍离去。

也有一些女子会像赵敏那样，叫情郎帮她画眉。张无忌并不是第一个给妻子或未婚妻画眉的男人，《汉书·张敞传》便讲了

《簪花仕女图》局部，图中仕女画着阔眉妆

一个张敞画眉的故事。张敞，时为京兆尹，喜欢给太太画眉，以至长安城中都在说张京兆画的眉毛很妩媚。皇帝听说后，便叫他去问话，张敞说："臣闻闺房之内，夫妇之私，有过于画眉者。"意思是，像画眉这等私密的闺中乐事，朝廷就不要过问了。

从此，"张敞画眉"便成了夫妻秀恩爱的代称。清初有一个叫作张潮的文人，很是仰慕张敞的风格，创作了一组《十眉谣》，并在"小引"中说："大丈夫苟不能干云直上，吐气扬眉，便须坐绿窗前，与诸美人共相眉语，当晓妆时，为染螺子黛，亦殊不恶。"这话张无忌一定同意。——咦，怎么这些喜欢画眉的男人都姓张？

张无忌会给赵敏画上什么眉形呢？元朝似乎流行一字眉。但由于古代眉妆实在太丰富多彩了，我们也不好乱说。相比之下，古人画眉所使用的材料则不外乎以下几种。

一种是石墨。人称"画眉石",亦称"黛石",是矿物性材料,因其颜色漆黑,质地松软,磨之如墨,可以画眉。明人陆应阳《广舆记》载:"石墨出始兴(县)小溪中,长短如墨。人或取以画眉。"清屈大均《广东新语》载,肇庆七星岩产白石,"最白者,妇女以之傅面,名为干粉,与惠州画眉石、始兴石墨,皆闺阁所需"。明清时,广东的韶关始兴县、惠州、肇庆,都盛产画眉石。

还有一种叫作"螺子黛",也是矿物性画眉材料。传为唐人颜师古所著的《隋遗录》说,隋炀帝巡幸江都,征用了一群妙龄女子牵挽龙舟,这些妙龄女子叫"殿脚女"。其中有一位绝色女子叫吴绛仙,被隋炀帝一眼看中,纳为侍姬。吴绛仙善画长蛾眉,诸殿脚女争相仿效,司宫吏便每日给她们发五斛螺子黛。螺子黛是进口货,非常名贵,后来隋廷没钱了,发不了那么多螺子黛,便用铜黛代替,唯吴绛仙获赐螺子黛不绝。至于铜黛为何物,尚不清楚。

宋代女性则普遍使用画眉墨。画眉墨是人工配制的化妆品,宋人陶谷《清异录》记载:唐末以来,女性画眉多不用"青黛"(用矿物或植物汁液制成的颜料),而更喜欢用上好的烟墨,这种画眉方法叫"薰墨变相"。赵彦卫《云麓漫钞》也说:"前代妇人以黛画眉,故见于诗词,皆云'眉黛远山'。今人(即宋人)不用黛而用墨。"

这种画眉墨是一种烟墨,南宋陈元靓在《事林广记》中记载了烟墨的制作方法,就是准备好一盏麻油,将搓紧的灯芯置于油盏中,点燃,再在油盏上方覆盖一个小器皿,油烟熏到小器皿,会凝结成墨黑的粉末,将这些烟粉扫刮下来备用。用龙脑、麝香浸上少许油,倒入烟粉调匀,便可得到漆黑的烟墨。用这种烟墨制成的画眉墨,叫作"画眉集香丸"。有兴趣的朋友不妨依着这

明刻《历代百美图》吴绛仙画眉图

法子，自制一盒试试。

宋朝的化学爱好者还用植物材料制造石黛。宋人张君房的《云笈七签·金丹部》载有"造石黛法"：苏方木半斤，捣碎，研成粉末，加水二十升，煮成八升，加入二钱石灰，搅拌，令汤液变稠，再煮至水分蒸发，只余干涸的粉末，用蓝草汁浸泡五天，搓成块状或丸状，阴干备用。这造出来的石黛，应该也可用于画眉。

从用天然的石墨、螺子黛，到用人工制造的画眉墨、石黛画眉，显示了宋代化妆品手工业的发展。

那么张无忌会用什么给赵敏画眉呢？小说写道："张无忌提起笔来，笑道：'从今而后，我天天给你画眉。'"似乎准备用写信的墨笔画眉。这当然是胡闹。宋元时比较流行的画眉墨，或者明清时比较流行的画眉石，赵敏郡主的梳妆盒里，肯定是备有的。

契丹人的胸膛真有狼头刺青吗

我们知道，《天龙八部》里的乔峰是一名由宋人养大的契丹人。那乔峰是怎么确认自己的契丹人身份的呢？是他在雁门关看到几名契丹人，胸膛都有狼头刺青，而他自己的胸口也刺了一个一模一样的狼头，"一霎时之间，乔峰终于千真万确的知道，自己确是契丹人。这胸口的狼头定是他们部族的记号，想是从小便人人刺上"。但契丹人在胸口刺狼头的"习俗"，其实是金庸虚构出来的。从契丹史料中，我们找不到狼头刺青的记载。

金庸又写道：

> 乔峰自两三岁时初识人事，便见到自己胸口刺着这个青狼之首，他因从小见到，自是丝毫不以为异。后来年纪大了，向父母问起，乔三槐夫妇都说图形美观，称赞一番，却没说来历。北宋年间，人身刺花甚是寻常，甚至有全身自颈至脚遍体刺花的。大宋系承继后周柴氏的江山。后周开国皇帝郭威，颈中便刺有一雀，因此人称"郭雀儿"。当时身上刺花，蔚为风尚，丐帮众兄弟中，身上刺花的十有八九，是以乔峰从无半点疑心。

这段描述，倒是合乎宋朝历史。

金庸所说的"刺花"，宋人一般称"刺青""雕青""花绣""文绣""锦体"，我们今天则叫"文身"。从唐朝至宋朝，正是刺青非常流行的时期。我们去看施耐庵的《水浒传》，梁山泊好汉中就有好几位是文了身的:"九纹龙"史进,"刺着一身青龙";"短命二郎"阮小五,胸前刺着"青郁郁一个豹子";"病关索"杨雄,"露出蓝靛般一身花绣";"双尾蝎"解宝,"两只腿上刺着两个飞天夜叉";龚旺"浑身上刺着虎斑,脖项上吞着虎头",所以绰号"花项虎";鲁智深也是"背上刺着花绣",他的绰号"花和尚"便是来自这一身花绣。

刺青最漂亮的梁山好汉,当然非浪子燕青莫属。我们来看《水浒传》的描述:"为见他(燕青)一身雪练也似白肉,卢俊义叫一个高手匠人与他刺了这一身遍体花绣,却似玉亭柱上铺着软翠。若赛锦体,由你是谁,都输与他。"他在泰山打擂台,把布衫脱下来,露出一身花绣,台下看官全都看呆了;对手任原的心里也露了五分怯。

连京师青楼头牌李师师,也听说燕青一身刺青之美。当燕青上门拜访时,李师师便提出请求,想要一观。燕青以不敢在她面前擅衣裸体为由拒绝。但李师师却"三回五次,定要讨看。燕青只的脱膊下来。李师师看了,十分大喜,把尖尖玉手,便摸他身上"。

《水浒传》的描写并非虚构。宋人中确实盛行刺青之风,军人群体中尤多刺青者。宋人笔记提到几名文身的军人:太原人王超,壮勇有力,善骑射,脸颊有"双旗"刺青;又有一个退役士兵,因为脖子上有刺青,人称"张花项"。

北宋名将呼延赞全身文"赤心杀贼"四个字,连他的妻儿、仆从也都如此。(《宋史·呼延赞传》)我们非常熟悉的岳飞背上"尽忠报国"四字,亦是刺青。与岳飞齐名的张俊,挑选了一批年轻而强壮的士兵,从臀部至足部文上花绣,称为"花腿",引得京师的浮浪少年纷纷模仿,刺青的风气从军伍蔓延到市井间。

市井间热爱刺青的人,多是任侠的"街肆恶少""浮浪之辈"。

如吉州有一个"以盗成家"的人,叫作谢六,因为全身刺青,所以人称"花六",自称"青狮子"。(洪迈《夷坚志》)

开封有一个叫郑信的好汉,也是满体刺青:左臂上刺"三仙仗剑",右臂上刺"五鬼擒龙",胸前是"御屏风",背上是"巴山龙出水",可谓题材丰富。(宋话本《郑节使立功神臂弓》)

北宋末,开封的妓女外出踏青,身后总是少不了有"三五文身恶少年控马",这些"恶少年"因为大腿有刺青,所以被称为"花褪马"。(孟元老《东京梦华录》)

南宋时,在钱塘江弄潮的亡命之辈,也是一身刺青:"吴儿善泅者数百,皆披发文身,手持十幅大彩旗,争先鼓勇,溯迎而上,出没于鲸波万仞中,腾身百变,而旗尾略不沾湿,以此夸能。"(周密《武林旧事》)

流风所及,喜欢刺青的,未必尽是恶少年,而是追随一时之风尚者。宋人说:"今世俗皆文身,作鱼龙、飞仙、鬼神等像,或为花卉、文字。"(高承《事物纪原》)传世宋画《眼药酸图页》中,右边的杂剧演员手臂上便有刺青,图案似是鱼龙之类。

甚至一些时尚女性也会文身,元朝时,金陵有一名姓徐的歌妓,一只眼睛瞎了,但身上刺青诱人,演技出众,所以"驰名金陵"(夏庭芝《青楼集》)。宋时,歌妓一直就是引领服饰时尚的群体,而元人的刺青习惯,自然是宋人遗风。梁山泊"女汉子"扈三娘,从其绰号"一丈青"看,很可能也文了身,因为"一丈青"正是宋人形容刺青的赞语。

刺青也是许多宋朝男儿的"青春期标志",恰如一首宋诗——释梵琮《颂古》所写:"少年宕子爱雕青,文彩肌肤相映明。闹里只图遮俗眼,强将赤体以为荣。"北宋末官员李质,由于少时行为不端,有文身,被宋徽宗戏称为"锦体谪仙"(王明清《挥

宋画《眼药酸图页》上的刺青艺人

尘录》);南宋举子李钫孙,少年时在大腿文了一个"摩睺罗"(宋朝人的"芭比娃娃")图案。

由于刺青成了社会时尚,至迟在南宋时,大都市中便出现了"文身协会",用宋人的话来说,叫作"锦体社"。(方回《续古今考》)《武林旧事》《都城纪胜》《西湖老人繁胜录》《梦粱录》等宋人笔记收录的南宋社团名单,都有"锦体社"。"锦体社"中有"针笔匠",即文身师;"锦体社"还会组织文身展示大赛,叫作"赛锦体",优胜者可以获得奖金,《水浒传》称燕青的一身文绣,"若赛锦体,由你是谁,都输与他","若赛锦标社,那里利物管取都是他的"。

对于一些宋朝女性来说,男性身体上的刺青仿佛还会散发出一种特别的吸引力。《夷坚志》载："永康军（今都江堰市）有倡女谒灵显王庙，见门外马卒颀然而长，容状伟硕，两股文绣飞动，谛观慕之，眷恋不能去。"蜀地的这名歌妓拜谒灵显王庙，看到门口的马卒塑像雄姿英发，大腿的刺青飘逸生动，不由心生爱慕，久久不愿离去。李师师见到燕青身上的漂亮刺青，也是忍不住要抚摸一番。

刺青，本为南方一些落后部族的习俗，所谓"文身断发"是也。但在宋代，刺青却发展成为跟今天的文身没什么两样的时尚，其流行特点也与今人极为相似：刺青的群体都是以江湖人、文艺圈、少年人为主；刺青的图案，都极具个性，有刺花卉的，有刺龙虎的，有刺文字的，甚至还有人"刺淫戏于身肤，酒酣则示人"（徐梦莘《三朝北盟会编》）。唐朝时，长安少年张幹的刺青尤其"酷毙"，左胳膊刺一行字："生不怕京兆尹"，右胳膊刺一行字："死不畏阎罗王。"（段成式《酉阳杂俎》）

入元之后，刺青之风尚存。明朝人陆容的《菽园杂记》说，元朝时，豪侠子弟都喜欢刺青，且以繁细者为胜。但到了明朝时，朱元璋严禁刺青，有胆敢文身者，一旦发现，即发配充军。禁例森严，无人敢犯，刺青的风尚从此衰落，以至于陆容幼年时在神庙里看到有些塑像袒胸露臂，大腿、胳臂都画着花鸟云龙，不明白为什么要画上这样的图案。后来陆容读到朱元璋严禁"雕青"的记载，便向一名耆老请教什么叫作"雕青"，耆老告诉他："此名刺花绣，即古所谓文身也。"陆容这才明白，幼年所见的神祠塑像原来是文身像。

陆容是支持朱元璋禁绝刺青之习的，他认为："声教所暨之民，以此相尚，而伤残体肤，自比岛夷，何哉？禁之诚是也。由是观之，凡不美之俗，使在上者法令严明，无有不可易者。"但是，以今天的目光来看，刺青被禁，不如说是"洪武型体制"十分刻板、苛严、僵化的体现，是活泼的民间生活受到朱元璋政府严厉管制的反映。

（本文参考了虞云国先生《水浒乱弹》一书"刺青"章节的部分史料，谨致谢意。）

第二辑 美食·饮品

段誉饮的是什么茶

金庸武侠小说描写喝酒的地方甚多,对饮茶的描写则较少见。不过,《天龙八部》第十一章倒是有一个关于饮茶的细节。小说这么写道:"到得厅上,阿碧请各人就座,便有男仆奉上清茶糕点。段誉端起茶碗,扑鼻一阵清香,揭开盖碗,只见淡绿茶水中飘浮着一粒粒深碧的茶叶,便像一颗颗小珠,生满纤细绒毛。段誉从未见过,喝了一口,只觉满嘴清香,舌底生津。鸠摩智和崔、过二人见茶叶古怪,都不敢喝。这珠状茶叶是太湖附近山峰的特产,后世称为'碧螺春',北宋之时还未有这雅致名称,本地人叫作'吓煞人香',以极言其香。"

可惜金庸先生这段对宋茶的介绍却是错误的。北宋时非但没有"碧螺春"之名,烹茶的习惯也跟后世完全不同。流行于宋代的烹茶方法到底是怎么样的呢?或者说,段誉在燕子坞可以饮到什么样的茶呢?在回答这个问题之前,我们不妨先来回顾一下历史上几次烹茶方法的嬗变。

茶在中国历史上出现的时间很早,西汉时,巴蜀人与江南人便有饮茶的习惯。但那时候人们对于烹茶极不讲究,煮茶跟煮菜汤差不多。唐朝时才形成了比较精细的"煎茶法":茶叶采摘下来之后,通过若干道工序,制成茶饼;烹茶时再研成细米状,投入茶釜中煎煮;再加入姜、葱、茱萸、薄荷、盐等佐料;最后将茶汤舀入碗里饮用。

我们今天习惯的烹茶方法叫作"泡茶法"。除了少数茶品,如普洱茶，多数茶叶都不会制成茶饼，而是炒青后包装储存，这叫作"散茶"。烹茶时，将茶叶放入茶壶内，用开水冲泡即可。这一泡茶法形成于元明时期，延续至今。《天龙八部》第十一章所描写的便是泡茶法，但宋人饮茶，并不用泡茶法，而用"点茶法"。

"点茶法"大约出现在晚唐，盛行于两宋。宋人点茶所用的茶叶，一般都是"团茶"或"末茶"。什么叫作"团茶"呢？即茶叶采摘下来之后，不是直接焙干待用，而是经过洗涤、蒸芽、压片去膏、研末、拍茶、烘焙等一系列复杂的工序，拍成茶饼，这就是"团茶"。在制茶过程中，茶叶蒸而不研，则是"散茶"；研而不拍，则是"末茶"。

"团茶"制成之后，要用专门的茶焙笼存放起来。烹茶之时，从茶焙笼取出茶饼，用茶槌捣成小块，再用茶磨或茶碾研成粉末，还要用罗合筛过，以确保茶末都是均匀的粉末状。茶末研好之后，便可以冲茶了。先用茶釜将净水烧开，随即调茶膏，每只茶盏舀一勺子茶末放入，注入少量开水，将其调成膏状。然后，一边冲入开水，一边用茶筅击拂，使水与茶末交融，并泛起茶沫。击拂数次，一盏清香四溢的宋式热茶就出炉了。这个烹茶的过程，宋人称之为"点茶"。

点茶的过程极其繁复，需要一套复杂的茶具，包括储放茶团的茶焙笼，用于捣碎茶团的茶槌，用于将茶叶研磨成茶末的小石磨或者茶碾，筛茶的罗合，清扫茶末的茶帚，煮水的汤瓶，盛茶的茶盏，调拂茶汤的茶筅。点茶是不需要茶壶的，因此，假如你在文物市场上看到有人兜售所谓"宋朝茶壶"，那一定是赝品。

如果是不怎么讲究的人家，也可以不用准备这么多的烹茶器具，因为宋朝市场上有大量"末茶"出售，可以直接用于调膏、冲点，就像今天的速溶咖啡。但文人雅士很享受研茶的过程，追

宋代茶筅

求的就是全套烹茶流程所代表的品质与格调，因而家中茶槌、茶磨、茶碾之类的茶具是少不了的。正如今天那些追求生活情调的城市小资，喝咖啡不会以喝速溶为尚，而是在家里准备成套用具，从磨咖啡豆的研磨器，到煮咖啡的小炉。像姑苏慕容这样的世家，烹茶是不可能不搬出一整套茶具，将点茶的全部程序走一遍的。

当然，宋代也有"散茶"，主要流行于两浙一带，如姑苏出产的"洞庭碧螺春"，就是散茶。许多朋友也许会觉得奇怪：洞庭湖不是在湖南吗？怎么江苏的茶叶却叫"洞庭碧螺春"呢？其实，此"洞庭"非彼"洞庭"，乃是指太湖中的洞庭山。据乐史《太平寰宇记》记载，唐宋时，洞庭山出产优质茶叶，是上贡朝廷的贡品。"碧螺春"的得名，也不是许多人以为的此茶"翠碧诱人，卷曲成螺，产于春季，故名'碧螺春'"，而是因为洞庭山出产的茶叶，以产自"碧螺峰者尤佳"（陆廷灿《续茶经》）。

不过，宋朝没有"碧螺春"之名。至于当时姑苏民间是不是将太湖洞庭山名茶叫作"吓煞人香"，尚待考证。不过，宋时洞庭山茶最驰名者，是"水月茶"。据朱长文《吴郡图经续记》的记述，

"水月茶"的名字得自太湖洞庭山的寺院"水月寺",因水月寺"山僧尤善制茗,谓之'水月茶',以院为名也,颇为吴人所贵"。现在我们一般将"水月茶"视为"碧螺春"的前身。

除了"水月茶",宋代比较著名的散茶还有浙江会稽出产的日铸茶、江西洪州出产的双井茶。欧阳修《归田录》说:"草茶盛于两浙,两浙之品,日注(铸)为第一。"宋人说的"草茶",即是散茶。欧阳修也写了一首《双井茶》诗盛赞此茶:"白毛囊以红碧纱,十斤茶养一两芽。长安富贵五侯家,一啜犹须三日夸。"

不管是双井茶、日铸茶,还是水月茶,尽管都为散茶,但烹茶时,都不是拿茶叶直接冲泡,而是先将茶叶研成茶末,调成茶膏,再入盏冲点。有苏辙咏日铸茶的诗《宋城宰韩秉文惠日铸茶》为证:"君家日铸山前住,冬后茶芽麦粒粗。磨转春雷飞白雪,瓯倾锡水散凝酥。""麦粒粗"是日铸茶之状,说明日铸茶乃是散茶,"磨转"则表明烹茶之时需要用茶磨将茶叶研磨成茶末。

宋人李弥大也写过一首咏水月茶的诗《水月寺酌无碍泉》:"瓯研水月先春焙,鼎煮云林无碍泉。"从诗句中我们也可以看出,烹制水月茶之前,也要用茶瓯(茶碾)研碎。换言之,宋人饮用散茶,也是保持着"点茶"的烹茶法。按宋人流行的点茶法,段誉如果在姑苏喝水月茶,是不大可能看到"淡绿茶水中飘浮着一粒粒深碧的茶叶"的。

金庸也许对宋人的点茶法不熟悉,所以才张冠李戴,误将元明之后兴起的泡茶法植入北宋人的饮茶习惯中。这也难怪,因为点茶法非常繁复,元明时期便被简易的泡茶法取代了,以致后人多不了解宋人独特的烹茶方法,甚至有一位生活在明末清初的学者,居然也不知道茶筅为何物。

不过,宋代点茶技艺传入了日本,并流传下来,演变成现在

宋刘松年《撵茶图》描绘的宋人烹茶情景

我们还能看到的日本抹茶。日本《类聚名物考》便承认："茶道之起……由宋传入。"在日本茶道中，我们还可以看到宋代点茶所用的茶筅。

乔峰喝的是什么酒

金庸笔下有两大贪杯好饮的大侠,一是《笑傲江湖》中的令狐冲,一是《天龙八部》中的乔峰。从酒量看,令狐冲恐怕远不如乔峰,令狐冲经常喝醉,乔峰却从未醉过,且越喝越勇。《天龙八部》写他与段誉在松鹤楼拼酒:

> 他二人这一赌酒,登时惊动了松鹤楼楼上楼下的酒客,连灶下的厨子、伙夫,也都上楼来围在他二人桌旁观看。那大汉(即乔峰)道:"酒保,再打二十斤酒来。"那酒保伸了伸舌头,这时但求看热闹,更不劝阻,便去抱了一大坛酒来。段誉和那大汉你一碗,我一碗,喝了个旗鼓相当,只一顿饭时分,两人都已喝了三十来碗。

最后二人各饮了四十碗酒,乔峰仍未见丝毫醉意,段誉则要靠着六脉神剑之功,将饮下去的酒逼出来,才没有醉倒。

剧饮四十碗酒而不醉,确实是海量。但是,那也得看是什么酒。《汉书》曾记于定国酒量非常惊人,"食酒至数石不乱"。北宋科学家沈括在《梦溪笔谈》中提到,汉代的一石,如果以容积计算,相当于宋代二斗七升,如果以重量计算,相当于宋代的三十二斤。沈括认为,"于定国饮酒数石不乱"的记载非常可疑,一个人的肚子,怎么可能装得下二斗七升水或三十二斤水?其实，沈括忽略了一个变量：人可以一边饮酒，一边排泄。宋代的三十二斤，不外乎现在三十瓶啤酒的容量。只要允许上厕所，我年轻时也可以喝下三十瓶啤酒而不醉。不吹牛。

现在的问题是，汉代的酒，酒精度是不是如同今天的啤酒一样低？是的。这个问题沈括也考证过。他说："汉人有饮酒一石不乱，予以制酒法较之，每粗米一斛，酿成酒六斛六斗，今酒之至醨者，每秫一斛，不过成酒一斛五斗，若如汉法，则粗有酒气而已，能饮者饮多不乱，宜无足怪。"在汉代，一斛粗米可以酿造出六斛六斗酒，酒精度必定极低；而在宋代，即使是最清淡的薄酒，也需要一斛谷物才可以酿出一斛五斗成酒。如果按汉代的酿酒法，酿出来的酒，不过是略有酒气而已，多饮不醉是没什么好惊奇的。

沿着沈括的思路，我们也会发现，如果是低度的酒，像乔峰那样猛喝个三四十碗，也没什么稀奇。只要是酒量不错的人，都可以做到。

那么乔峰在松鹤楼喝的是不是低度酒呢？按小说的交代，乔峰叫道："酒保，取两只大碗来，打十斤高粱。"显然乔峰与段誉喝的是高粱酒，而且"这满满的两大碗酒一斟，段誉登感酒气刺鼻，有些不大好受"，看来还是高度酒。然而，从史实来看，北宋的酒楼是不是已经出现了高度酒，还是一个疑问。

略有酿酒知识的人应该知道，不管是用谷物，还是用水果酿酒，如果只经自然发酵，是酿不出高度酒的，高度酒必须经过蒸馏提纯而成。一般认为，中国的蒸馏酒始于元代，这一说法来自明人李时珍《本草纲目》的记载：

烧酒非古法也，自元时始创其法，用浓酒和糟入甑，蒸令气上，用器承取滴露，凡酸坏之酒，皆可蒸烧。近时惟以糯米或粳米或黍或秫或大麦蒸熟，和曲酿瓮中七日，以甑蒸取，其清如水，味极浓烈，盖酒露也。

这里的"烧酒"，即指蒸馏酒。如果蒸馏酒最早产生于元代，那生活在北宋的乔峰与段誉，当然不可能喝到高度白酒。

不过，白酒始自元代之说，现在已受到挑战。一些学者根据文献记载，将高度白酒的历史推前至宋代，因为北宋高僧赞宁的《物类相感志》有载，"酒中火焰，以青布拂之自灭"。而能够燃烧的酒，必是高度酒无疑。另一位北宋人田锡的《曲本草》也记述说，"暹罗酒以烧酒复烧二次……能饮之人，三四杯即醉，价值比常数十倍"。从"复烧二次""三四杯即醉"的细节看，也应该是蒸馏酒。

再从酿酒技术来看，宋人无疑已经掌握了蒸馏术，因为宋人已经成熟地运用蒸馏器与蒸馏术制造香水，宋人张世南《游宦纪闻》载："锡为小甑，实花一重，香骨一重，常使花多于香，窍甑之旁，以泄汗液，以器贮之。毕，则彻甑去花，以液渍香。"这就是蒸馏法提取香水。蒸馏酒的工艺并不比蒸馏香水更复杂。

还有出土文物为证：20世纪70年代，考古人员曾从河北承德地区发现一件金代烧酒锅，实际上就是一个蒸馏器。2006年，吉林大安也发现一处辽金时代的烧酒锅灶，经复原实验，这一"锅灶适合酿酒蒸馏，且有出酒快、效率高的特点"，"故可认为，辽金时期已经有商业生产的谷物蒸馏酒"。（冯恩学《中国烧酒起源新探》）

敦煌榆林窟第三窟东壁有两幅西夏时期的《酿酒图》，内容大同小异，都是画了两名女子在灶台前蒸制食品。值得注意的是，

承德发现的金代烧酒锅（蒸馏器）

图中灶台上那个叠压成四层的蒸器，以及地上放着的酒壶、高足碗、木桶、贮酒槽等器物。《中国科技史》的作者、英国李约瑟博士最早提出，此图中出现的蒸器很可能便是蒸馏器。国内一些研究者也相信，《酿酒图》画的是西夏人蒸制烧酒的场景。如果这些论断属实，那么西夏驸马虚竹先生肯定是可以喝到高度酒的。

不过，现有的文献记载以及出土的文物，只能证明北宋时可能已出现高度的蒸馏酒，并不表示宋朝市场上有商品化的蒸馏白酒销售。研究者相信：

> 北宋早期（辽中期）已经有僧道制作的蒸馏酒（可能是用发酵酒蒸馏所得），秘不示人，没有形成商业性的生产，还没有摆脱萌芽阶段，可能与南方炎热，认为高度酒"大热有大毒"的认识有关。辽金地处北方，契丹春捺钵，冬季寒冷的气候使北方人有饮用烧酒驱寒的需求，促使蒸馏酒进行商业生产，产生了以发酵谷物为原料的固体蒸馏酒方法。（冯恩学《中国烧酒起源新探》）

综合学者的研究成果，我们认为，宋代有蒸馏酒问世，但尚未流行，酒楼所售、顾客所饮之酒，通常都是低度的米酒、果子酒。在沈括生活的时代，亦即乔峰与段誉生活的时代，一斛粮可成酒一斛五斗，这么酿造出来的酒当然是未经蒸馏提纯的低度酒。

宋代是一个鼓励饮酒的时代，因为酒税是宋朝政府财政收入的重要组成部分，市场上商品酒的消费量越大，政府的收入也就越多。因此，在宋政府鼓励下，从城市至农村，遍布酒店、酒坊、酒场。《清明上河图》中出现最多的建筑物之一，就是酒店、酒肆。

南宋时，每年中秋节前后，杭州各大酒库（宋朝的官营酿酒厂）新酒上市，必大做广告，请歌妓代言。这一盛况，被南宋人杨炎正写入《钱塘迎酒歌》：

> 钱塘妓女颜如玉，一一红妆新结束。问渠结束意何为，八月皇都酒新熟。酒新熟，浮蛆香，十三库中谁最强。临安大尹索酒尝，旧有故事须迎将。翠翘金凤乌云髻，雕鞍玉勒三千骑。金鞭争道万人看，香尘冉冉沙河市。琉璃杯深琥珀浓，新翻曲调声摩空。使君一笑赐金帛，今年酒赛真珠红。画楼突兀临官道，处处绣旗夸酒好。五陵年少事豪华，一斗十千谁复校。黄金垆下漫徜徉，何曾见此大堤娼。惜无颜公三十万，往醉金钗十二行。

从诗中"今年酒赛真珠红"的句子，不难看出杭州各酒库酿造的都是低度的黄酒，而不是蒸馏过的高度白酒。

由于政府的鼓励，宋人饮酒之风极盛。按孟元老《东京梦华录》的记载，中秋节前，新酒上市，各大酒店都张灯结彩，用红

张择端《清明上河图》中的酒店食肆

绸带将门前的彩楼欢门装饰一新,以花头画竿挂出崭新的醉仙锦旆;小酒肆不那么讲究,却也少不得要在酒旗上写"新酒"二字,告诉客人,小店也有新酒开沽。宋朝人过中秋节必饮新酒,所以中秋当日,一过中午,新酒便销售一空,酒家拽下酒旗,关店打烊,回家过节。饮者之中,不乏老人与妇女,这也从侧面说明当时流行的酒是低度酒。乔峰与段誉拼酒的松鹤楼,位于江南无锡,江南人更是习惯喝温软的黄酒。

乔峰虽然海量,以牛饮闻名,但如果喝的是低度的黄酒,那我们也可以做到"大碗喝酒"。乔峰的酒量,也未必高于令狐冲,因为据考证,《笑傲江湖》的历史背景为明代,其时白酒已流行,喝白酒当然更容易醉。

黄蓉的厨艺在宋朝很厉害吗

我们都知道,《射雕英雄传》中的洪七公是一个超级大吃货,他自己说:"我只要见到或是闻到奇珍异味,右手的食指就会跳个不住。有一次为了贪吃,误了一件大事,我一发狠,一刀将指头给砍了……指头是砍了,馋嘴的性儿却砍不了。"在美食鉴赏方面,洪七公也是天赋异禀,黄蓉给他做了一道叫作"玉笛谁家听落梅"的肉条,他略一品尝,就能分辨出肉条使用了猪耳朵、羊羔坐臀、牛腰子、獐腿肉、兔肉等食材。

不过,洪七公虽然是吃货,却不会做菜。黄蓉才厉害,既是美食家,厨艺更是一流,用几道菜哄得洪七公将"降龙十八掌"倾囊授予郭靖。有些熟读金庸小说的网友感到困惑:黄蓉这么好的厨艺,到底是跟谁学的?她父亲黄老邪固然琴棋书画、医卜星相,无所不精,刀工厨艺想来也是一流,但是,"富养女儿教诗书很正常,但教女儿厨艺却不大可能"。

生出这一困惑的朋友,显然是不了解宋人风俗。宋朝人家,那可是特别注意培养女儿厨艺的。这一风气应该是从唐朝传下来的。据唐人房千里的《投荒杂录》载,岭南一带的人家,不论贫富,都不习惯教女孩子女工,而是悉心培养其庖厨之艺,这些女孩子长大后,做针线活都不怎么样,但烧菜的手艺可不一般,所以上门请求婚聘的媒人非常多,将门槛都踏平了。女孩子的父母也很得意,常常向人夸口:"我家姑娘,要说裁袍补袄,那可不会;但是,若论烧菜,烹制水蛇黄鳝,即一条必胜一条。"

宋人廖莹中《江行杂录》则载，南宋时，杭州一带甚至出现了"重女轻男"的风气，中下水平的人家生了儿子，都不怎么培养；生了女儿，则视为掌上明珠，请老师传授艺业，其中就包括厨艺。学习厨艺的女孩子，长大后可以被聘为厨娘，即女厨师。

流风所及，黄药师教给女儿厨艺也并不是什么不可理解的事情。金庸在书中也暗示了黄蓉的厨艺得自父亲。请看《射雕英雄传》第十二回——洪七公道："嘿嘿，你那两味菜，又是甚么'玉笛谁家听落梅'，什么'好逑汤'，定是你爹爹给安的名目了。"黄蓉笑道："你老人家料事如神。你说我爹爹很厉害，是不是？"菜名既然是黄药师所取，菜式也应该就是他所创。

宋朝人家既然培养出这么多厨艺高超的女孩子，这些厨娘最终当然会进入饮食界。事实上，宋代的美食界确实流行女厨师，皇宫的御厨有厨娘，富贵人家的私厨有厨娘，市井酒店的大厨也有厨娘。这些厨娘往往年轻貌美，色艺俱佳，气质不凡，身价不菲，用廖莹中《江行杂录》的话来说——"非极富家不可用"，决不是寻常人家所能聘请得起的。她们的厨艺，当然也对得起她们的身价，做出来的菜，必是色香味俱全。

宋朝厨娘的手艺如何个高明法？我们来看几个厨娘的故事就知道了。

第一个厨娘是一个生活在北宋的尼姑，法号梵正。她可以用瓜、蔬等素食材，运用炸、脍、脯、腌、酱等烹饪手法，根据食材、佐料的色泽，拼成山川流水、亭台楼榭等景物。假如一桌坐二十人，每位食客面前，各设一景，将一桌菜合起来，就是一幅微缩版的王维《辋川图》。这样的厨艺，只能用叹为观止来形容。

第二个厨娘是北宋大诗人梅尧臣家的私厨，她的独门私技是"斫鲙"，即做鲜鱼刺身。北宋京城人喜欢吃刺身，但能做刺身的

宋朝厨娘画像砖拓片

厨子并不多，所以梅尧臣的朋友，如欧阳修、刘敞等人，每当食指大动、想吃刺身之时，就提着鱼到梅尧臣家，请梅家厨娘做刺身。梅尧臣也知道朋友的癖好，每得到鲜鱼，总是留起来，通知欧阳修等人过来分享。因此在他的文集中，留下了诸如"买鲫鱼八九尾，尚鲜活，永叔（欧阳修）许相过，留以给膳"，"蔡仲谋（蔡襄）遗鲫鱼十六尾，余忆在襄城时获此鱼，留以迟永叔等"的记载。

第三个厨娘是南宋初的宋五嫂。现在杭州菜中有一道传统名菜，叫"宋嫂鱼羹"，就是宋五嫂传下来的。这宋五嫂原为开封人氏，在东京城樊楼下卖鱼羹，在京中最是有名。靖康年间，金兵入侵，开封被占，宋五嫂随着其他宋朝军民迁居杭州，侨寓西湖苏堤，继续卖鱼羹。一日，宋高宗游湖，泊船苏堤之下，听到有东京人语音。遣内官召来之后发现是一个老婆婆。有老太监认得是汴京樊楼下住的宋五嫂，善煮鱼羹，便回禀高宗。高宗提起旧事，凄然伤感，命制鱼羹来献，果然鲜美，便赐金钱一百文。此事一时传遍了临安府，王孙公子，富家巨室，人人来买宋五嫂鱼羹吃。这个故事被明代的冯梦龙收入《喻世明言》中。

第四个厨娘是南宋孝宗皇帝的御用厨师，叫作"尚食刘娘子"。据明人周清原《西湖二集》的记载，刘厨娘"聪明敏捷，烹调得好肴馔，物物精洁，一应饮食之类，若经他手调和，便就芳香可口，甚中孝宗之意"。做出来的菜能让皇帝百吃不厌，这位"尚食刘娘子"的厨艺肯定非比寻常。

第五个厨娘是宋理宗时某退休太守礼聘的私家厨师，是一位顶级名厨。我们未知其姓名，只知道她年约二十岁，与黄蓉生活在同一个时代。她做一道"羊头签"，只用羊头的"脸肉"；作为配料的葱，只要嫩心。每做一席菜，酬劳是二三百贯钱。厨艺若是不高超，又如何叫得起这个价？曾有一位告老还乡的太守慕名聘请这名厨娘当私厨，但仅仅过了两个月，便将厨娘送走了，原因是这位太守自知"吾辈力薄，此等厨娘不宜常用"（廖莹中《江行杂录》）。

我们要介绍的最后一名女厨师，是生活在南宋吴中的一位吴姓厨娘。她的身世、事迹俱已不可考，我们今天之所以知道有这么一位女名厨，是她留下了一本菜谱，叫作《吴氏中馈录》，记录了多种宋朝名菜的烹饪手法，有烹饪兴趣的朋友不妨将这本菜谱找来，依样做几道宋朝名菜，在朋友或家人面前显摆一次。

洪七公曾对郭靖说："你媳妇儿煮菜的手艺天下第一。"又感叹说，"我年轻时怎么没撞见这样好本事的女人？"看来洪七公还是有点儿孤陋寡闻啊。黄蓉的厨艺确实很不错，但放在盛产厨娘的宋朝，却没什么特别之处。而且，跟我们介绍的几位厨娘相比，黄蓉的手艺恐怕还要略逊一筹。

洪七公的口福

郭靖与黄蓉第一次见面,是在张家口的一家酒店内,黄蓉还是打扮成一个脏兮兮的少年模样,郭靖请她吃了一顿丰盛的大餐。是什么大餐呢?请见黄蓉点的菜单:"别忙吃肉,咱们先吃果子。喂伙计,先来四干果、四鲜果、两咸酸、四蜜饯。"这只是餐前开胃小吃,然后才是正餐:"下酒菜这里没有新鲜鱼虾,嗯,就来八个马马虎虎的酒菜吧。……八个酒菜是花炊鹌子、炒鸭掌、鸡舌羹、鹿肚酿江瑶、鸳鸯煎牛筋、菊花兔丝、爆獐腿、姜醋金银蹄子。我只拣你们这儿做得出的来点,名贵点儿的菜肴嘛,咱们也就免了。"

这些菜品,郭靖不要说吃过,听都没有听过。他请黄蓉吃饭时,转头向店小二道:"快切一斤牛肉,半斤羊肝来。"只道牛肉羊肝便是天下最好的美味,却不知道草原之外的花花世界,美食的花样可远多于"江南七怪"传授给他的武功招数。张家口不过是一个边陲小镇,在宋朝的开封与杭州,那才是真正的美食之都、吃货之天堂。

北宋东京开封府与南宋行在临安府,到处都是高端大气上档次的豪华饭店,我们去看孟元老的《东京梦华录》和吴自牧的《梦粱录》,就知道这些饭店有多"高大上":"每店各有厅院,东西廊庑,称呼坐次",都以丰盛的菜肴吸引食客,不能有一点缺漏,且任顾客挑选,"客坐,则一人执箸纸,遍问坐客。都人侈纵,百端呼索,或热或冷,或温或整,或绝冷、精浇、臕浇之类;人人索

宋徽宗《文会图》局部。食案上是宋朝人的精致小吃

唤不同"。我们再去看《清明上河图》，也会发现，画面中最多见的店铺，就是饭店食肆、酒楼茶坊。这是北宋东京城的真实写照。

宋代大都市的市井中都是精美的小吃，面食就有罨生软羊面、桐皮面、盐煎面、鸡丝面、插肉面、三鲜面、蝴蝶面、笋泼肉面、子料浇虾𤊹面……馒头类有羊肉馒头、笋肉馒头、鱼肉馒头、蟹肉馒头、糖肉馒头、裹蒸馒头、菠菜果子馒头、杂色煎花馒头……烧饼类有千层饼、月饼、炙焦金花饼、乳饼、菜饼、胡饼、牡丹饼、芙蓉饼、熟肉饼、菊花饼、梅花饼、糖饼……糕点则有糖糕、花糕、蜜糕、糍糕、蜂糖糕、雪糕、彩糕、栗糕、麦糕、豆糕、小甑蒸糕、重阳糕……今日的五星级大饭店也未必有那么丰富。

"脍"与"鲊"是宋朝最流行的两种美食类型。

"脍"，宋人有时也写成"鲙"，指生肉片、生鱼片，蘸调料生吃，这一美食传入东瀛，便成了日本刺身。宋人笔记提到的"脍"有近三十种，如红丝水晶脍、滴酥水晶脍、肚胘脍、鹁子水晶脍、细抹羊生脍、蹄脍、鲜虾蹄子脍、鱼鳔二色脍、海鲜脍、鲈鱼脍、鲤鱼脍、鲫鱼脍、沙鱼脍、蚌鱼脍、虾枨脍、水母脍、蛤蜊生、蟹生、肉生、蚶子脍、淡菜脍、香螺脍、群鲜脍、生脍十色事件、五珍脍、三珍脍、七宝脍，等等。

开封市民春天最喜欢到皇家林苑金明池钓鱼，钓到鱼即"临水斫脍，以荐芳樽，乃一时佳味也"（孟元老《东京梦华录》）。前文我们已提到，北宋诗人梅尧臣家有一厨娘，"善斫鲙"，欧阳修、刘敞诸人每次想吃鱼鲙，便提鱼去梅尧臣家。南宋诗人陆游《买鱼》中的"斫脍捣齑香满屋，雨窗唤起醉中眠"，所咏叹的也是斫鲙佐酒的美味。

"鲊"则是通过腌渍与微生物发酵使食材产生特别风味的宋朝美食，羊肉、鲜鱼、虾蟹、鸡鸭、雀鸟、鹅掌，都可腌制成鲊。将食材洗净，拭干，注意不可留有水渍。用盐、糖、酱油、椒、姜葱丝等制成调料，然后将食材装入坛内，装一层食材，铺一层调料。装实，盖好。候坛中腌出卤水，倒掉卤水，加入米酒，密封贮藏。这时候便可以耐心等待微生物与时间的合作，在黑暗中静静地酝酿出鲊的美味了。我们今天常见的酱牛肉、酱海鲜，如果用宋人的话来说，其实就是"鲊"。

宋朝市井中销售的"鲊"，品种繁多，有玉板鲊、银鱼鲊、海肠鲊、海蜇鲊、大鱼鲊、筋子鲊、鲜鹅鲊、寸金鲊，等等。此外，还有一种"旋鲊"，是用食盐、酒糟等调料短暂腌渍后马上食用的食物，跟今天广东菜中的生腌血蛤、生腌虾差不多。"旋鲊"名列宋人最心仪的美食名单之首："侑食，首以旋鲊，次暴脯，次羊肉。"（岳珂《桯史》）其中最令宋人食指大动的"旋鲊"是羊肉旋鲊。

"脍"与"鲊"是一对品质正好相对的美食类型，前者讲求的是一个"鲜"字,食材必须新鲜,味道必须鲜美;后者却追求调料与时间对于食材的催化作用。"旋鲊"介乎两者之间,既得"脍"之新鲜,又富有"鲊"的美味。

宋人对于饮食极讲究。即便是面向大众消费者的饮食摊子,也很注意干净、卫生。《东京梦华录》说,东京城中,凡推着车子在街边叫卖食品的小贩,都用整洁的盘盒器皿盛放食物,车子布置得十分精致、奇巧,所售食物也很是美味,不敢草率。杭州也是如此,《梦粱录》说:杭城风俗,凡货卖饮食之人,总是将摆摊用的车子、担子装饰一新,装放食物的盘盒器皿新洁精巧,令人赏心悦目,这是对东京饮食风气的仿效,也是因为宋高宗南渡后,时常在宫中"叫外卖",所以这些饮食摊子都不敢苟简,售卖的食味亦不敢草率。

富贵人家,更是食不厌精,脍不厌细,好在市井间饮食摊铺最是繁盛,各种美食都可以买到,山珍海味、时新菜蔬,样样不缺。贵家宴请宾客,一买就是一二十种,随索随应,片刻俱备,不缺一味。应季食材刚一上市,贵家往往增价采购,不计价格多贵,就是为了尝个新鲜。

士大夫则更追求美食的"调性",显得特别能"装"。朱弁《曲洧旧闻》收录有苏东坡最心仪的一份菜谱:"烂蒸同州羊羔,灌以杏酪,食之以匕不以箸,南都麦心面,作槐芽温淘,糁以襄邑抹猪(红烧肉),炊共城香粳,荐以蒸子鹅,吴兴庖人斫松江鲙。既饱,以庐山玉帘泉,烹曾坑斗品茶。"这里提到四道宋代美食:(一)用同州出产的羊羔,灌入杏仁泥,蒸烂,用勺子挖着吃;(二)槐叶嫩芽捣汁,和以南都出产的麦心面,做成温面,佐以襄邑出产的红烧肉;(三)用共城出产的香粳做饭,佐以蒸子鹅;(四)吴兴名厨做的松江鲈鱼刺身。吃饱后,再用庐山玉帘泉水,煮一壶福建曾坑斗的名茶。你看，苏东坡的饮食多讲究。这才是吃货的化境，相比之下，洪七公还处于"舌尖之欲"的初级阶段。

但要说宋朝美食的极致表现，却不能不提周密《武林旧事》收录的绍兴二十一年十月张俊宴请宋高宗的菜谱。这一场豪华盛宴，正菜之前的水果、蜜饯、开胃小吃有一百多道，我们就不细说了，只说正菜。正菜有三十道，分别是：花炊鹌子、荔枝白腰子、奶房签、三脆羹、羊舌签、萌芽肚胘、肫掌签、鹌子羹、肚胘脍、鸳鸯炸肚、沙鱼脍、炒沙鱼衬汤、鳝鱼炒鲎、鹅肫掌汤齑、螃蟹酿橙、奶房玉蕊羹、鲜虾蹄子脍、南炒鳝、洗手蟹、鯚鱼（鳜鱼）假蛤蜊、五珍脍、螃蟹清羹、鹌子水晶脍、猪肚假江珧、虾橙脍、虾鱼汤齑、水母脍、二色茧儿羹、蛤蜊生、血粉羹。

这里面，有宋人最喜欢的"脍"，黄蓉点的"花炊鹌子"也在其中。

此外还有"插食"七品：炒白腰子、炙肚胘、炙鹌子脯、润鸡、润兔、炙炊饼、脔骨。又有十味"厨劝酒"菜——大概就是厨师长特别推荐的菜品：江珧炸肚、江珧生、蝤蛑（梭子蟹）签、姜醋生螺、香螺炸肚、姜醋假公权、煨牡蛎、牡蛎炸肚、假公权炸肚、蟑蚷炸肚。

抄录这份食单，就足以让人垂涎欲滴了。难怪美国汉学家安德森在《中国食物》中说："中国伟大的烹调法也产生于宋朝。唐朝食物很简朴，但到宋朝晚期，一种具有地方特色的精致烹调法已被充分确证。地方乡绅的兴起推动了食物的考究：宫廷御宴奢华如故，但却不如商人和地方精英的饮食富有创意。"1998年，美国《生活杂志》曾评选出一千年来影响人类生活最深远的一百件大事，宋朝的"第一家饭馆"位列第五十六。

《射雕英雄传》中，洪七公对郭靖说："娃娃，你媳妇儿煮菜的手艺天下第一，你这一生可享定了福。"其实洪七公这个老吃货也是有福之人，生活在中国美食兴起的南宋，他才有机会享受到各种精致的美味。

曲灵风能不能吃到花生米

金庸先生至少有两次将花生列入宋朝人的日常食谱,一次是在《天龙八部》第二十章:

> (乔峰)定了定神,转过身来,果见石壁之后有个山洞。他扶着山壁,慢慢走进洞中,只见地下放着不少熟肉、炒米、枣子、花生、鱼干之类干粮,更妙的是居然另有一大坛酒。

另一次是在《射雕英雄传》第一回:

> 郭啸天带着张十五来到村头一家小酒店中,在张饭桌旁坐了。
> 小酒店的主人是个跛子,撑着两根拐杖,慢慢烫了两壶黄酒,摆出一碟蚕豆、一碟咸花生、一碟豆腐干,另有三个切开的咸蛋,自行在门口板凳上坐了,抬头瞧着天边正要落山的太阳,却不更向三人望上一眼。

这个跛子,就是东邪黄药师的弟子曲灵风。

许多读者都指出这是金庸小说的一个小漏洞,比如网上有人纠正说,蚕豆、花生两种作物"都是中国本土所无,而后才逐渐由国外传进来的。蚕豆又名胡豆、寒豆、罗汉豆,大概在元代才由波斯传入中国，到明朝时才普遍种植。花生则是出自美洲的农作物，哥伦布发现新大陆以后才开始在美洲之外的地区传播，大约1530年才传入中国，由沿海传入内陆地区又经过很长时间，直到清代乾隆末年花生仍然是筵席珍贵之物，寻常人很难吃到"。

这个纠正未必正确。蚕豆确实又叫作"胡豆"，李时珍《本草纲目》说："豌豆、蚕豆皆有胡豆之名。"又说，"《太平御览》云：张骞使外国，得胡豆种归。指此（蚕豆）也。今蜀人呼此为胡豆，而豌豆不复名胡豆矣"。一般认为，蚕豆早在汉代便从西域传入了中国。生活在南宋的曲灵风当然可以吃到蚕豆。

花生也确实被普遍认为是来自美洲的作物，但传入中国的时间应该远早于1530年，因为明代弘治十六年（1503）的《常熟县志》已有关于花生的记录："落花生，三月栽，引蔓不甚长，俗云花落在地，而生于土中，故名。霜后煮熟食之，其味绝美。"分别成书于1504年与1506年的《上海县志》与《姑苏县志》也都有花生的记载。还有一些微弱的证据显示，明代之前中国已发现花生，如元末的《饮食须知》载："近出一种落花生，诡名长生果，味辛苦甘，性冷，形似豆荚，子如莲肉。"不过，支持花生为明代传入的证据是最充分的。如此说来，生活在北宋的乔峰与生活在南宋的曲灵风，都不大可能用花生下酒。

蚕豆与花生传入中国的时间，正好对应了中国历史上两次大规模引入域外农作物的高峰期：汉代（余波延续至唐宋）与明代（余波延续至清代）。

一般来说，汉代传入的域外农作物，多沿陆上丝绸之路进来，原产地一般在中亚、西亚一带，许多记载都将这些域外农作物的传入归功于张骞，其实由张骞带入的域外农作物只有两种可以确证：苜蓿和葡萄。其他的农作物（包括前面我们提过的蚕豆）

应该是张骞之后陆续传入中国的,只是托了张骞之名而已。明代传入的农作物,则通常沿海上丝绸之路而来,多数为美洲作物。

有个简便的方法可以大体上区分域外农作物是从陆上丝绸之路传入的抑或是从海上丝绸之路传入的。前者的名字通常都带有一个"胡"字,后者则通常都带有一个"番"字。但凡事都有例外,不可绝对而论。

带"胡"字的农作物是很多的,比如蚕豆原称胡豆;原产伊朗的核桃,称胡桃;原产欧洲南部及中亚的大蒜,称胡蒜;原产地中海及中亚的香菜,称胡荽;原产喜马拉雅山南麓的黄瓜,称胡瓜;原产非洲的芝麻,称胡麻;胡椒原产于天竺;胡萝卜从伊朗传入。这些作物的传入时间大致都是在汉代。还有洋葱,不要被它的"洋"名迷惑了,它更早的名字叫"胡葱",原产于中亚,也是从陆上丝绸之路而来的。

诚如我们今天看到的,很多作物后来的名字都不带"胡"字了,这又是为什么呢?史料的记载认为,五胡十六国时期,建立后赵政权的胡人石勒,特别讳忌"胡"字,诸多带有"胡"字的名称只好都避讳改名,如胡荽,"石勒改曰香荽"(高承《事物纪原》),胡瓜也因"石勒讳胡改名"(吴其濬《植物名实图考》)。

带"番"字的农作物也不少,如番豆、番茄、番薯、番荔枝、番木瓜、番石榴、番蒜(即芒果)。番豆即花生。番茄又称"番柿",原产南美,明代传入,明人《群芳谱》载:"蕃柿,一名六月柿,茎似蒿,高四五尺,叶似艾,花似榴,一枝结五实或三四实,一树二三十实。缚作架,最堪观。火伞火珠,未足为喻。"可见其最早是作为观赏性植物引进来的。番薯也是美洲作物,大约明代万历年间从东南亚引进。番荔枝、番木瓜、番石榴都是美洲水果,约明清时期传入。马铃薯也是原产于美洲,名字虽然不带"番"

字,但有些地方称其为"洋芋",到底还是泄露了它的舶来身份,传入中国的时间大致是明末清初。

此外,还有两种大名鼎鼎的美洲作物,那就是玉米和辣椒。

玉米,中国人原来称之为"番麦""西天麦",这一名字透露了它是海外传入的信息。一般认为,玉米是16世纪率先引入中国东南沿海地区的,因为杭州人田艺蘅在《留青日札》中记述说:

> 御麦出于西番,旧名番麦,以其曾经进御,故曰御麦,干叶类稷,花类稻穗,其苞如拳而长,其须如红绒,其粒如芡实,大而莹白,花开于顶,实结于节,真异谷也。吾乡传得此种,多有种之者。

《留青日札》成书于1573年,可知至迟在明代万历年间,田艺蘅的家乡已多有人种植玉米。

但又有学者发现,成书于1560年的《平凉府志》也有玉米的记载:"番麦,一曰西天麦,苗如蜀秫而肥短,末有穗,如稻而非实。实如塔,如桐子大,生节间。花垂红绒,在塔末,长五六寸,三月种,八月收。"据此,玉米应该是1560年之前就从陆路传入了中国西部。总而言之,玉米这一原产美洲的域外农作物,到底是什么时候、沿什么路线传播到中国的,学界还未有定论,但不会早于明代。

辣椒的原名也带有一个"番"字,叫作"番椒",说明这一作物也是从海外传进来的。目前见到的关于辣椒的最早文献记载,是成书于1591年的明人笔记《遵生八笺》:"番椒,丛生,白花子,俨秃笔头,味辣,色红,甚可观。子种。"从"味辣"与"甚可观"的措辞来看,辣椒在明代万历年间,似乎既被当成辛辣调味料食

清代李鱓《蔬菜图》上的辣椒

用,又被作为观赏性植物。

不过,又有一些微弱的证据显示中国古代可能也有原产的辣椒物种。学者曾在云南发现原生态的野辣椒,近代植物学家蔡希陶等人在编译《农艺植物考源》时,据此提出一个观点:云南西双版纳、思茅、澜沧一带分布有一年生的涮辣椒及多年生的小米辣,只是南美洲栽培普遍些,我国古代没有普遍栽培而已。还有报道称,1986年考古学者在四川成都的唐代垃圾坑中,发现有完好的辣椒出土。

不过,从文献记载的角度来看,云南、贵州、四川、两湖等地流行吃辣椒的饮食习惯,应该形成于清代。据清末《清稗类钞》《蜀游闻见录》等文献记载:"滇、黔、湘、蜀人嗜辛辣品";"湘鄂之人日二餐,喜辛辣品";贵州"居民嗜酸辣";"惟川人食椒,须择其极辣者,且每饭每菜,非辣不可"。清代之前,却未见类似的记载。

有意思的是,辣椒与玉米这两种明代才广泛种植的域外农作物,都被金庸写入宋朝背景的小说中。《天龙八部》写道:"自此一路向东,又行了二十余日,段誉听着途人的口音,渐觉清雅绵软,菜肴中也没了辣椒。"《神雕侠侣》写道:杨过"走了一阵,腹中饿得咕咕直响。他自幼闯荡江湖,找东西吃的本事着实了得,四下张望,见西边山坡上长着一大片玉米,于是过去摘了五根棒子。玉米尚未成熟,但已可食得"。

这也是金庸小说的小漏洞,因为更有说服力的证据说明,生活在南宋的杨过是吃不到玉米的;而北宋时的大理人家,也未有在菜肴中放辣椒的饮食习惯,那时候云南有没有辣椒这一作物也很不好说哩。

张翠山在冰火岛住了那么多年，为什么不会得坏血病

有网友问：《倚天屠龙记》中，张翠山、殷素素，还有谢逊，三人在靠近北极的冰火岛生活了那么多年，那冰火岛上又没有什么蔬菜与水果，他们为什么不会得坏血病？

这个问题很容易让我们联想到另一个曾在网上讨论了一阵子的问题：为什么几乎没有听说中国古代的航海员会得坏血病，而西方航海员在大航海时代却饱受坏血病的困扰？据称18世纪时，在西方船员死亡案例中，因坏血病致死的高达50%。后来人们才知道，船员之所以容易得坏血病，是因为严重缺乏维生素C。维生素C为维持生命必不可少的营养素，但灵长类动物包括人类无法自己合成维生素C，只能从食物中摄取。

古代中国航海员很少得坏血病，而西方航海员却相反，原因只能从他们的饮食结构中寻找。我们知道，富含维生素C的食物主要是水果与蔬菜，而水果与蔬菜都极难保存，不是理想的航海食物，西方航海员在漫长的航海过程中，基本上都吃不到水果与蔬菜，因此才容易得坏血病。

那中国古代的航海员又是从哪些食物中获得维生素C的呢？让我们先从中西航海帆船的排水量说起。以前不管是西方人，还是中国人，航海都靠帆船。如果要说当时中西帆船最大的不同点，那就是中国帆船船体巨大，西方帆船相对而言要小得多。一位研究郑和下西洋的汉学家甚至戏谑地设想：假设郑和统率庞大船队跟葡萄牙人达·伽马带领的三艘"破帆船"在海上相遇，"见过葡萄牙的破船之后，中国舰队指挥官会不会想在前进的途中踩扁

那些挡路的蜗牛,以阻止欧洲人打开一条东西贸易的通路呢?"(李露晔《当中国称霸海上》)

这当然是开玩笑,不过在西洋帆船面前,郑和宝船的确无异于庞然大物。不妨来看出土文物的对比。巴拿马的考古人员曾在海底发现一艘古帆船残骸,相信这是五百年前随哥伦布航海时沉没的比斯凯那号(*La Vizcaína*)。比斯凯那号是双桅帆船,排水量100吨。而1974年从泉州后渚港发掘出土的南宋沉船,据估算,排水量达600吨。

泉州古沉船还不是宋代最大的海船。南宋人周去非的《岭外代答》记述了一种叫"木兰舟"的巨舰,是从大宋开往木兰皮国(非洲西部的穆拉比特王国)的巨型商船:"浮南海而南,舟如巨室,帆若垂天之云,柂长数丈,一舟数百人,中积一年粮,豢豕酿酒其中。"还有一种更大的木兰舟:"其舟又加大矣。一舟容千人,舟上有机杼市井,或不遇便风,则数年而后达,非甚巨舟,不可至也。"

中国人的造船技术在明初郑和下西洋时达至顶峰。曾随郑和下西洋的翻译官马欢在《瀛涯胜览》中说,郑和宝船"大者长四十四丈四尺,阔一十八丈",换算成现在的尺寸,有125.65米长,50.94米宽。据中国船史研究会副会长、武汉理工大学交通学院教授席龙飞的考证,郑和宝船排水量超过万吨。如此说来,就跟一艘小型的航空母舰差不多。

船体巨大在航海中有什么特别的意义?船体大,即意味着可以装载更多的粮食、淡水。对航海员来说,淡水非常重要,除了日常饮食离不开淡水,如果淡水充足的话,还可以用来发豆芽、种菜、养猪。而要在船上开辟出种菜、养猪的空间,也需要有足够大的船体。

清初《封舟图》上的中国帆船

中国人至迟在宋代就发现豆芽可以作为美味的食物。北宋苏颂的《图经本草》载："绿豆,生白芽为蔬中佳品。"南宋林洪的《山家清供》说：泉州人习惯在七月十五中元节前,用水浸泡黑豆,等发芽后,用糠秕置于盆中,铺上细沙,再将发芽的黑豆移置其上,盖上木板。等豆芽长一些,换成桶覆盖。三日后豆芽便成了,洗干净,加油、盐、料酒、香料炒一下,便是一道可口的美味了。

从理论上来说,船员只要在船舱中储存好黄豆、绿豆等豆子,以及有充足的淡水,出海后便可以经常发豆芽,换言之,即经常可以吃到新鲜的蔬菜——豆芽。

你要说豆芽的维生素 C 含量并不高,我也没意见。但豆芽并不是中国古代船员唯一能够吃到的蔬菜,还有其他蔬菜也可以吃。哪来的蔬菜？自己种呗。

在船上种菜以供食用,这不是我们的想象。元朝时访问过杭州、广州的摩洛哥旅行家伊本·白图泰在他的《游记》中说：印度与中国之间的海上交通，皆操于中国人之手，中国的船舶共分三等，大者曰"镇克"(Junk)，中者曰"曹"(Zao)，第三等者曰"喀克姆"(Kakam)。大船有三帆至十二帆，一艘大船可载一千人。"镇克"大概是"船"的讹音，"曹"应该是"舟"的转音，"喀克姆"则是"货舫"的讹音。我要说的是，这么大的船体，便可以辟出空间来种菜。伊本·白图泰确实看到中国船员在船上种菜："每船皆有四层，公私房间极多，以禾备客商之用。厕所秘房，无不设备周到。水手在船上植花、草、姜等于木桶。"种草比较奇怪，估计是伊本·白图泰不认识的菜。

除了豆芽等蔬菜，中国航海员的日常饮食中还有茶叶——茶叶也是富含维生素 C 的食品。曾经随郑和下西洋的明朝人巩珍，在他的《西洋番国志》中收录了一道永乐皇帝的敕书，敕书的内容，就是批准拨给郑和船队出洋使用的物品，包括茶叶等食物："下西洋去的内官合用盐、酱、茶、油、烛等件，照人数依例关支。"航海员只要每日饮茶，便不会太缺乏维生素 C。

郑和船队翻译官马欢所著《瀛涯胜览》一书中，记录了下西洋航线上各个海岛的物产，其中最多的就是蔬菜与水果，如黄瓜、菜瓜、葫芦、茄子、萝卜、胡萝卜、椰子、甘蔗、西瓜、苹果、椰枣、葡萄干，等等，这些都是比较耐放的，肯定会被郑和带到船上，供船员日常食用。另外，中国本土盛产的传统水果——柚子，也很耐存放，也是非常理想的航海食物。

现在剩下的问题就是，船体是不是足够大，可以储存更多的食物？在这方面，中国帆船比之西洋帆船的优势是显而易见的。正是因为中国人的航海帆船可以储藏更多富含维生素 C 的食物，中国航海员才没有患坏血病之虞。

回到张翠山、殷素素在冰火岛的问题。如果我们仔细去看《倚天屠龙记》，就会发现冰火岛其实并不缺乏富含维生素C的食材，尽管那里没有蔬菜，但有野果，小说写道："殷素素定要他将母鹿放了，宁可大家吃些野果，挨过两天。"金庸还提到张翠山与殷素素生吃鱼肉的细节："这一带的海鱼为抗寒冷，特别的肉厚多脂，虽生食甚腥，但吃了大增力气。"生肉可是含有大量维生素C的，很少吃蔬菜的因纽特人之所以不会得坏血病，就因为他们保持着吃生肉的饮食习惯。

其实，宋代及之前的中国人也有吃生鱼肉的爱好，流行于宋朝的美食——鲙，就是生鱼片、生肉片，跟今天的日本刺身没什么区别。宋人捕捉到新鲜的鱼，特别喜欢临水斫脍。我们可以想象，出海远航的宋人，未必不会在海上垂钓，钓到海鱼，则临水斫脍。总而言之，中国航海员日常摄取的维生素C，应该是充足的。

（本文参考了网上关于"为什么中国古代航海员没有得坏血病"讨论的部分意见）

宋朝的江湖好汉不吃猪肉吗

江湖豪客向往的理想生活似乎就是"大碗吃酒,大块吃肉",用《水浒传》里梁山好汉阮小五的话来说:"异样穿绸锦,成瓮吃酒,大块吃肉,如何不快活?"诸位有没有想过一个问题:江湖好汉们大块吃的肉,究竟是什么肉呢?

似乎不是猪肉,想必是牛肉、羊肉。我们看金庸的《天龙八部》写道:乔峰来到北边雁门长台关,"第一件事自是找到一家酒店,要了十斤白酒,两斤牛肉,一只肥鸡,自斟自饮"。《射雕英雄传》中,郭靖第一次在张家口的酒店请黄蓉吃饭,也是跟店小二说:"快切一斤牛肉,半斤羊肝来。"《神雕侠侣》中,郭襄在安渡老店宴请江湖群豪,由于身上未带现钱,便从头上拔下一根金钗,递给店小二,说道:"这是真金的钗儿,值十几两银子罢。你拿去给我换了。再打十斤酒,切二十斤羊肉。"我们发现,金庸笔下的大侠们到酒店打尖,点菜时几乎都不点猪肉菜肴。不妨想象一下,如果行走江湖的侠客对店小二说:"快切一斤猪肉来。"是不是显得很俗气,显不出江湖好汉的豪气?

《天龙八部》《射雕英雄传》《神雕侠侣》的时代背景均是宋代。那么,宋朝的江湖好汉爱吃羊肉、牛肉,打尖从不点猪肉,是不是说明在宋人的饮食习惯中猪肉很不受待见呢?之所以提出这一设问,是因为网上有一种流布颇广的说法,认为宋朝人不喜欢吃猪肉,而喜欢吃羊肉。该说法的依据是宋人笔记记录的一首苏轼的诗《猪肉颂》:"黄州好猪肉,价贱如泥土。贵者不肯吃,贫者不解煮。"据说苏轼因此发明了红烧肉,人称"东坡肉"。

《猪肉颂》是否为苏轼所作,其实是有争议的。不过在北宋中期,黄州人确实不太吃猪肉,因为苏轼在《答秦太虚书》中提到黄州的肉类消费:"羊肉如北方,猪、牛、獐、鹿如土,鱼、蟹不论钱。"但以黄州一地的饮食习惯,能否得出"宋人不喜欢吃猪肉"的判断?显然是不能的。

如果仅仅是网文这么写也就罢了,学者中也有持类似看法者,这就值得探究一番了,比如日本明治大学教授张竞先生在《餐桌上的中国史》一书中便辟出一节,专门讨论宋朝时"猪肉为何被打入冷宫"。张竞先生判断猪肉被宋人打入冷宫的依据有二:其一,从苏轼《猪肉颂》一诗"可知宋代的猪肉价格很便宜,人们不太喜欢吃";其二,《东京梦华录》"饮食果子"条收录的餐馆菜肴中,"没有一种是用牛肉或猪肉做的菜,而羊肉做的菜有8种,鸭肉、兔肉做的菜各有3种,鸡肉、鹅肉做的菜各有2种",同书"州桥夜市"条记录的夜市菜肴中,用猪肉作为食材的只有"旋炙猪皮肉"一种。

事实是不是如此呢?

我们先来看《东京梦华录》"饮食果子"条所记载的餐馆菜肴:"二色腰子"就是用鲜猪腰、鲜鸡腰做的名菜;"肉醋托胎衬肠"是猪肠灌肉;"猪羊荷包"则是用猪肉或羊肉做馅的包子。"州桥夜市"条收录的夜市菜肴除了"旋炙猪皮肉",还有"猪脏",即我们今天所说的"猪杂"。《东京梦华录》记录了许多以"猪脏"为食材的小吃,如灌肺、炒肺、腰子、肚羹、猪胰胡饼,等等,人们宰杀一头猪,决不可能只吃猪杂而将猪肉扔掉,显然在宋人的日常菜谱中一定有许多用猪肉做成的菜肴。

《东京梦华录》的其他记载也可佐证北宋时东京居民对猪肉

的消费量是十分庞大的，甚至超出许多人的想象。《东京梦华录》说：每天有一万头猪经南薰门赶入城内屠宰，换言之，东京居民每天居然要消费一万头生猪；每日早晨，"杀猪羊作坊，每人担猪羊及车子上市，动即百数"；城内"坊巷桥市皆有肉案，列三五人操刀，生熟肉从便索唤，阔切、片批、细抹、顿刀之类"，这些肉铺所售卖的肉类，既有羊肉，也有猪肉，既有生肉，也有熟肉，还可按顾客的要求切割。描绘北宋东京市井繁华景象的《清明上河图》里正好画有一家肉铺，挂着半边猪羊肉，铺内屠夫正在操刀切肉。

南宋时，都城杭州居民的猪肉消费需求更加旺盛，我们来看《梦粱录》的记载："杭城内外，肉铺不知其几，皆装饰肉案，动器新丽。每日各铺悬挂成边猪，不下十余边。"每家肉铺每天卖出的猪肉"不下十余边"，一边大约就是半头猪；如果遇上冬至、春节这样的节日，销售量更大，各家肉铺每天都能卖掉数十边猪肉，肉案前操刀切肉的屠夫有六七人，顾客随便唤索，屠夫按吩咐将肉切出来。至午饭前，各家肉铺挂着的猪肉、骨头都卖光了。这是面向城市终端消费者的肉铺。

此外，还有供应餐饮行业的猪肉批发市场，在修义坊内，生意也很火爆：坊内两街都是屠户，每天屠宰的生猪不下数百头，宰好的白条猪成边批发，都是供给城内外的食店、酒店及盘街卖肉的流动小贩的，因此修义坊又名"肉市"，每日三更天开市，至天色大亮时闭市。而按另一本南宋笔记《西湖老人繁胜录》的记述，杭城诸饮食店中，一家大店每天消耗的肉猪就有上十头。这样的大店在南宋杭州城不知有几多呢？谁说宋朝人不喜欢吃猪肉？正因为猪肉消费需求旺盛，杭州城出现了两个猪肉行会：北猪行与南猪行。

即便是乡村，农家菜谱中也有猪肉。陆游的乡村诗就多次写到猪肉，如《游山西村》一诗写道："莫笑农家腊酒浑，丰年留客足鸡豚。"说的是农家用腊酒、鸡肉、猪肉招待客人。《与村邻聚饮》一诗写道："鸡跖宜菰白，豚肩杂韭黄。"说的是两道美味的农家菜——鸡足炖茭白、猪肩肉炒韭黄。《秋词》一诗写道："乡间老稚迭歌舞，灶釜日膰猪羊烹。"说的是丰收之秋，乡亲们烹猪宰羊、载歌载舞，庆祝丰年。

由于猪肉是宋人餐桌上的常见肉食，宋代的生猪养殖业也相当发达——乡村里农家自己食用、待客的猪肉尚可自养自宰、自给自足，城市居民消费的猪肉必定来自市场供给，这就催生了以生猪销售为目的的养猪业。张择端的《清明上河图》中，画家特意画出了一群正在城郊觅食的猪，显示东京城外就存在发达的生猪养殖业。每天经南薰门赶入城内屠宰的那一万头生猪，至少有一部分就来自这些养猪场。元人笔记《续夷坚志》提到北宋时洛阳永宁县有一屠肆，"豢猪数十头"，这家屠肆同时又是养猪场。宋人笔记《春渚纪闻》中有一个叫韦十二的养猪户，养猪规模更大："秀州东城居民韦十二者，于其庄居豢豕数百，散市杭（杭州）、秀（秀州）间。"数百头猪的养殖规模与今日的养猪场相比，当然不算什么，但放在八百年前，可以算是养猪大户了。

从上述这些记载，无论如何也得不出"宋朝人不喜欢吃猪肉""猪肉被宋人打入冷宫"的结论。

当然，在北宋的宫廷肉类消费中，羊肉的确是最大宗的消费品，猪肉的消费量远逊于羊肉。据《宋会要辑稿》，熙宁十年（1077）内廷用肉，羊肉多达"四十三万四千四百六十三斤四两"，假设宰一头羊可得40斤肉，一年43万多斤羊肉需要宰杀一万余头羊，也就是说，内廷每日要吃掉28头羊；而猪肉的用量只有

张择端《清明上河图》中的肉铺

张择端《清明上河图》中出现的养猪业

"四千一百三十一斤",仅及羊肉的百分之一。难怪北宋的士大夫说,"御厨不登彘肉(即猪肉)","饮食不贵异味,御厨止用羊肉"(陈师道《后山谈丛》、周煇《清波杂志》)。这一饮食习惯应该是受北方游牧民族嗜食羊肉的影响所致,"西北品味,止以羊为贵"(周煇《清波杂志》),流风所及,北宋上层社会(包括皇室贵族与士大夫阶层)亦以食羊肉为尚。

但"御厨止用羊肉""御厨不登彘肉"并不意味着宋代上层社会不食猪肉。皇室虽然食用猪肉远少于羊肉,但一年也要吃掉4000余斤猪肉,日均约12斤。士大夫阶层中更不乏嗜食猪肉之人,如官至宰相的张齐贤可谓是大胃王,很喜欢吃肥猪肉,每顿可吃数斤。

还有苏轼,宋人说他"性喜嗜猪",尤其"喜食烧猪"(周紫芝《竹坡诗话》),听说河阳猪肉甚美味,苏轼竟派人跑到河阳买猪,结果派去买猪的人喝醉了,给猪跑掉了;好朋友佛印和尚知道苏轼好这一口,因此经常用烧猪招待他。

东京大相国寺内有家饭店,叫"烧朱院",主厨也是一位和尚,法号惠明,厨艺高超,"炙猪肉尤佳",远近闻名,真宗朝名士杨亿是惠明和尚的朋友,时常带着同僚到大相寺吃炙猪肉,"烧朱院"之名即是杨亿所取。(张舜民《画墁录》)

也是在真宗朝,汝州太守赵学士每次接待他敬重的客人韩亿(后官至参知政事),都会设猪肉宴。韩亿的好友李若谷是赵太守的门客,每当他肚里馋虫被勾起来、想吃猪肉宴时,都要给韩亿写信:"久思肉味,请兄早访。"(朱熹《宋名臣言行录》)

你看,在这群北宋士大夫中,完全不存在"贵者不肯吃(猪肉)"的情况。

到了南宋时期,"御厨止用羊肉""御厨不登彘肉"的传统也被打破了，宫廷对羊肉的消费量呈断崖式下降，绍兴年间，御膳羊每天只有一头，猪肉的消费量开始超过了羊肉，一份南宋皇室菜单《玉食批》显示，羊肉菜肴只有酒煎羊、羊头签、羊舌签，以猪肉为食材的菜品则有酒醋白腰子、焙腰子、煤白腰子、荔枝白腰子、猪肚假江鳐等，羊肉在御膳食中不再拥有一枝独秀的地位。

尽管在南宋士大夫的心目中，羊肉的地位仍然是尊贵的，就如陆游《菜羹》诗所描述："鸡豚下箸不可常，况复妄想太官羊。"太官羊要比鸡肉、猪肉更难得，更珍贵，但同时，陆游也认为，猪肉与羊肉是一样美味的，所以他又有一首《蔬食戏书》诗写道："东门彘肉更奇绝，肥美不减胡羊酥。"看来苏轼所说的"黄州好猪肉，价贱如泥土。贵者不肯吃，贫者不解煮"，不过是北宋时期黄州一地的情况而已，不能代表宋人的饮食结构与饮食习惯。要说宋代的猪肉价格比羊肉便宜，倒是事实，但我们也不能因此就断定人们不太喜欢吃。宋代猪肉比羊肉便宜，原因并不是宋人不爱吃猪肉，而是生猪供应量远大于羊肉。

至于武侠小说中的好汉为什么喜欢叫店小二"切一斤牛肉／羊肉来"，而不是喊"切一斤猪肉来"，大概是因为武侠小说的作者觉得：吃猪肉太平淡无奇了，吃羊肉或者牛肉才更能显示出江湖好汉的气质与气概。其实，江湖好汉也是吃猪肉的，《水浒传》中，开酒店的顾大嫂为接待邹渊、邹润，吩咐伙计"宰了一口猪，铺下数般果品按酒，排下桌子"。行走江湖的好汉盘缠不多，打尖时点一份猪头肉，那可比大块吃羊肉、牛肉更划算。

乔峰为什么要吃狗肉

金庸《天龙八部》中，丐帮帮主乔峰嗜酒，也经常吃狗肉，他对帮中陈长老说："我和你性情不投，平时难得有好言好语。我也不喜马副帮主的为人，见他到来，往往避开，宁可去和一袋二袋的低辈弟子喝烈酒、吃狗肉。我这脾气，大家都知道的。"乔峰为什么要吃狗肉？也许是因为狗肉很美味，很诱人。

金庸在另一部武侠小说《倚天屠龙记》中对狗肉之美味诱人有过生动描述："范遥心念一动，走到厢房之前，伸手推开房门，肉香扑鼻冲来。只见李四摧蹲在地下，对着一个红泥火炉不住扇火，火炉上放着一只大瓦罐，炭火烧得正旺，肉香阵阵从瓦罐中喷出。孙三毁则在摆设碗筷，显然哥儿俩要大快朵颐。"这瓦罐烹煮的正是狗肉。范遥"走到火炉边，揭开罐盖，瞧了一瞧，深深吸一口气，似乎说：'好香，好香！'突然间伸手入罐，也不理汤水煮得正滚，捞起一块狗肉，张口便咬，大嚼起来，片刻间将一块狗肉吃得干干净净，舐唇嗒舌，似觉美味无穷"。

尽管狗肉美味，但在今天，狗肉该不该吃，却是一个时有争议的话题。乔峰是宋朝人，吃狗肉是不是也会面临舆论压力呢？

我们先来看宋代之前的情况。不妨这么说，中国人自古就有吃狗肉的习惯，至迟在先秦时期，狗肉就进入了祖先的食谱。《礼记》记载："诸侯无故不杀牛，大夫无故不杀羊，士无故不杀犬豕，庶人无故不食珍。"狗肉在先民食谱上的地位如同猪肉，是士以上的贵族才有资格享受的美味。

古人还明确将狗分为三类：守犬、田犬、食犬。《礼记》又载："守犬、田犬则授摈者，既受，乃问犬名。"这是什么意思呢？唐人孔颖达注释说："犬有三种：一曰守犬，守御宅舍者也；二曰田犬，田猎所用也；三曰食犬，充君子庖厨庶羞用也。田犬、守犬有名，食犬无名。献田犬、守犬，则主人摈者既受之，乃问犬名。"守犬与田犬都有名字，可以作为珍贵的礼物送给客人，客人接受后，要询问狗狗的名字，而食犬则没有名字，它的归宿是盘中餐。

秦汉时期，狗肉又从贵族的食谱扩展至平民的餐桌，由于吃狗肉的市民多了起来，市井间还出现"屠狗"的职业。刘邦麾下大将樊哙发迹之前就是一名杀狗卖肉的屠夫，《史记》与《汉书》都说："樊哙，沛人也，以屠狗为事。"

这个时期，狗肉的地位，似乎还高于猪肉与鸡肉，因为《盐铁论》称，汉朝人祭祀时，富人用的是牛肉，中产用的是羊肉与狗肉，贫者用的是猪肉与鸡肉。当然，所有的祭肉，最后都会被人们吃进肚子里。这时候的人们吃狗肉，显然是不会有舆论压力的。

但到了唐宋时期，狗肉不但从祭台上消失了，而且绝大多数人都不再吃狗肉，唐朝的长安、洛阳市井间虽然也有屠狗之人，但基本上都是豪横犯法的恶少年。唐人张守节与颜师古给《史记》《前汉书》作注时，还专门解释了樊哙的职业："时人食狗，亦与羊豕同，故哙专屠以卖之。"显然唐朝市场上狗肉已相当罕见，读书人对"屠狗"的职业很陌生，所以才需要特别解释。

为什么会发生这样一种饮食习惯的变化？我的看法是，首先，随着养殖业的发展，可供人们食用的肉类更加丰富了，羊肉、猪肉、鸡肉、鱼肉的获得都比狗肉更经济。其次是佛教教义的影响。早期汉传佛教允许吃肉，包括吃狗肉，南北朝时期的佛典就有僧人化缘狗肉的记载，但到了唐朝，唐三藏翻译的佛经已明确提出："凡诸比丘，不应食狗及以鸱鸮，并诸鸟兽食死尸者，咸不应食，若有食者得恶作罪。"

中国本土的道教也是"以犬为地厌，不食之"。宋代志怪小说集《括异志》中有一个"误食狗肉"的故事，反映的正是道教的饮食禁忌：一个叫作张焘的士子，有一日误食狗肉，晚上便做了一个怪梦，梦见自己被黄衣使者抓到一处宏丽如同宫阙的府邸，有一个道士模样的人责问他："你为什么要吃狗肉？"张焘自辩："我不是故意吃的。是误吃、误吃。"对方这才原谅了他。醒来时，张焘汗流浃背，知道自己刚才在地府走了一遭。这样的宗教观念对民间饮食行为的塑造是显而易见的。

宋代的一部分士大夫还从人道主义的立场反对吃狗肉，比如苏轼就认为，狗狗是人类的伙伴，不应该被食用。熙宁末年，苏轼在徐州当太守，当地城厢设有"杀狗公事"，管理屠狗事务。苏轼欲禁止屠狗，想要取缔这个"杀狗公事"，但他的僚属说，"近敕书不禁杀狗"，屠狗并不犯法。苏轼问：杀狗合乎礼制吗？僚属说：合礼制。并引述《礼记》的一句话来说明："烹狗于东方，乃不禁。"苏轼反问：《礼记》还说"宾客之牛角尺"（接待宾客所用的牛角尺把长），难道就不应该禁止屠牛？僚属无言以对，因为中原农耕王朝一直都严禁屠杀耕牛，这在农耕时代是非常合理的。

苏轼接着说："孔子曰：'敝帷不弃，为埋马也。敝盖不弃，为埋狗也。'死犹当埋，不忍食其肉，况可得而杀乎？"这里苏轼引用了"孔子埋狗"的典故，来说明狗不可杀，狗肉不可吃。孔夫子养的狗死了，叫子贡去埋葬，并说："我听闻，旧的车帷子不要丢弃，可用来埋掩死去的马；旧的车盖也不要丢掉，可用

南宋李迪《猎犬图》

来埋掩死去的狗。"苏轼很认同孔子的仁爱精神,认为家养的狗死了,都应埋掉,不忍食其肉,怎么可以为了吃肉而将狗活活杀掉呢?

徐州官府最后有没有禁止民间杀狗卖肉,苏轼没有明说。不过宋徽宗时,宋朝政府确实下令在全国范围禁止屠狗:"降指挥,禁天下杀狗,赏钱至二万。"举报屠狗的人可以领赏二万钱。不过,这次禁止屠狗的理由比较奇葩,因为宋徽宗生肖属狗。当时的太学生都拿这条禁令开玩笑:神宗皇帝生肖属鼠,却未听说昔日禁止民间养猫。

以我的推测,太学生之所以反对禁止屠狗,应该是觉得禁令的理由太荒谬,而不是因为他们喜欢吃狗肉。如果让太学生吃狗肉,他们是不会吃的,因为按宋朝人的主流观念,屠狗椎牛是黑社会的标志,那些游走在社会边缘的群体才喜欢吃狗肉,以吃狗肉的行为表达他们的反叛姿态。比如北宋初,京城有无赖之辈,

"相聚蒲博（赌博），开柜坊（赌坊），屠牛马驴狗以食，私销铸铜钱为器用杂物"（徐松《宋会要辑稿》）。南宋时，宣城县境内，也有无赖恶少年啸聚一处，"屠牛杀狗，酿私酒，铸毛钱，造楮币（假币），凡违禁害人之事，靡所不有"（洪迈《夷坚志》）。

请注意，在宋人的叙事中，屠狗之徒是什么身份？都是"亡赖恶子""无赖辈"，属于黑社会群体。这些人干的又是什么营生？"酿私酒，铸毛钱，造楮币""开柜坊""私销铸铜钱"，尽是违禁之事。

宋朝寻常人家的日常食谱里，已经不见狗肉。我们去看《东京梦华录》收录的北宋东京常见肉类食品，《梦粱录》列出的南宋杭州城流行菜品，都没有狗肉。宋朝以降，尽管吃狗肉者不乏其人，但有一点是明确的：吃狗肉已被认为是一件不怎么体面的事情。

金庸武侠世界中，丐帮一袋二袋的低辈弟子为什么喜欢吃狗肉？除了因为狗肉美味，更因为乞丐正是社会边缘人，不会以吃狗肉为耻。乔峰跟着帮中弟子一块喝烈酒、吃狗肉，也是因为他是江湖中人，不受主流社会舆论压力的约束。假如乔峰不是江湖好汉，而是宋朝的一名士大夫，那么他应该是不敢公然大啖狗肉的。

第三辑　日常卫生・日用品

杨过如何剪指甲

金庸武侠小说《神雕侠侣》中，独臂的杨过单身过了十几年，他是怎么剪指甲的？这是江湖上流传甚广的"金庸学不解之题"之一。

与"杨过如何剪指甲"难题相关的问题还有：在杨过那个时代，指甲钳显然还没有发明出来，人们究竟需不需要剪指甲？如果需要，又是用什么工具呢？

人类当然需要剪指甲，不论是今人，还是古人。我们人体组织的尺寸，如牙齿的长度、骨头的长度、耳廓的大小、内脏的大小，发育到一定程度，便不再生长，只有头发与指甲，可以终生生长。指甲如果不剪，它们就会不停地长长长（怎么读都可以），给我们的日常生活造成极大不便。

举个例子，弹吉他需要留一点指甲，用于拨弦，但指甲也不宜过长。弹古琴也是如此。明朝有人写了篇《弹琴杂说》，其中就特别提到，弹琴之人，"指甲不宜长，只留一米许。甲肉要相半，其声不枯"。这里的"一米"当然不是我们现在所说的长度单位，而是指一粒米那么长。我们去看宋徽宗绘的《听琴图》，图中的弹琴者，指甲修剪得非常整齐，差不多就是一粒米长。

猫科动物的利爪、啮齿类动物的牙齿，也都能够终生生长。动物解决爪牙过长的方法，便是磨损——不停地挠硬物，或者不停地啃木头。我们可以想象，生活在石器时代的人们，也是通过磨石头来防止指甲过长的。金属器具发明之后，人类慢慢学会了

宋徽宗《听琴图》上有着长指甲的弹琴者

用刀片来削短指甲（古龙笔下的李寻欢，就常常用他的飞刀修指甲），或者用锉刀来磋磨指甲。当然，在指甲钳发明之前，最常见的工具是剪刀。

中国的剪刀，又称铰刀。铰，交也，王先谦《释名疏证补》说："鬲刀两刀相交，故名交刀耳。"相传剪刀为鲁班发明，但从出土的实物来看，目前发现的年代最早的剪刀来自西汉初期，是交股剪刀，其形制跟现在的U形剪刀有点接近。

交股剪刀是汉代至五代的主流剪刀形制。简单的力学知识告诉我们，这种剪刀用起来比较费力。不过如果用来剪指甲，无疑是绰绰有余的。五代之后，带有支轴的双股式剪刀兴起，由于应用了杠杆原理，用双股式剪刀剪东西会更省力一些。长沙出土的一把五代时期的双股式剪刀，从形制看，已经跟今天我们常用的剪刀没有什么区别了。

那么我们又如何证明古人用剪刀修剪指甲呢？按理剪刀是用来裁剪布匹、纸张的。

我们先来看看明末清初董以宁写的一首小词《兰陵王·别怨》，里面写道："先将榴齿微微刷。取绣绒银剪，轻修指甲。归来戏把檀郎招。"说的是一名闺中女子与情郎约会前，细心梳洗，刷了牙，剪了指甲。在古代女性的梳妆盒内，是少不了这么一把修剪指甲用的小剪刀的。元曲《南吕·一枝花》也写道："粉云香脸试搽，翠烟腻眉学画，红酥润冰笋手，乌金渍玉粳牙。鬓拢宫鸦，改样儿新鞋袜，挑粉垢修指甲。收拾得所事儿温柔，妆点得诸余里颗恰。"修剪指甲是古时女性装扮的基本功。

出土的文物也可以佐证。小型的剪子多出土于女性墓中，与女性化妆用品存放在一起，如广东淘金坑出土的剪子，与镊子、铜镜一起包裹在一个漆盒中；河北邢台唐墓出土的剪子，与银钗、骨钗、铜镊、铜饰同出。可以推知，这些小剪刀，实际上就是当时女性的化妆用具。日本东京国立博物馆收藏有一幅传为南宋刘松年的《宫女图》，图中仕女的桌案上摆着几件女性的梳妆用具，其中便有一把交股式小剪刀。

男性也有专用的修甲用具。晚明高濂的《遵生八笺》记录了一种流行于士大夫群体的"途利文具匣"，"内藏裁刀、锥子、挖耳、挑牙、消息、肉叉、修指甲刀锉、发刷等件；酒牌一、诗韵牌一、诗筒一（内藏红叶各笺以录诗），下藏梳具匣者，以便山宿。外用关锁以启闭，携之山游，似亦甚备"。差不多同时代的屠隆《考槃余事》"文房器具"条也说："小文具匣一，以紫檀为之，内藏

东京国立博物馆藏《宫女图》局部，桌子上有一把小剪刀

小裁刀、锥子、挖耳、挑牙、消息、修指甲刀、锉指、剔指刀、发刡、镊子等件。旅途利用，似不可少。"看来，这修剪指甲的刀、锉，正是士大夫居家、出游之必备用具。

古时的出家人尤其重视身体的清洁，用来刷牙的"齿木"就是僧人发明的。佛经《毗尼母经》说："佛听蓄刀子，一用割皮；二用剪甲；三用破疮；四用截衣；五用割衣上毛缕；六用净果。乃至食时种种须故，是以听蓄。"佛家是允许僧人收藏刀子的，因为需要用刀子来削果皮、修指甲，等等。

古代还有"刀镊工"的行当，其工作就是给顾客修面、修眉、刮胡子、剃发，以及修剪指甲。北宋张择端的《清明上河图》就画有一个刀镊工，在城墙脚下开了一间铺子，正给顾客修面呢。

在明代笔记《凤凰台记事》中，有一则轶事说，明初有个姓杜的"整容匠"（即刀镊工），专职给明太祖朱元璋梳头、修甲，每次服侍皇上完毕，都小心翼翼地将修剪下来的"龙爪龙甲"用纸包起来，放进怀里带走。有一次被朱元璋发觉了，问他："你这是要干吗？"杜姓整容匠说："这是圣体之遗，岂敢乱处理？我想带回家收藏。"朱元璋一听警惕起来："你不说真话是不是？以前我剪下来的指甲在哪里？"杜姓整容匠说："正藏奉于家中。"朱元璋将这名整容匠扣留下来，并派人到他家中查验，发现杜家将皇上的指甲装在朱匣内，安放在佛阁上，并以香烛供奉，对"龙爪龙甲"非常恭敬。朱元璋听了汇报，龙颜大悦，说杜某人诚谨知礼，可任命为太常卿。太常卿是管辖礼仪的官员。这姓杜的因为马屁拍得巧妙，从一名身份低贱的刀镊工变成了朝廷命官，可算是草根逆袭的传奇了。

或许有人会问：古人不是讲究"身体发肤，受之父母，不敢毁伤"吗？怎么会忍心剪掉指甲呢？确实，受"身体发肤，受之父母，不敢毁伤"观念的影响，古人有留发的习惯。不过，对于指甲，古人持另一种观念，东晋张湛的《养生要集》说："爪，筋之穷也。爪不数截，筋不替。"爪，指人的指甲、趾甲。古人认为，如果指甲与趾甲没有经常修剪，就会不利于筋气的新陈代谢。

张择端《清明上河图》中的刀镊工

因此,许多传统医书、养生书都提倡定时修剪指甲,如唐代唐临《脚气论》说:"丑日手甲、寅日足甲割之。"唐代孙思邈《保生铭》说:"寅丑日剪甲,头发梳百度。"《遵生八笺》说:"寅日剪指甲,午日剪足甲,烧白发,并吉。"

由于古人使用剪子或刀片修剪指甲,容易误伤皮肉,传统医书中也收录有不少医治伤的药方,如明代薛铠的《保婴撮要》记载说:"一女子十四岁,修指甲误伤焮痛,妄敷寒凉及服败毒之药,遂肿至手背,肉色不变。余先用内消托里散,手背渐消;次以托里散为主,八珍汤为佐,服两月余而愈。"

回到"杨过剪指甲"的问题,答案是:首先,杨过当然需要修剪指甲,否则,他的手指甲会长得只适合练"九阴白骨爪";其次,杨过可以到市集中找刀镊工帮他修剪指甲,只要付几文钱就行了，而且杨过独臂，说不定还能打个五折；实在不行，他还可以用石头磨、牙齿咬的古老方法。

梅超风如厕后怎么清洁

还有一道"金庸学不解之题":《射雕英雄传》里的梅超风,练了"九阴白骨爪",指甲暴长(这个印象应该来自改编的电视连续剧),那么问题来了,长着超长指甲的梅超风,每次上厕所大解之后,该怎么清洁?

这个问题,涉及中国人的如厕文明史。梅超风生活在南宋后期,宋代之前,尽管纸早已发明出来,但人们还不敢奢侈到将干净的纸张用于便后清洁。那个时候,中国人普遍使用的清洁工具是木片、竹片,叫作"厕筹""厕简"。

厕筹很可能是随佛教传入中国的。我们以前说过,佛教徒很讲究身体的卫生,佛祖常教导信徒要每日刷牙,经常修指甲,佛经《毗尼母经卷》中还有专门指导僧人如厕的文字:上厕所时,"当中而坐,莫令污厕两边。……起止已竟,用筹净刮令净。若无筹,不得壁上拭令净,不得厕板梁栿上拭令净,不得用石,不得用青草、土块、软木皮、软叶、奇木皆不得用;所应用者,木竹苇作筹。度量法,极长者一磔,短者四指。已用者不得振令污净者,不得着净筹中。"这段如厕指南,非常有操作性,如厕时如何坐,如厕后怎么使用厕筹,什么东西不能擦拭,厕筹如何制作,用过的厕筹不可与干净的厕筹混在一块,都规定得清清楚楚。

《南唐书·浮屠传》载,南唐李后主与周皇后好浮屠氏之法,曾经亲自为僧侣削厕筹,非常用心,一定要削得丝滑,并用脸颊来测试厕筹的光滑度,如果有一点点芒刺,必细加修整。

我们不要取笑古人，中世纪后期的法国，皇宫内还用一根悬挂着的麻绳拭秽呢，而且，这根麻绳是公用的，国王用过之后，王后继续用，王后用过，其他人接着用。

日本有些寺院，至今还保留着古老的厕筹清洁法。据陈平原先生游历日本寺院时所见，京都东福寺，禅林东侧有僧人专用的厕所，叫"东司"，里面插有"厕篦"。陈平原说，"厕篦也叫'厕简'、'厕筹'，乃大便后用以拭秽之竹木小片。厕所边上插着木竹小片，这情形我还依稀记得"（陈平原《阅读日本》）。

虽说唐朝时，人们普遍使用厕筹，但此时已开始有一些人利用废弃的纸张拭秽。据唐代《教诫新学比丘行护律仪》记载的僧人如厕规范，僧侣被要求"常具厕筹，不得失阙"，"不得用文字故纸"。既然特别提到了"不得用文字故纸"，就说明已经有人这么做了。不过，这个时候应该还没有专门的手纸，偶尔被用来拭秽的只是"文字故纸"。

那么中国社会究竟什么时候出现了手纸呢？有些网络文章说："中国人使用手纸的最早记载见于元朝，大概是因为元朝是外族入主，没有汉民族'敬惜字纸'的意识。"还有一篇网文，题目叫《元朝取代宋朝是历史的巨大进步》，作者这么认为的依据之一，就是相信元朝的蒙古贵族带来了手纸，如果没有蒙古贵族率先使用手纸，只怕中国人还坚持用厕筹擦屁股呢。作者引用苏轼的诗"石建方欣洗揄厕"来论证，说"揄厕"即厕筹，说明宋朝人没有手纸，只有厕筹。

这是典型的"半桶水晃荡"。其实，苏轼诗中的"揄厕"，只是"厕揄"的笔误，并不是厕筹，而是指贴身衬衫，或指代便器。南宋学者叶梦得早已在他的《石林诗话》中纠正过苏轼的笔误："古今人用事有趁笔快意而误者，虽名辈有所不免。苏子瞻'石建方欣洗腧厕……'据《汉书》，腧厕本作厕腧，盖中衣也，二字义不应可颠倒用。"

不过，元朝时，皇宫之内的御厕确实有了专供皇帝、后妃使用的手纸。据《元史·后妃列传》，忽必烈的儿媳妇（即太子妃）十分孝顺，服侍皇后不离左右，皇后上厕所，太子妃总是先用脸部摩挲手纸，让手纸变得柔软，才送进厕所让皇后使用。这一做法可以媲美南唐李后主与周后。

但《元史·后妃列传》并不是使用手纸的最早记载，因为南宋时，至少在皇室与政府部门中，已出现了专用的手纸，叫作"净纸"。南宋《馆阁录》载："国史日历所，在道山堂之东，北一间为澡圊过道，内设澡室，并手巾水盆，后为圊，仪鸾司掌洒扫，厕板不得污秽，净纸不得狼藉，水盆不得停渟，手巾不得积垢，平地不得湿烂。"南宋杭州的国史日历所内设有"澡圊"，即前面为澡堂、后面为厕所的布局，厕所内卫生设施完备，有净纸、水盆、手巾。显然，在国史日历所的"澡圊"如厕之后，可以用净纸擦拭干净，然后在水盆里洗手，再用手巾拭干。"澡圊"还有专人负责洒扫，所以非常干净、卫生。

这才是我们目前见到的中国人使用手纸的最早记录。不必奇怪，南宋时，造纸术已经推广开来，纸的生产已经规模化，纸张早已不是什么贵重物品，被应用于如厕，也是顺理成章的事情。

不过，宋元时期，手纸的使用尚未普及，民间兼用厕筹。《南村辍耕录》记载说："今寺观削木为筹，置溷圊中，名曰厕筹。"可知当时一些寺院的厕所还在使用厕筹。入宋日僧绘制的《五山十刹图》中，有一幅南宋镇江金山寺的"东司"（即寺院厕屋）平面图，从图中可以看出，南宋时金山寺的厕屋卫生设施齐全，不但分设"大遗"处与"小遗"处，还配有"火头寮"供应热水，

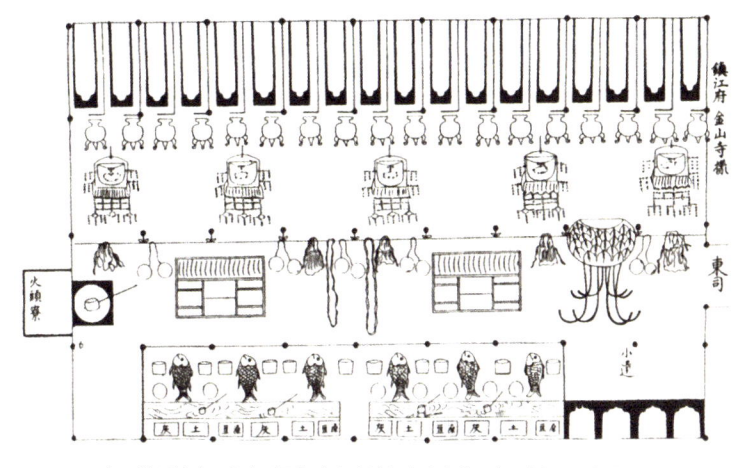

入宋日僧所绘《五山十刹图》中南宋镇江金山寺的"东司"（厕所）平面图

每间"大遗"处门口有香炉除臭，又设了净架，提供灰、土、澡豆三种净料供洗手，又有净竿，用来挂手巾，净竿下面还有焙炉，可烘干手巾，却不知是否配备了手纸。从文艺作品的记述来看，有些寺院已用上了手纸，我们来看看昆曲《西厢记》中的一段精彩打诨：

[付]：啊呀，走错哉，走错哉。走至东圊半边来哉！

[小生]：何谓东圊？

[付]：俗家人叫毛坑，出家人叫东圊。道人，拿草纸来。

[小生]：做什么？

[付]：请相公出恭。

[小生]：不消。

[付]：小恭？

敦煌莫高窟 290 窟壁画上的厕所

［小生］：也不消。

［付］：屁总要放一个。

［小生］：什么说话？

［付］：真个标标致致面孔，肚皮里连屁才无得个。

上面的"付"是昆曲中的角色，类似于插科打诨的丑角。这段戏曲告诉我们，张生歇息的这个寺院是备有手纸的。

到了明清时期，手纸的使用已经相当普遍。皇家自不待言。明朝宫廷内设有一个专门给内廷宫人制造手纸的机构，叫作宝钞司（好名字哇！），"掌造粗细草纸"，宝钞司抄造的草纸，"竖不足二尺，阔不足三尺，各用帘抄成一张，即以独轮小车运赴平地晒干，类总入库，每岁进宫中，以备宫人使用"。皇帝使用的手纸，更加讲究，由监纸房特制、特供："至圣上所用草纸，系内官监纸房抄造，淡黄色，绵软细厚，裁方可三寸余，进交管净近侍收，

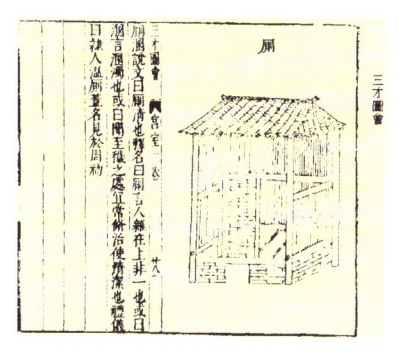

明代《三才图会》插图画出的厕所形制

非此司（宝钞司）造也。"这一记载见刘若愚的《酌中志》。

明代的富贵人家当然也有手纸。《金瓶梅》写道："一回，那孩子穿着衣服害怕，就哭起来。李瓶儿走来，连忙接过来，替他脱衣裳时，就拉了一抱裙奶屎。孟玉楼笑道：'好个吴应元，原来拉屎也有一托盘。'月娘连忙叫小玉拿草纸替他抹。"可见西门大官人的家中是常备手纸的。

甚至农村的厕所也出现了手纸——虽然还比较稀罕。清初小说集《照世杯》中有一个故事说，乡下土财主穆太公，在乡中建了一间公厕，并贴出广告："穆家喷香新坑，奉求远近君子下顾，本宅愿贴草纸。"结果生意火爆，原来，乡下人"用惯了稻草瓦片，见有现成草纸，怎么不动火？还有出了恭，揩也不揩，落那一张草纸回家去的"。

清代时，手纸更是成了市民日常生活必备的寻常用品。小说《瑶华传》里面有个细节："见一个挑夫，将空担靠在一个墙上，向别个铺家讨了一张手纸，上毛房去了。"显然，当时手纸应该非常便宜，不值几个钱，所以才可以向铺家讨要。清代的监狱也向囚犯提供手纸。据清人笔记《天咫偶闻》，监狱里的囚犯可以几天洗一次澡，梳一次头，监狱里配备了木梳、疏巾、草纸、碱豆，木梳与疏巾用坏时更换，草纸与碱豆用完时补充，女狱的卫生用品加倍供应，大约是考虑到女性有生理期，用纸量更大。——你看，连囚犯都用上了草纸，一般市井人家肯定不缺几张手纸啦。

回到梅超风如厕之后如何清洁的问题，梅氏生活在南宋后期，是筹纸兼用的时期，此时社会中已出现了手纸，同时又保留着使用厕筹的习惯。厕筹短者二三寸，长者五六寸，梅超风手指甲再长，也不妨碍她使用厕筹。如果她用的是手纸，尽管指甲过长会带来一点小小的麻烦，但也不至于解决不了问题。

行走江湖的人怎么洗澡

有人说，金庸小说，对吃饭有描述，睡觉有描述，上厕所也有，上班有，做体育运动有，逛街也有，就是从没有提到过洗澡。这位朋友读小说并不仔细，金庸其实是写过洗澡的，如《天龙八部》中，虚竹喝醉后，不省人事，四名灵鹫宫婢女替他洗了澡，虚竹醒后，吓得"一声大叫，险些晕倒"。《飞狐外传》中，胡斐在河里洗澡，衣服被袁紫衣夺走，"赤身露体的不便出来，好在为时已晚，不久天便黑了，这才到乡农家去偷了一身衣服"。《书剑恩仇录》中，陈家洛无意中撞见一位女子在湖中洗澡："只见湖面一条水线向东伸去，忽喇一声，那少女的头在花树丛中钻了起来，青翠的树木空隙之间，露出皓如白雪的肌肤，漆黑的长发散在湖面，一双像天上星星那么亮的眼睛凝望过来。"

不过，金庸小说涉及洗澡等日常生活的细节描述确实不多见，以致有一些读者生出"大侠们怎么不爱洗澡"的疑问。嘿，还真有不爱洗澡的大侠。《射雕英雄传》里的"妙手书生"朱聪，是这么出场的："一副怠懒神气，全身油腻，衣冠不整，满面污垢，看来少说也有十多天没洗澡了，拿着一柄破烂的油纸黑扇，边摇边行。"

然而，宋朝江南人极爱清洁，像朱聪这么邋遢的读书人，不是没有，但肯定会受鄙视。据说王安石（字介甫）生性邋遢，一年也没洗过几次澡，结果他的两个朋友都受不了，每个月都要拉着王安石到浴室洗澡，并戏谑地说这是"拆洗王介甫"。（叶梦得

《石林燕语》）那些不爱洗澡的士大夫是会受到取笑的。宋仁宗朝时有个窦元宾，出身名门，才华很好，但因为"不事修洁，衣服垢汗，经时未尝沐浴"，同僚便给他起了一个外号："窦臭"。（潘永因《宋稗类钞》）

今人一般都有每天洗一次澡的习惯，这个良好的卫生习惯至迟在宋代已经形成了。从宋至元，杭州城中有非常多的公共浴室。13世纪到过杭州的意大利商人马可·波罗发现，"此行在城中有浴所三千，水由诸泉供给，人民常乐浴其中，有时足容百余人同浴而有余"。"包围市场之街道甚多，中有若干街道置有冷水浴场不少，场中有男女仆役辅助男女浴人沐浴。其人幼时不分季候即习于冷水浴，据云，此事极适卫生。浴场之中亦有热水浴，以备外国人未习冷水浴者之用。土人每日早起非浴后不进食。"（冯承钧译《图释马可·波罗游记》）

马可·波罗有理由对此感到惊奇。要知道，在中世纪，欧洲人几乎是从不洗澡的，他们甚至荒唐地认为，洗澡不仅容易致病，而且是淫邪猥琐的表现。但对于爱干净、懂享受的中国人来说，沐浴是我们日常生活的一部分。

不独杭州多浴室，其他城市也是如此。汴京有一条街巷，以公共浴室多而闻名，被市民们称为"浴堂巷"。宋人也将浴堂叫作"香水行"。据宋人吴曾的《能改斋漫录》记载，"所在浴处，必挂壶于门"，挂壶乃是宋朝公共浴堂的标志。如果行走在宋朝的城市，看到门口挂壶的，便是公共浴堂了。

这些浴堂通常一大早就开门营业了。南宋洪迈的《夷坚志》说，宣和初，有一名官员在京候选官职，这一日要到尚书省吏部提交文书，但他起身太早，路上行人尚稀，尚书省的大门也未开，便前往附近一家茶肆歇息，茶肆中就有一个浴堂。可见汴京的公共浴堂通常前面设有茶馆，供人饮茶休息，后面才是供人沐浴的浴堂。

宋代的浴堂还提供搓背的服务，因为爱泡澡的苏轼先生曾作过一首《如梦令》，诙谐地写道："水垢何曾相受，细看两俱无有。寄语揩背人，尽日劳君挥肘。轻手，轻手，居士本来无垢。"有些浴室可能还有特殊的服务，吴自牧《梦粱录》提到杭州一批长着"娉婷秀媚，桃脸樱唇"的妓女，名单中便有"浴堂徐六妈、沈盼盼、普安安、徐双双、彭新"。

宋人不独爱洗澡，还习惯使用肥皂清洁肌肤，市场上还出现了用于个人清洁的香皂，主要是由皂角、香料、药材制成，叫"肥皂团"。宋人杨士瀛的《仁斋直指》记录了一条"肥皂方"，我且抄下来，有兴趣的朋友不妨试着制作一个宋式香皂：

> 白芷　白附子　白僵蚕　白芨　猪牙皂角　白蒺藜　白敛　草乌　山楂　甘松　白丁香　大黄　藁本　鹤白　杏仁　豆粉各一两　猪脂去膜三两　轻粉　蜜陀僧　樟脑各半两　孩儿茶三钱　肥皂（一种荚果）去里外皮、筋并子，只要净肉一茶盏，先将净肥皂肉捣烂，用鸡清和，晒去气息。将各药为末，同肥皂、猪脂、鸡清和为丸。

宋代之后，城市中同样保留着发达的公共沐浴设施。据15世纪朝鲜人编写的汉语教科书《朴通事》记载，元代城市的公共澡堂分隔成几个功能区，里间是浴池，第二间是休息室，第三间是服务室，澡堂提供挠背、梳头、剃头、修脚等服务，顾客可以先"到里间汤池里洗了一会儿，第二间里睡一觉，又入去洗一洗，

南宋《五百罗汉图》中的寺院浴室

却出客位里歇一会儿,梳刮头,修了脚,凉定了身己时,却穿衣服,吃几盏闭风酒,精神更别有"。收费也不贵,"汤钱五个钱,挠背两个钱,梳头五个钱,剃头两个钱,修脚五个钱,全做时只使得十九个钱"。

明代的公共浴室,叫作"混堂",其中杭州的混堂档次比较低,郎瑛《七修类稿》说:

> 吴俗,甃大石为池,穿幕以砖,后为巨釜,令与池通,辘轳引水,穴壁而贮焉,一人专执爨,池水相吞,遂成沸汤,名曰"混堂",榜其门则曰"香水"。男子被不洁者、肤垢腻者、负贩屠沽者、疡者、疕者,纳一钱于主人,皆得入澡焉。

描绘南京市井风情的明代《南都繁会图》,也画有一家公共浴堂,浴堂旁边还有一家香皂铺子,打出"画脂杭粉名香宫皂"的招幌。

《南都繁会图》中的浴堂与"画脂杭粉名香宫皂"招幌

清代扬州的公共浴堂,就比较"高大上"了,不过收费也较高,李斗《扬州画舫录》载扬州澡堂"以白石为池,方丈余,间为大小数格。其大者近镬水热,为大池,次者为中池,小而水不甚热者为娃娃池。贮衣之柜,环而列于厅事者为座箱,在两旁者为站箱。内通小室,谓之暖房。茶香酒碧之余,侍者折枝按摩,备极豪侈。男子亲迎前一夕入浴,动费数十金"。

这类豪华浴堂在扬州城极多,"四城内外皆然。如开明桥之小蓬莱、太平桥之白玉池、缺口门之螺丝结顶、徐宁门之陶堂、广储门之白沙泉、埂子上之小山园、北河下之清缨泉、东关之广陵涛,各极其盛。而城外则檀巷之顾堂、北门街之新丰泉最著"(《扬州画舫录》)。扬州人也特别爱泡澡,以致有俗话说:"早上皮包水,晚上水包皮。"金庸《鹿鼎记》中的韦小宝正是扬州人氏,他后来辞官回了扬州,如果想当大老板的话,不妨考虑开办几间豪华浴堂。

一本 18 世纪末由日本人编写的《清俗纪闻》,介绍了清代城市极常见的低档浴堂:"农夫、佣工等小户人家于浴堂中沐浴。浴堂之浴池为八九尺见方或一丈二三见方之巨大箱状。放入热水后,二三十人可同时入浴。由浴堂主人或其家人等管理衣柜。衣柜编有号数,在钥匙上系上号牌。客人来时,将附上同样号牌之手巾交与入浴之客人,将衣服锁进柜里。洗浴后,按照上述手巾及钥匙之号码打开衣柜,付钱着衣。沐浴费用为每人铜钱三文。"并附有"浴殿(堂)"插图。图中的这家浴堂有热水供应,门口还挂出"杨梅结毒休来浴,酒醉年老没(莫)入堂"的告示。

城市公共沐浴设施如此方便,高档的、低档的都有,行走江湖的大侠们怎么可能不常洗澡?要洗澡,也完全不需要像胡斐那样跑到野外的河里洗。你看《倚天屠龙记》中,张翠山来到临安

《清俗纪闻》中的清代公共浴堂

府,投了客店,用过晚膳,便"到街上买了一套衣巾,又买一把杭州城驰名天下的折扇,在澡堂中洗了浴,命待诏理发梳头,周身换得焕然一新,对镜一照,俨然是个浊世佳公子"。

大侠们每天会刷牙吗

读者的"脑洞"总是比作者的大，比如"金庸吧"中有一个话题："古代的大侠刷牙不？牙齿是不是很黄？"有人说："估计是吧，古人最多是漱口。"确实，金庸的武侠小说从来不写大侠刷牙的细节，仿佛这些江湖好汉从来不曾刷过牙，唯在《天龙八部》中，写到成为灵鹫宫主人的虚竹有婢女服侍漱口的生活起居：

> 虚竹次日醒转，发觉睡在一张温软的床上，睁眼向帐外看去，见是处身于一间极大的房中，空荡荡地倒与少林寺的禅房差不多，房中陈设古雅，铜鼎陶瓶，也有些像少林寺中的铜钟香炉。这时兀自迷迷糊糊，于眼前情景，惘然不解。一个少女托着一只瓷盘走到床边，正是兰剑，说道："主人醒了？请漱漱口。"虚竹宿酒未消，只觉口中苦涩，喉头干渴，见碗中盛着一碗黄澄澄的茶水，拿起便喝，入口甜中带苦，却无茶味，便咕嘟咕嘟的喝个清光。

过惯了清苦日子的虚竹将漱口水当成茶汤喝掉了。金庸先生也许认为，每日起床用参汤漱口，就是灵鹫宫主人应有的尊贵生活。那为什么不干脆写虚竹每天清晨都有婢女服侍刷牙呢？

这涉及一个问题：在虚竹生活的北宋时期，人们有没有刷牙的生活习惯？或者说，那个时候是不是已出现了牙刷？

20世纪50年代，考古学家在内蒙古赤峰大营子的辽墓中发现两把骨制刷柄，长19.2厘米，呈长条状，一端有8个穿透的植毛孔。之后，内蒙古、辽宁、吉林等多个地方的辽墓与金墓中都陆续有骨制刷柄出土。这些辽金骨刷的形制，"与现代牙刷相近，长度与植毛孔数无一定之规，但长度一般在25厘米以内，植毛孔数最少4孔，最多24孔。牙刷多与水具或梳洗用品同出，如小盂、碗、杯、小缸、盆、瓶、瓷盒等"（黄义军、秦或《中国古代牙刷的起源与传播——不同文明互动的一个范例》）。研究者相信，这批出土的骨刷，便是辽金时期人们日常使用的牙刷。

2007年，河南杞县发现一处宋代灰坑，从里面发掘出一些骨制品（半成品）、古铜钱，其中有三件骨质刷柄残品，较完整的一支刷柄残长为7.90厘米，宽1.14厘米，厚约0.40厘米，一端有48个植毛孔。考察过发掘现场的学者称，这应该是宋代的牙刷（残品）。此外，西安太平坊遗址、洛阳瀍河宋代作坊遗址、成都指挥街唐宋遗址、张家港黄泗浦遗址、广州南越宫五代南汉水井都出土过唐宋时期的牙刷柄，说明牙刷在宋代的使用范围相当广泛。

如此说来，堂堂灵鹫宫，怎么可能未为主人准备洁齿的牙刷？虚竹的拜把子兄弟，后来当上了辽国的南院大王，过着契丹贵族

开封博物馆展出的宋代牙刷柄

的生活，更是不可能没有牙刷。

这些出土的牙刷柄也让我们知道了宋人常用牛角、象牙、兽骨、木竹制成牙刷柄，一端钻孔，穿上成束的马尾毛或马鬃毛、猪鬃毛，形制与我们现在使用的牙刷差不多。

值得注意的是，牙刷与另一种古代常见的梳妆用品——抿子十分相似，《三才图会》称：牙刷与抿子，形制相近，都是骨制的柄，一端植以毛物，抿子用来梳头发，牙刷用来清洁牙齿，都是栉沐的用具。如何判断出土的刷柄是牙刷而非抿子呢？一般来说，牙刷柄要比抿子更短一些，头部也更小一些，刷子的毛也更短一点，1厘米宽、25厘米以内长度的刷柄更可能是牙刷。北京故宫博物院藏一幅南宋李嵩的《货郎图》，图中货郎头发上都插着各种待售的小商品，其中右鬓插着一件长毛刷子，当为抿子，左鬓插着的短毛小刷，当为牙刷。

即使出土刷柄与图像无法确证那是宋代牙刷，也没关系，因为我们还有文献记载为证。虽说宋朝的正史跟金庸小说一样有个毛病：闭口不提刷牙之类的日常起居细节，不过从宋朝医书与宋人笔记中，却不难找到关于刷牙、牙刷的记载。

比如成书于南宋绍兴年间的《小儿卫生总微论方》说，小朋友应该经常刷牙，左刷刷，右刷刷，因为勤于刷牙可以预防牙疾："小儿牙齿病者，……因恣食酸甘肥腻油面诸物，致有细粘渍着牙根，久不刷掺去之，亦发为疳宣烂，龈作臭气出血。若风湿相抟，则为牙痛。"小朋友不刷牙，食物残渣就会留在牙缝里，久而久之，会引起蛀牙、牙龈发炎。看来宋朝人已知道不刷牙的后果。

想要防牙疾，就得常刷牙。用什么刷牙？当然用牙刷。另一本南宋医书《养生类纂》说："早起不可用刷牙子。"既然有医生告诫人们早晨别用刷牙子，说明当时的人已有晨起刷牙的生活习

南宋李嵩《货郎图》中,货郎左鬓插着的短毛小刷,当为牙刷

惯。只不过由于宋人的刷牙子多用马尾毛制成,毛质较硬,容易造成牙龈损伤,所以有的大夫便建议早上不要用牙刷刷牙。

南宋吴自牧《梦粱录》记载的杭州日用小商品中,亦有刷牙子;杭州名牌商店名录中,则有"凌家刷牙铺""傅官人刷牙铺"。宋人所说的刷牙子,即是我们今人说的牙刷;而所谓"刷牙铺",则是牙刷专卖店。可见至少对于生活在南宋大都市的市民来说,牙刷已经是常见的日用品。黄药师、黄蓉、陆乘风、江南七侠等南宋侠客的家中可能就有牙刷。

《射雕英雄传》里的云栖寺住持枯木大师及其师弟焦木大师,日常也极有可能使用牙刷刷牙,因为佛门子弟更讲究洁净。南宋嘉定年间（正是《射雕英雄传》故事展开的时代），有一位到访宋朝的日僧道元和尚，在他的《正法眼藏》中就记录了宋朝诸山寺僧人用牙刷刷牙的习惯："将牛尾（毛）切成寸余，将大约三分之牛角作成方形，长六七寸，其端约二寸，作如马鬃形，以之洗牙齿。"宋朝之前，僧人多用嚼杨枝的方式清洁牙齿，但到了宋代，道元和尚看到的诸山寺僧人早已舍弃了杨枝，改为使用牙刷刷牙。

明代时，牙刷的使用范围可能更大，因为不少晚明世俗小说都写到了"刷牙"（明朝人习惯将牙刷叫成"刷牙"），我们来看看：
话本小说《型世言》十三回写道：

> 却说王喜也是一味头生性，只算着后边崔科害他，走了出去，不曾想着如何过活。随身只带一个指头的刷牙，两个指头的箸儿，三个指头的抿子，四个指头的木梳，却不肯做五个指头伸手的事。

明末小说《肉蒲团》第十回写道：

> 艳芳道：
> "你且起来披了衣服，做一件紧要事，才好同睡。"未央生道："除了这一桩，还有甚麼紧要事？"艳芳道："你不要管，只爬起来。"说完走到橱下，把起先温的热水汲在坐桶里，拨来放在床前。对未央生道："快些起来，把身子洗洗，不要把别人身上的腌臜弄在我身上来。"未央生道："有理。果然是紧要事。我方才不但干事，又同他亲嘴，若是这等说，还该漱一漱口。"

明仇英版《清明上河图》中的这家商店,销售的小商品就有牙刷

正要问他取碗汲水,不想坐桶中放着一碗热水,碗上又架着一枝刷牙。未央生想道,好周至女子,若不是这一出,就是个腌臜妇人,不问清浊的了。

《盛明杂剧·有情痴》里也有一段唱词说:

她不知我近日的嘴脸,但听得是玉郎的声音,一把扯住了要与我叙叙情,亲个嘴儿。她说道:"我的心肝肉!你莫非嫌我口臭么?"我说:"岂有此理!怎敢有所嫌。"她回言道:"你既不嫌我口臭,为何带了个刷牙来?"〔笑介〕我那时口虽不应她,心里暗暗地笑。提起手来嘴边一摸,只见那髭须刀也似剪过的,当真像个刷牙。

及至清代中后期,牙刷在民间的使用已经相当普遍了,因为更多的清代世俗小说都有对刷牙、牙刷的描述,如晚清《海上花列传》第八回写道:"赵家姆听见子富起身,伺候洗脸、刷牙、漱口。"《绿野仙踪》九十五回写道:"如玉这日对镜梳发,净面孔,刷牙齿,方巾儒服,脚踏缎靴,打扮的奇奇整整,从绝早即等候新人。"连乡村都出现了牙刷小商品。一本乾隆年间出版的《太平欢乐图》记载说:"今村镇间有提筐售卖荷包、眼镜并牦梳、牙刷、剔齿签之类,琐细俱备,号'杂货篮'。"

实际上,至迟从宋代开始,人们不但用牙刷洁齿,而且还有配合牙刷使用的牙膏、牙粉。宋代的一些官修医书,如《圣济总录》《太平圣惠方》都收录有揩齿药方,这些方子制作出来的成品,为膏状物。这里我顺便介绍一个宋人《香谱》记述的"牙香法"膏方:"沉香、白檀香、乳香、青桂香、降真香、甲香,灰汁煮少时,取出放冷,用甘水浸一宿取出,令焙干,龙脑、麝香已上八味,各半两,捣罗为末,炼蜜,拌令匀。"

元代的《医垒元戎》也载有一道"陈希夷神仙刷牙药"的方子,则是牙粉。其制作方法是:"猪牙皂角及生姜,西国升麻蜀地黄,木律旱连槐夹子,细辛荷叶要同当,青盐等分同烧炼",炼成取出,研为细末。其使用方法是,"每蘸药刷上下牙齿,温水漱口吐之",跟我们今日使用牙刷与牙膏刷牙差不多。

各种牙粉在清末时更为常见。我们从多部晚清小说中都可以看到牙粉的踪影,如《官场现形记》十三回:"管家进去打洗脸水,拿漱口盂子、牙刷、牙粉,拿了这样,又缺那样。"《二十年目睹之怪现状》九十九回:"吃饭中间,张大爷又教了贾冲多少说话,又叫他买点好牙粉,把牙齿刷白了。"

从西洋进口的牙粉,由于品质更好,更受市民的欢迎,康有为《上清帝第三书》说，进口牙刷、牙粉跟"吕宋烟、夏湾拿烟、纸卷、烟纸、鼻烟、酒、火腿、洋肉脯、洋饼、洋糖、洋盐"一样，是家家都有的东西。

所以说，我们不要担心大侠们的口腔卫生，他们平日是可以刷牙的——只要他们愿意，掏几十文钱便可以从市场购买到牙刷、牙粉。金庸没有写他们刷牙，只偶尔说到漱口，恐怕是不了解牙刷的历史吧。

当然，在虚竹那个时代，不刷牙、只漱口的人也有，比如苏轼，他其实是挺注意口腔清洁、牙齿保健的，但就是不喜欢刷牙。他曾自制牙粉，然后抹在手指头擦牙。他还有一个洁齿的法子，就是在饭后用浓茶漱口。理由是"烦腻既去，而脾胃不知。凡肉之在齿间者，得茶浸漱之，乃消缩不觉脱去，不烦挑刺也"。久之，牙齿坚实紧密，就不会有蛀牙了。（苏轼《漱茶说》）

这是有科学道理的，因为茶叶中富含的酚性物质可以使蛋白质凝缩，用浓茶漱口，确实能让齿间的肉碎脱落。列位看官不妨一试。

小龙女如何处理月事

不少无聊的网友都很好奇：小龙女被困在绝情谷底，独自生活了十六年，这么长的时间，她该怎么处理每月来访的月事呢？问题尽管无聊，不过倒也可以引导我们去了解女性卫生史方面的冷知识。

月经是女性与生俱来的生理现象，即使是生活在旧石器时代的妇女，也应该掌握了处理月经的方法。我们从宫闱秘史与传统医书中可以找到一些关于古代女性月事的记载，如中国最早的医学典籍《黄帝内经·素问·上古天真论》就记载了月经："二七，而天癸至，任脉通，太冲脉盛，月事以时下，故有子。"

司马迁《史记》中有一段记录说，景帝欲临幸程姬，程姬有所避讳，没有进御。唐代学者颜师古注释说，程姬"不愿进"，是因为有月事也。因此后人也将女性月经来潮委婉地称为"程姬之疾"。其实"月经"一词，古人也使用，《遵生八笺》里面就提到："大喜大怒、男女热病未好、阴阳等疾未愈，并新产月经未净，俱不可交合。"

不过，古代女性究竟会如何处理月事，我们很难从史料找到相关记载，正史自然不屑于记录这种过去长期认为隐秘、羞耻的事情，甚至连野史笔记也似乎不好意思提到月事。说起来，真要感谢明代的艳情小说与剧本。写艳情小说与剧本的落魄文人关注的通常都是史家回避的闺中秘事，难免要涉及女性月事，因而，读这些文献，可以发现一些古代女性如何处理月事的细节。

明代文人李梅实的剧本《精忠旗·银瓶绣袍》里面,有一段"贴角"与"丑角"(贴、丑均为传统戏剧中的角色)的对白:

〔贴〕:我的心肝,今夜该我下班,要出来和哥哥好睡一觉了。不奈小姐只是绣袍、绣袍。他便念着他的老爷,我却念着我的老公。我又偷了一块袍缎在此,拿与哥哥。

〔丑〕:好做陈妈妈。

〔贴〕:呸,这样好缎子,留着做绣香囊儿才是。

对白中出现的"陈妈妈"是什么呢?就是旧时女性处理月经的卫生巾,一般用绢、罗、布制成。近代之前,西方女性处理月事,也是用旧布,这一习惯在语言上留下了痕迹,英文中有一句俚语:on the rag,直译的意思是"在破布上",实则是"月事来了"的隐晦说法。说来真是有趣,今人将女性月经称为"大姨妈",旧人则将卫生巾叫成"陈妈妈",不知这"陈妈妈"与"大姨妈"之间,是什么亲戚关系?

不少成书于明清时期的艳情小说与剧本,都提到"陈妈妈"。我们再来看另外几个例子:

明代沈泰编辑的《盛明杂剧·相思谱》里的一段对白:

〔净〕:我晓得了。但是你有何表记与他?

〔旦〕:也说得有理。我有金凤钗一只、汗巾一条,都是我时常佩带的。今劳你寄去,教他睹物思人。

〔净〕:(接过金凤钗、汗巾)呵呀!为何汗巾上都是鲜血?莫不是陈妈妈么?

［旦］：不要取笑！你自寄去便了。

明传奇《牡丹亭》中的一段唱词：

［旦］：好个伤风切药陈先生。
［贴］：做的按月通经陈妈妈。
［旦］：师父不可执方，还是诊脉为稳。
（末看脉，错按旦手背介）
［贴］：师父，讨个转手。

明代拟话本小说《石点头》里的一段描述："方氏招眼望见孙三郎，已在面前，自觉没趣，急急掩上遮堂门扇，进内去了。孙三郎随口笑道：'再看一看何妨。还不曾用到陈妈妈哩！'"孙三郎轻佻的语气里，隐藏的意思是说，小娘子很嫩，还未初潮呢，不曾用到"陈妈妈"。

明末清初小说《醒世姻缘传》的两处情节：

那伍小川在外面各处搜遍，只不曾翻转地来。……床背后、席底下、箱中、柜中、梳匣中，连那睡鞋盒那"陈妈妈"都翻将出来，只没有什么牌夹。

偷儿又把第二个抽斗扭开，却好端端正正那百十两银子，还有别的小包，也不下二三十两。偷儿叫了声"惭愧"，尽数拿将出来。衣架上搭着一条月白丝绸搭膊，扯将下来，将那银子尽情装在里面。又将那第三个抽斗扭开，里面两三根"明角先生"，又有两三根

"广东人事",两块"陈妈妈",一个白绫合(荷)包,扯开里面,盛着一个大指顶样的缅铃,余无别物。

顺便介绍一下,所谓的"明角先生""广东人事""缅铃",都是明清时期颇为流行的女用安慰器具。明清艳情小说常有提及。

清代世俗小说《姑妄言》中也有"陈妈妈":"郑氏在褥子底下掏出块陈妈妈来,同拭净了,对面搂着睡下。"

读这些明清艳情小说与剧本时,如果你不知道"陈妈妈"为何物,可能会感到莫名其妙。知道那是卫生巾之后,大概会忍俊不禁。

"陈妈妈"又有一个别名——"陈姥姥"。姚灵犀的《思无邪小记》记述说:"陈姥姥,巾帕之别名也。《读古存说》:《诗》'无感我帨兮',《内则》注:妇人拭物之巾,尝以自洁之用也。古者女子嫁,则母结帨而戒之,盖以用于秽亵处,而呼其名曰'陈姥姥'。"

姚灵犀是民国一名奇葩文人,对与性有关的知识十分感兴趣,搜集了一堆春宫秘戏图、宫闱秘辛与色情掌故,编选笺注为《思无邪小记》。《思无邪小记》里还记录了他在洋货铺中看到的进口"陈妈妈":

> 尝于洋货肆中见陈列匾形印花铜匣,标字条于上,则月经带也,不禁忍俊。索而观之,是以纸薄之皮所制,边缀牛筋之绳伸缩自如。引之长尺许,宽约二寸。两端缘橡皮,而结以线带。此乙种也。其甲种类如短裤,有裆可解,裆之上可铺棉絮,以承红铅。审匣上字,知为东方舶来品。当余取阅时,有二三妇女腆然来购,

民国《妇女杂志》第十六卷第十二号刊出的治疗痛经的广告

并争价之低昂。归而返想，颇觉新奇。

按姚灵犀的记述，民国城市的市场中已有从西方进口的月经带，制作比较精良，一种为长约尺许、宽约二寸的带状，另一种类似于三角裤，有档可解，上面可以垫放草纸、布条、棉絮等，用于吸纳经血。

至迟在明代，"陈妈妈"的说法应该已经非常流行了。冯梦龙收集有一首明代山歌《陈妈妈》，歌词诙谐，以拟人的口吻自述："陈家妈妈有人缘，风月场中走子几呵年。小阿奴奴名头虽然人尽晓得，只弗知我起先个族谱相传……"可知"陈妈妈"的名头，在当时已是"人尽晓得"。按歌词透露的信息，"陈妈妈"很可能还是从风月场所率先叫出来的。

那么明代之前的女性用不用"陈妈妈"呢？我没有找到文献

方面的记载，但从出土文物看，宋朝女性毫无疑问是使用卫生带的，南京花山宋墓、福州南宋黄升墓出土的女性衣物中，就有抹胸、卫生带等。

小龙女生活在南宋后期，与黄升生活的年代刚好重合。她当然会有卫生带，也许还随身带着哩。就算她什么都没带，也没什么大不了的，因为绝情谷底没有第二个人，那里又有一个水潭，清洁还是不成问题的。

行走江湖要不要随身带着火折子

对于江湖人来说,夜晚显然比白天更重要,不论是月黑风高杀人放火,还是歌楼酒馆大碗喝酒大块吃肉,都是更加适合在夜里发生的江湖节目。因此,在武侠小说作家笔下,那些喜欢夜晚出动的江湖人,几乎必备一种夜行神器:火折子。

金庸十五部武侠小说中,除了篇幅较短的《白马啸西风》《鸳鸯刀》与《越女剑》,其他的小说都写到了火折子。其中《笑傲江湖》一书就有好几处出现火折子,如第十一章:

> 陆大有大喜,忙道:"是小师妹么?我……我在这里。"忙晃火折点亮了油灯,兴奋之下,竟将灯盏中的灯油泼了一手。

第二十章:

> 又走了数丈,黄钟公停步晃亮火折,点着了壁上的油灯,微光之下,只见前面又是一扇铁门,铁门上有个尺许见方的洞孔。

第三十八章:

> 令狐冲带着二人,径往正气堂,只见黑沉沉的一

片，并无灯火，伏在窗下倾听，亦无声息，再到群弟子居住之处查看，屋中竟似无人。令狐冲推窗进去，晃火折一看，房中果然空荡荡地，桌上地下都积了灰尘，连查数房，都是如此。

从金庸的描述，我们知道，火折子可以随身携带，需要使用时才掏出来，一晃便能够点亮。我们看古装影视作品中的火折子，使用更是如同现代的打火机一样方便，火光也如同电灯一样亮堂。

火折子当然不是金庸的发明。清末民初艺人张杰鑫根据《施公案》与《彭公案》改编的长篇武侠评书《三侠剑》，就频频提到火折子这一照明神器：

第五回：

（白胡子老者）语毕，由腰间取出火折子，晃燃着，恶贼一看，正是白天那位老头……

第六回：

单说胜三爷将众人引到黄昆家中之时，在左邻僻静处，晃着火折子，撕下一块绸子手巾，写了四句言词，为的是叫众官人到观音庵查看……

第七回：

三位老侠客浸得筋骨麻木。正在叫天天不语，叫地地不应，就听南面的铁箆子外，水向上一搅，一双手持住铁笤子,由分水裙内掏出火筒打开子母口,抽出火折子晃着了,向牢中一照,遂说道:"三位哥哥多有受难,恕小弟救护来迟。"语毕,将火折放在火筒之内……

成书于清代的神魔小说《济公全传》也出现了火折子:

> 三个人把鼻孔塞好,华云龙把熏香盒子点着,一拉仙鹤嘴,把窗纸通了个小窟窿,把仙鹤嘴搁了进去,一拉尾巴,两个翅膀一扇,这股烟由嘴里冒进屋子里去。此时陈亮、雷鸣来到楼房上前坡趴着。三个人觉着工夫不小了,把熏香盒子撤出来收好,把上下的窗户搞下来,三个人蹿到屋里,华云龙一晃火折把灯点上。此时那三位姑娘都被香熏过去,人事不知,这乃赵员外一个侄女两个女儿。

但是,除了少数江湖题材的清代评书与小说,我们在历史文献中很难检索到关于"火折子"的记载。很可能这种点火方式出现的时间比较晚。

古人最常用的点火工具,其实并不是传说中的火折子,而是火刀(又称火镰)、火石与火绒。生火时,火刀与火石相击,迸发出火星,火星落在火绒上,燃烧起来,便可以作为火种。清人笔记《乡言解颐》将火刀、火石与火绒列为日常生活必备的"随身宝":"钻木映日,皆可取火,而总不若火镰之便。乡人谓与火石、火绒子为随身三宝,非谬赞也。"行走江湖的大侠们,想必也需要带着这"随身三宝"。

从宋元明清时期的小说、戏剧、评书中，我们可以非常容易地找到关于火刀与火石的记载，比如元杂剧《张生煮海》有段唱词是这么说的："小生张伯腾，早到海岸也。家僮，将火镰、火石引起火来，用三角石头把锅儿放上。你可将这杓儿舀那海水起来。锅里水满了也，再放这枚金钱在内。用火烧着，只要火气十分旺相，一时间将此水煎滚起来。"

成书于元明之际的施耐庵《水浒传》写道："众人身边都有火刀、火石，随即发出火来，点起五七个火把。众人都跟着武松，一同再上冈子来，看见那大虫做一堆儿死在那里。"

清代公案小说《施公案》写道："且说小西叫声：'哥们，谁带着火镰打火，咱们进屋去照照，还有贼人没有？'杨志答应，立刻打火引着火纸，进房点着灯，搜了搜，只彦八哥一人，也把他上了捆绳，拉到外边。"

大约在宋朝时期，还出现了一种形制跟今日火柴差不多的引火工具，叫作"发烛"，又叫"引光奴""火寸""焠儿""取灯儿"。晚清时西洋火柴传入中国，老北京人还将火柴称为"洋取灯"。

宋人笔记《懒真子》载有司马光年轻时秉烛夜读的故事："温公尝宿于阁下，东畔小阁侍吏唯一老仆。一更二点即令老仆先睡，看书至夜分，乃自掩火灭烛而睡。至五更初，公即自起，发烛点灯著述，夜夜如此。"司马光住在书阁中，大约晚上8点钟即叫老仆先睡，自己则读书至大半夜，才灭烛睡觉，大约凌晨3点钟又起床，用"发烛"点灯，在灯下写文章。这里的"发烛"便是宋朝人使用的"火柴"。

那么"发烛"究竟是怎么样的呢？据北宋陶谷《清异录》的记述："夜中有急，苦于作灯之缓。有智者批杉条，染硫黄，置之待用，一与火遇，得焰穗然。既神之，呼'引光奴'。今遂有货者，易名'火寸'。"意思是说，夜里黑灯瞎火的，如果有急事要起床，取火点灯是件麻烦事（想想古时是没有打火机的），于是有聪明人想了一个办法：将杉木削成一小条，杉条的一头涂上硫黄，从形态看，跟今天的火柴很接近，用它来引火点灯非常方便，因为涂有硫黄的一端碰到烧红的火炭之类，便可燃起火苗。在陶谷生活的北宋初，市场中已有这种火柴出售，叫作"火寸"。

我们从南宋画家周季常、林庭珪所绘的《五百罗汉图·供养弥陀图》中可以看到这样的火寸，看起来与今人使用的火柴没什么两样。不过，今日的火柴可以自发火，火寸则似乎不能自发火，只能作引火之用，使用时，或许需要先用火镰、火石敲出火种。

陶宗仪的《南村辍耕录》也记录了南宋人使用"发烛"的情况："杭人削松木为小片，其薄如纸，熔硫黄涂木片顶分许，名曰'发烛'，又曰'焠儿'，盖以发火及代灯烛用也。"南宋杭州市民将松木削成小片，薄如纸，又将硫黄熔化，涂于木片顶端，用来发火点灯，名字叫"发烛"或"焠儿"。有人考据说，"焠儿"就是"燧儿"，含有"燧木取火"之意，且《南村辍耕录》明言"焠儿"可以"发火及代灯烛用"，因此，这时候的"发烛"是能够通过摩擦起火的。如果真是这样，那南宋人使用的"发烛"就跟后来的洋火柴没什么区别了。不过我们还找不到足够的史料证据来支持这一猜测。

但有一点可以肯定，至迟在北宋时，"发烛"已经是市场上可以买到的日用小商品了，从《清异录》的记载"今遂有货者"便可以看出来。《武林旧事》"小经纪"条收录的南宋杭州小商品中，也有"发烛"："……猫窝、猫鱼、卖猫儿、改猫犬、鸡食、鱼食、虫蚁食、诸般虫蚁、鱼儿活、虼蚪儿、促织儿、小螃蟹、虫蚁笼、促织盆、麻花子、荷叶、灯草、发烛……"

南宋《五百罗汉图》中的火柴——发烛

到了清代时，又出现了一种叫作"火煤子"的点火器具，从史料的记载看，这种"火煤子"跟宋朝人的"发烛"差不多，使用时需要在火源点火。我们看晚清谴责小说《官场现形记》提到的"火煤子"："（账房师爷）拿簿子往桌上一推，取了一根火煤子，就灯上点着了火，两只手捧着了水烟袋，坐在那里呼噜呼噜吃个不了。"

但此时已有一种不用点火的"火煤子"，又叫作"火煤筒""火纸筒"，一般用竹筒或金属筒制成，里面填充有燃烧着的火绒，平时圆筒有盖子盖着，使火绒因为缺氧而处于半燃烧状态，使用时拧开盖子，用口一吹，或者用力一晃，火种便复燃。我们从清代的一些小说、笔记中都可以看到这种"火煤筒"。来看三个例子：

《七真因果传》：

> 王玉阳见房门半掩，用手推开，果见长生子陪着一个绝色的妓女坐在床边打瞌睡，玉阳一见忍不住笑，桌子上有个火煤筒，拿过手来，轻轻将火敲燃，向着长生子脸上一吹，煤火乱飞，扑在那姐儿面上，烧着细皮嫩肉，猛然惊醒。

《儿女英雄传》：

> 只见一个人站在当地，……左手拿着擦的锃亮二尺多长的一根水烟袋，右手拿着一个火纸捻儿。只见他"噗"的一声吹着了火纸，就把那烟袋往嘴里给楞入。

《埋忧集》：

> 吾乡有戴姓者，以赌博倾其资，家中素无长物。一日暮归，将上灯而无油，探囊中，止余钱三文，遂止，和衣上床睡，因思明日朝餐尚无所出，辗转不寐。忽闻窸窣有声，一偷儿穴墙而入。戴潜伺其所为，偷儿出怀中火纸，略一吹嘘，火光四照，遍觅室中，无可携取。

说到这里，你会恍然大悟：这"火纸筒"不就是武侠小说中的火折子吗？是的。所谓"火折子"，便是清人常说的"火纸筒"

了。江湖人（如《埋忧集》记载的小偷）有时会随身携带这种"火纸筒"。

不过，"火纸筒"决不像古装电视剧所描述的那样神奇，一吹就着，一晃就亮，功能赛过打火机。事实上，要将"火纸筒"吹着，是需要技巧的。而且，"火纸筒"保存火种的时间也有限，不可能几天几夜都不熄灭，所以古人一般将"火纸筒"用于抽水烟。至于习惯夜行的江湖好汉们，为保险起见，还得随时带着火镰、火石与火绒子。

郭靖、黄蓉家里有没有棉被

中原武林的冬天是寒冷的，大侠们虽然身怀绝技，但也是怕冷的，即使运起《九阳真经》的真气可以御寒，但识九阳神功的也只有张无忌一人，对绝大多数的江湖人来说，在寒冷的大冬天，身上是需要穿一件大棉袄的，睡觉是需要盖一床棉被的。因此，在金庸塑造的武侠世界里，棉被是常见的日用品。你看《神雕侠侣》中，黄蓉"将儿子放在丈夫身畔，让他爷儿俩并头而卧，然后将棉被盖在二人身上"；《倚天屠龙记》中，武当弟子殷梨亭"将无忌拉入房中睡下，盖上棉被，又生了一炉旺旺的炭火"；《鹿鼎记》中，"韦小宝掀起棉被一角，只听得屋外人声杂乱，他当时第一个念头是：'太后派人来捉拿我了。'从床上一跃下地，掀开棉被，说道：'咱们快逃！'"

《神雕侠侣》的故事发生在南宋。有网文质疑：宋代有种植棉花吗？没有棉花，郭靖、黄蓉家何来棉被？这类"宋朝没有棉被"的说法在互联网上传播甚广，还有人煞有介事地考证说："如果翻阅大量的文献记载，在宋元之前，史书中并未有过棉花的记载，而棉花真正的种植地乃是在印度和阿拉伯。同时根据如今棉花的种植地可知，就算是棉花真正传入我国，也是在中原王朝的边疆所种植，并非为普通人所拥有，更遑论做成棉衣、棉被。"

棉花确实源自域外，但引入中国的时间其实非常早。中国古人种植的棉花，主要是非洲棉与亚洲棉。非洲棉原产于埃及，大约于公元 3 世纪经陆路传入我国新疆，据《梁书》记载，高昌国便出产棉花，并出现了棉布交易："(高昌)多草木，草实如茧，茧中丝如细纩，名为白叠子，国人多取织以为布。布甚软白，交市用焉。"文献所说的"白叠子"就是非洲棉，用非洲棉织成的布叫"白叠布"。吐鲁番晋墓曾出土棉织品、棉籽，经鉴定即为非洲棉。

唐朝时，内地已经从边疆引入非洲棉的种植，长安市场中也有"白叠布"出售。据《唐书·地理志》记载，今河北省境内的幽州、冀州、易州、莫州、沧州、邢州等地向朝廷上贡的土贡中就有棉花；唐人编写的《四时纂要》中也有"种木棉法"，指导农民如何种植棉花；唐传奇《东城老父传》则载，长安人贾昌一日"行都市间，见有卖白衫、白叠布"。杜甫也写有"细软青丝履，光明白氎巾"的诗句，"白氎巾"即"白叠布"。只不过唐时白叠布是稀罕之物，比较名贵，非寻常人家所能购买。

亚洲棉原产于印度，至迟在汉代已经从海路传入中国的海南岛，《后汉书》提到的珠崖"广幅布"，便是指海南岛出产的亚洲棉布。之后，亚洲棉逐渐从海南岛传入大陆，至北宋时，川蜀、岭南都出现了棉花种植业，据《宋会要辑稿》，宋太宗曾令川峡诸州"织买绫罗、绸绢、绝布、木绵等"，可知四川此时已出产木绵布；彭乘《续墨客挥犀》则说，"闽岭以南多木棉，土人多植之，有至数千株者，采其花为布，号吉贝布"。可见岭南的木棉种植业相当发达。

宋人说的"木绵"，即是棉花。绵本指丝绸，而棉花纤维洁白、纤细，如同蚕丝，但又产自草木，所以古人便将棉花叫作"木绵"，意即产自草木的丝绸。后来，人们又造了一个新字："棉"，用来称呼棉花，以区别于作为丝绸的"绵"。宋人袁文《瓮牖闲评》说："木绵，亦布也，只合作此'绵'字，今字书又出一'棉'字，为木棉也。"但由于"棉"字产生未久,使用范围不广,宋人还是习惯将棉花写成"木绵",有时则写成"木棉"。

为什么有人"翻阅大量的文献记载",却发现宋元之前的史书"并未有过棉花的记载"?因为棉花在宋代文献中多被记作"吉贝""木绵""木棉",若不了解这些名词的源流,当然找不到棉花的记载。

还有一些朋友阅读文献资料,可能很容易将宋人笔下的"木绵""木棉"跟木棉科的"英雄树"木棉相混淆,其实宋人所说的木绵、木棉只有七八尺高,春天二三月播种,入夏枝叶渐茂,到了秋天即开花结实,花为黄色,果实为青色,成熟时,果皮四裂,绽出白色棉团。(胡三省《资治通鉴注》)符合这一描述的作物只能是棉花,而决不可能是今日的木棉树。

南宋时期,棉花的种植范围更广。福建、浙江、江西、淮南都有大量农户种植棉花,胡三省《资治通鉴注》说:"木棉,江南多有之";"闽、广多种木绵";南宋政府在浙东、浙西征收的夏税名目中,已含有"木绵"。如果棉花种植者太少,决不可能征税。说不定,郭靖、黄蓉夫妇居住的桃花岛上就种有棉花。

学界旧说认为,元代之前,从北路传入的棉花只种植于边疆,未能向中原推广;从南路传入的棉花也限于海南、两广、云贵一带,无法向北推进,直至元朝,历经五百年栽种、培育的南路棉花才逐渐传入长江中下游。但这一旧说早已被老一辈宋史大家所打破,漆侠先生的《宋代植棉考》《宋代植棉续考》,王曾瑜先生的《中国古代的丝麻棉》《中国古代的丝麻棉续编》,都以确切的史料证实,两宋时期(特别是南宋),岭南、福建、浙江、江西、淮南、川蜀等地都出现了棉花种植业,植棉业大面积推广于内地,非于元代,而是始于宋代。不知今天为何还有那么多网文说着"宋

清代《御题棉花图·采棉图》石刻拓片

朝没有棉花"的车轱辘话。

当然,有了棉花不代表就有棉袄、棉被,因为人们种植棉花,主要是为了织布,而且棉花不能直接填充于被套,还需要一道技术:弹棉花。我曾收到一名网友留言,说弹棉花是元代才出现的,因此宋代并没有棉袄、棉被。这个说法也是错误的,因为宋代是有弹棉花技术的,胡三省《资治通鉴注》载:"土人以铁铤碾去其核,取如绵者,以竹为小弓,长尺四五寸许,牵弦以弹棉,令其匀细。"这个过程便是弹棉花。宋诗《木棉布歌》中的"乌镵筳滑脱茸核,竹弓弦紧弹云涛",描述的也是弹棉花。不管将棉花用于纺织,还是作为棉袄、棉被的填充物,都需要先弹棉花。毫无疑问宋人已经掌握了这门技术。

苏辙的《益昌除夕感怀》诗则确凿无疑显示宋人已经可以穿上棉衣,因为这首诗说:"永漏侵春已数筹,地炉犹拥木绵裘。""木绵裘"相当于今天的棉袄。苏辙之孙苏籀亦有一首《闽中秋满》诗写道:"径从南浦携书笈,吉贝裳衣皂帽帷。""吉贝裳衣"便是棉布衣。苏辙之兄苏轼也有一件棉衣,是儋州土人送给他的:"遗我吉贝布,海风今岁寒。"(苏轼《和陶拟古九首》)有了这一件棉衣,足以抵御海南岛的海风了。

苏辙还有一首《次韵子瞻独觉》诗提到棉被:"午鸡鸣屋呼不起,欠伸吉贝重衾里。"诗中的"吉贝重衾"就是棉被。在寒冷的冬天,棉被的保暖效果是相当不错的,所以白居易老人家才说:"日高睡足犹慵起,小阁重衾不怕寒。"(白居易《重题》)南宋有一个叫华岳的读书人,获赠一床棉被,非常兴奋,也写了一首诗致谢赠被的友人,宣布从此不再担心冬天太寒冷:"一床浪卷芙蓉皱,十幅香重锦绣开。不怕夜寒侵斗帐,却愁春梦到阳台。"(华岳《谢刘判院》)需要注意的是,宋时尚没有"棉被"一词,一般叫作"重衾""绵衾"。

北京故宫博物院收藏的名画《韩熙载夜宴图》,传为南唐画师顾闳中的作品,但从画家笔下的家具形制来看,都是典型的宋式家具写照,因而此画当是南宋画师的摹本。图中画有被子,堆在床上,高高隆起,显然不是薄薄的被单,而应该是厚厚的棉被。

除了图像史料与文献记载,我们还有实物为证。1966年,浙江兰溪县南宋墓曾出土一条保存完整的棉毯(现藏浙江省博物馆),此毯制于南宋淳熙年间,长2.51米,宽1.18米,纯由棉花织成,双面起绒,棉纤维经化验,确定为古亚洲棉。由此可见南宋时江南棉织技术之发达。郭靖、黄蓉夫妻生活在植棉业、棉

宋摹本《韩熙载夜宴图》中的棉被

浙江出土的南宋拉绒棉毯

织业方兴未艾的江南，且拥有整个桃花岛的产业，家道殷实，家中少不了有几床棉毯、重衾、绵衾。

南宋之后，经元代黄道婆改良与推广棉织技术，明代朱元璋令天下农民种植桑麻木绵，中国的植棉业与棉织业更加繁盛，逐渐取代了丝麻。兴起于元明之际的武当派大概率用上了棉被。及至清代，棉衣、棉被已经成为寻常百姓家的日用品。一份成书于清代的社会救济章程《得一录》说："贫人买夏帐、棉衣、棉被等，哀怜让价，勿使不成。"可知当时的穷人也会购买棉衣、棉被。至于成功混入皇宫生活的韦小宝，过的是锦衣玉食的日子，肯定实现了"棉被自由"啦。

有没有大侠戴眼镜

金庸笔下,似乎没有一名侠客是戴眼镜的。按理说,古人也会有视力问题,比如年岁大了就容易得白内障、老花眼,读书多了就容易得近视眼——陆游对此深有感触:"少年嗜书竭目力,老去观书涩如棘。"(陆游《夜坐闻湖中渔歌》)。杜甫很可能就有老花,因为他在《小寒食舟中作》一诗中自谓"老年花似雾中看";欧阳修则是近视眼,因为宋人笔记《石林燕语》有明确记载:"欧阳文忠近视,常时读书甚艰,惟使人读而听之。"由于晚年近视,欧阳修看不了案牍,只好让别人读给他听。江湖中人尽管修炼武功,但没有证据显示武功能够让人不得近视眼、老花眼、白内障。像《天龙八部》里的王语嫣,天天躲在曼陀山庄内读武功秘籍,大概率会得近视;《倚天屠龙记》中的张三丰,那么大岁数了,极有可能得白内障或老花眼。

得了白内障,最有效的治疗方法就是手术,唐宋时期的医师已能熟练地运用针刀给白内障患者做眼科手术了,此即"金针拨障术",苏轼亲眼见过一位叫王彦若的眼科医生怎么做白内障手术,觉得很神奇,便写了一首《赠眼医王生彦若》,说王医生"运针如运斤,去翳如拆屋"。王彦若就如一名武林高手,手中针如斤斧,患者眼中翳如破屋,王彦若运针如风,三下五除二就将眼翳给去除了。

近视、老花的视力问题则需要用眼镜矫正。假如王语嫣果真得了近视,有没有机会佩戴眼镜呢?《天龙八部》的故事发生在北宋，恰好前两年有一部以北宋为时代背景的连续剧《梦华录》，剧中有个杜夫子，正是近视眼，所以他总是随身带着一副手持式眼镜。这一设定引来了一些质疑：宋朝人真的可能用上眼镜吗？

你别说，还真有可能。1958年，聂崇侯先生曾发表论文《中国眼镜史考》，即提出"宋朝中国人已经发明了眼镜"。聂先生的论文提供了两条很重要的文献记载为依据，我们现在转引出来讨论。

第一条文献依据来自南宋赵希鹄《洞天清录》："叆叇，老人不辨细书，以此掩目则明。"意思是说，老人家眼睛老花，看不清书中小字，这时候用一副"叆叇"掩目，就可以看得一清二楚了。"叆叇"是古人对眼镜的称呼，音为"爱戴"。连续剧《梦华录》里杜夫子用的手持式眼镜，就叫"叆叇"，看来编剧是做了一些文史功课的。

《洞天清录》原书已佚失，但部分内容被元末陶宗仪收录进《说郛》，所以能流传至今，但《说郛》收录的《洞天清录》并没有提及"叆叇"。"以此掩目则明"这段文字其实来自《通雅》《正字通》等明末训诂学著作的转述："叆叇，眼镜也。《洞天清录》载，叆叇，老人不辨细书，以此掩目则明。元人小说言，叆叇出西域。"因此今天一些论者认为，南宋《洞天清录》并无关于"叆叇"的记载，相关文字实是后人添加的。但我觉得，《说郛》收录的《洞天清录》是残缺不全的，很可能关于"叆叇"的内容佚失了，明末方以智编写《通雅》、张自烈编写《正字通》，都引用《洞天清录》对"叆叇"的记载，这不太可能是凭空捏造出来的，也许他们见过更完整的《洞天清录》文字。

再来看第二条文献依据，是北宋刘跂《暇日记》记述的一则故事："杜二丈和叔说，往年史沆都下断狱，取水晶十数种以入，初不喻,既出乃知,案牍故闇者,水晶承日(有的版本为"承目")照之,乃见。"史沆是北宋苏洵的同乡兼朋友,他在担任司法官时,可能得了老花眼,因此曾使用水晶制成的眼镜阅读案卷。不过,此时的眼镜,形制应该不似今日我们熟悉的带镜架双片眼镜,更可能是单个镜片,无镜架,使用时以手持着,就如使用放大镜。

无独有偶,西欧中世纪(13世纪中叶)也出现了类似的"阅读石",是用玻璃制成的凸透镜,可放大字体,教会神职人员用它来阅读经文,之后意大利的工匠在"阅读石"的基础上发明了简易的眼镜。也许宋代的"叆叇"也是循着同样的路径发明出来的:北宋时,有老花眼的史沆用水晶制成凸透镜,放大字体,方便阅读卷宗;南宋时,人们将凸透镜加工成"叆叇",供"不辨细书"的老人家读书时使用。《正字通》又记载说:"元人小说言,叆叇出西域。"那么也有可能眼镜是西域人带到中原地区的。

不管怎么说,假如《正字通》关于"叆叇"的记载是可靠的,则我们可以相信,南宋时期,供老花眼之人使用的眼镜已出现在少数人的生活中。生活在北宋后期的王语嫣也许用不了"叆叇",但用水晶凸透镜阅读武功秘籍还是有可能的;而生活在南宋后期的黄药师则有机会使用"叆叇"。

至于生活在明末的华山派掌门穆人清(可能会老花),生活在清中叶的红花会十四当家、"金笛秀才"余鱼同(可能会近视)则毫无疑问可以用上眼镜,因为到了明代,关于眼镜("叆叇")的可靠记载已逐渐多了起来:

明景泰朝官员张靖之见过一副眼镜,"(镜片)如钱大者二,形色绝似云母石,而质甚薄,以金相轮廓而纽之,合则为一,歧则为二。……老人目昏,不辨细书,张此物加于双目,字明大加倍"。(张靖之《方州杂录》)

嘉靖朝人郎瑛少年时，也听说过眼镜，因为他在《七修续稿》中记录说："少尝闻贵人有眼镜，老年观书，小字看大。"后来有朋友送了他一副，"质如白琉璃，大可如钱，红骨镶成二片……可开合而折叠"。

万历朝人田艺蘅的《留青日札》亦载，提学副使潮阳林公家中有一副眼镜，镜片大小如钱，质薄而透明，"每看文章，目力昏倦，不辨细书，以此掩目，精神不散，笔画倍明。中用绫绢联之，缚于脑后"。时人不知道此物叫何名字，询问田艺蘅，田艺蘅说："此叆叇也。"

生活在明末清初的叶梦珠在《阅世编》中说："眼镜，余幼时偶见高年者用之，亦不知其价，后闻制自西洋者最佳，每副值银四五两，以玻璃为质，象皮为干，非大有力者不能致也。"

明代画家绘制的城市风情画《南都繁会图》与《上元灯彩图》，也都画有戴眼镜的老者。眼镜被市井风情画画家捕捉到，绘入画卷中，说明眼镜已不是很罕见。

从明代的这些图像资料与文献记载中，我们可以获得几点确凿无误的信息：（一）一部分明代文人或老者已用上了眼镜；（二）眼镜是双镜片的，大如铜钱，有镜架，可折叠，佩戴时用绳子缚于脑后；（三）眼镜基本都是老花镜；（四）此时眼镜尚未大众化，还比较名贵，一副眼镜的价格是四五两银子。

不过，清代顺治朝之后，眼镜便越来越便宜了，叶梦珠《阅世编》记述说："顺治以后，其价渐贱，每副值银不过五六钱。近来苏、杭人多制造之，遍地贩卖，人人可得，每副值银最贵者不过七八分，甚而四五分，直有二三分一副者，皆堪明目，一般用也。"这是清初老花镜的价格，近视镜则略贵一些："惟西洋有一种质厚于皮，能使近视者秋毫皆晰，每副尚值银价二两，若远

明代《南都繁会图》中戴眼镜的老者（右下角，"兑换金珠"广告招牌下）

明代《上元灯彩图》中戴眼镜的老者（右下角）

视而年高者带之,则反不明。"叶梦珠相信,近视镜的价格很快也会降下来的:"恐再更几年,此地巧工亦多能制,价亦日贱耳"。

明末清初,不仅眼镜已经商品化,"遍地贩卖,人人可得",而且眼镜的制造也实现了本土化,"苏、杭人多制造之",不再依赖于西洋进口。更值得一说的是,本地眼镜制造商的技术水平不逊于西洋人,当时苏州有一个制作眼镜的大匠,叫孙云球(字文玉),制镜技术极高明,能磨出24种不同度数的近视镜、24种不同度数的昏眼镜(老花镜),人们可以根据情况进行选择(孙云球《镜史·孙文玉眼镜法序》)。

从理论上说,《碧血剑》中的穆人清如果得了老花眼,是可以托人到苏州找孙云球配一副昏眼镜的,因为他们大致生活在同一时代。金庸老爷子给他笔下的侠客们配备了刀剑、暗器、夜行衣、金创药、火折子、折扇、首饰,却没有给任何一名江湖人配眼镜,未免少了一些趣味。倒是张纪中制片的电视连续剧《鹿鼎记》、周星驰主演的香港电影《鹿鼎记》中,都出现了韦小宝戴着眼镜耍酷的造型。这个造型设计挺有新意的,也没有脱离历史,从历史考据的角度来看,让韦小宝戴上眼镜,可比让他带着一沓银票更加符合历史真实。

第四辑 婚恋·生育

郭靖应该怎么向黄药师提亲

《射雕英雄传》第十八回写"西毒"欧阳锋带着侄儿（实为私生子）欧阳克、侍女、礼物，登桃花岛，向"东邪"黄药师提亲，请他将女儿黄蓉许配给欧阳克。黄药师本已应允了亲事，不想半路杀出一个"北丐"洪七公，也来向黄岛主提亲。

洪七公指着郭靖与黄蓉道："这两个都是我徒儿，我已答允他们，要向药兄恳求，让他们成亲。现下药兄已经答允了。"欧阳锋道："七兄，你此言差矣！药兄的千金早已许配舍侄，今日兄弟就是到桃花岛来行纳币文定之礼的。"洪七公道："药兄，有这等事么？"黄药师道："是啊，七兄别开小弟的玩笑。"洪七公沉脸道："谁跟你们开玩笑？现今你一女许配两家，父母之命是大家都有了。"转头向欧阳锋道："我是郭家的大媒，你的媒妁之言在哪里？"

欧阳锋料不到他有此一问，一时倒答不上来，愕然道："药兄答允了，我也答允了，还要甚么媒妁之言？"

洪七公诘问欧阳锋"媒妁之言在哪里"，是有道理的。因为在传统中国，一桩婚姻的缔结，决不可儿戏，须有"父母之命""媒妁之言"。唐朝将"媒妁之言"写入《唐律疏议·户婚》，"为婚之法，必有行媒"，"嫁娶有媒，买卖有保"。没有"媒妁之言"的婚姻，是不合法的。宋承唐制，也在法律上规定"为婚之法，必有行媒"。按朱熹《朱子家礼》记载的宋人婚俗、礼法，男子十六岁以上，女子十四岁以上为成年人，可以议婚，议婚时，通常都是男方家先委托媒人前往女方家提亲，女方家同意了，男方家才可以请媒人正式求婚。洪七公替郭靖求婚，有媒人；欧阳锋替欧阳克提亲，却没有媒人，确实不合礼制。

这个"父母之命、媒妁之言"的传统，不免让今人常以为古人亲事就是包办婚姻，新人只能听从父母摆布，双方要到洞房才第一次见面。有网友甚至忍不住脑补出一个场景："古代婚姻，多是父母之命，媒妁之言，很多男女结婚前从没有见过。那相当于，洞房那一夜，新娘基本是和一个陌生人做那件事。我想问的是，那种感觉不会很怪异么？"

其实，这个想象至少对宋人而言是不准确的。所谓"父母之命、媒妁之言"，并不是父母包办的意思，而是指缔结婚姻须经"父母之命、媒妁之言"的程序。新人对于自己的婚事，是有一定自主权的（当然不能跟现代社会的自由恋爱相提并论），并非全然由父母说了算。而且，新人双方也不是要到洞房才第一次见面，在成亲之前，他们其实是见过面的。这个见面的程序，叫作"相亲"。

按宋人习俗，经媒人说亲之后、新人成亲之前，有一个相亲的程序。南宋笔记《梦粱录》对此有详细记述：

> 男家择日备酒礼诣女家，或借园圃，或湖舫内，两亲相见，谓之"相亲"。男以酒四杯，女则添备双杯，此礼取"男强女弱"之意。如新人中意，则以金钗插于冠髻中，名曰"插钗"。若不如意，则送彩缎二匹，谓之"压惊"，则姻事不谐矣。既已插钗，则伐柯人（媒人）通好，议定礼，往女家报定。

若彼此相中了，则男方给女方插上金钗，也很有礼节；若相不中,则男方要送上彩缎两匹,表示歉意。

这一相亲的习俗,一直沿袭至清代。蒲松龄整理的"聊斋俚曲"《琴瑟乐》说的是媒人登门提亲,是对清代山东淄博一带婚俗的生动展示。我们来看看:

> 园里采花,园里采花,忽见媒婆到俺家。这场暗喜欢,倒有天来大。爹正在家,娘正在家。若是门户对的好人家,祷告好爹娘,发了庚帖罢。

亲事初步说定之后,便是相亲的程序:

> 媒人又来了,媒人又来了,说是婆婆要瞧瞧。明天大饭时,候着他来到。故意心焦,故意心焦,人生面不熟,是待怎么着?嫂子来劝我,我仔偷眼笑。

说的是媒人说亲之后,男方家长前来相亲。准新娘很是激动:

> 婆婆来相,婆婆来相,慌忙换上新衣裳。本等心里喜,妆做羞模样。站立中堂,站立中堂,低着头儿偷眼望。看见老人家,倒也喜欢像。丢丢羞羞往外走,婆婆迎门拉住手。想是心里看中了,怎么仔管哑着口?头上脚下细端详,我也偷眼瞅一瞅。槽头上买马看母子,婆婆的模样倒不丑。

跟着未来婆婆而来的还有准新郎,两个年轻男女也相互偷偷打量:

> 那人妆娇,那人妆娇,往我门前走几遭。慌得小厮们,连把姑夫叫。他也偷瞧,我也偷瞧:模样俊雅好丰标。与奴正相当,真正一对美年少。

清代文人沈复,少年时与舅表姐陈芸娘订下亲事。沈复在《浮生六记》中追述与芸娘订亲之后的甜蜜交往:一年冬天——

> 值其堂姊出阁,余又随母往。……是夜送亲城外,返已漏三下,腹饥索饵,婢妪以枣脯进,余嫌其甜。芸暗牵余袖,随至其室,见藏有暖粥并小菜焉,余欣然举箸。忽闻芸堂兄玉衡呼曰:"淑妹速来!"芸急闭门曰:"已疲乏,将卧矣。"玉衡挤身而入,见余将吃粥,乃笑睨芸曰:"顷我索粥,汝曰尽矣,乃藏此专待汝婿耶?"芸大窘避去,上下哗笑之。

两个少年人表达情愫很含蓄,但这也是很美好的恋爱啊。

那古代有没有媒人说亲之前的恋爱呢?也有。宋朝的元宵节,实际上就是情人节,我们来看宋词《女冠子》的描述:

> 帝城三五,灯光花市盈路,天街游处。此时方信,凤阙都民,奢华豪富。纱笼才过处,喝道转身,一壁小来且住。见许多、才子艳质,携手并肩低语。
>
> 东来西往谁家女,买玉梅争戴,缓步香风度。北观南顾。见画烛影里,神仙无数。引人魂似醉,不如趁早,步月归去。这一双情眼,怎生禁得,许多胡觑。

讲述古代男女恋情的清人仿仇英《西厢记》插图

　　元宵之夜，谈情说爱的情人们肆无忌惮，手挽手、肩并肩。东京城里甚至设有专供少年男女谈恋爱的地点。《东京梦华录》有记载："别有深坊小巷，绣额珠帘，巧制新妆，竞夸华丽，春情荡扬，酒兴融怡，雅会幽欢，寸阴可惜，景色浩闹，不觉更阑。"

　　我来讲一个宋话本《张生彩鸾灯传》的故事吧：南宋年间，越州有一个轻俊标致的秀士，年方弱冠，名唤张舜美。因来杭州参加科考，未能中选，逗留在客店中，一住半年有余，正逢着元宵佳节，便锁好房门，出客店游玩。恰好观灯时候，在灯影里看见一名楚楚动人的小娘子,不由怦然心动。张舜美便依着《调光经》的教导,上前搭讪。"那女娘子被舜美撩弄,禁持不住。眼也花了,心也乱了,腿也苏了,脚也麻了。痴呆了半晌,四目相睃,面面有情。"

上面提到的《调光经》,是流行于宋朝的"求爱指南"。《调光经》告诉男孩子,遇上了心仪的女孩子,当如何上前搭讪,如何博取对方好感,如何发展感情:要"屈身下气,俯就承迎";"先称她容貌无双,次答应殷勤第一";"少不得潘驴邓耍,离不得雪月风花";"才待相交,情便十分之切;未曾执手,泪先两道而垂";"讪语时,口要紧;刮涎处,脸须皮";"以言词为说客,凭色眼作梯媒";"赴幽会,多酬使婢;递消息,厚赆鸿鱼";"见人时佯佯不睬,没人处款款言词"。

也有女孩子主动追求男孩子的情况。我再讲一个宋话本《闹樊楼多情周胜仙》的故事:宋徽宗年间,开封市民周大郎的女儿周胜仙与樊楼上卖酒的范二郎在金明池的茶坊中偶遇,二人"四目相视,俱各有情"。周胜仙会怎么向心仪的范二郎示爱呢?话本写道——

> 这女孩儿(周胜仙)心里暗暗地喜欢,自思量道:"若还我嫁得一似这般子弟,可知好哩。今日当面挫过,再来那里去讨?"正思量道:"如何着个道理和他说话,问他曾娶妻也不曾?"……你道好巧!只听得外面水盏响。女孩儿眉头一纵,计上心来,便叫道:"卖水的,倾一盏甜蜜蜜的糖水来。"
>
> 那人倾一盏糖水在铜盂儿里,递与那女子。那女子接得在手,才上口一呷,便把那个铜盂儿望空打一丢,

便叫:"好好!你却来暗算我!你道我是兀谁?"

那范二郎听得道:"我且听那女子说。"

那女孩儿道:"我是曹门里周大郎的女儿;我的小名叫作胜仙小娘子,年一十八岁,不曾吃人暗算。你今却来算我!我是不曾嫁的女孩儿。"

这范二郎自思量道:"这言语蹊跷,分明是说与我听。"

卖水的道:"告小娘子,小人怎敢暗算!"

女孩儿道:"如何不是暗算我?盏子里有条草。"

卖水的道:"也不为利害。"

女孩儿道:"你待算我喉咙。却恨我爹爹不在家里。我爹若在家,与你打官司。"

……

对面范二郎心道:"他既暗递与我,我如何不回他?"随即也叫:"卖水的,倾一盏甜蜜蜜糖水来。"

卖水的便倾一盏糖水在手,递与范二郎。二郎接着盏子,吃一口水,也把盏子望空一丢,大叫起来道:"好好!你这个人真个要暗算人!你道我是兀谁?我哥哥是樊楼开酒店的,唤作范大郎,我便唤作范二郎,年登一十九岁,未曾吃人暗算。我射得好弩,打得好弹,兼我不曾娶浑家。"

卖水的道:"你不是风!是甚意思,说与我知道?指望我与你作媒?你便告到官司,我是卖水,怎敢暗算人!"(这卖水的被人拿来递话儿,自己还蒙在鼓里,好生可怜。)

范二郎道:"你如何不暗算?我的盏儿里,也有一根草叶。"

女孩儿听得,心里好欢喜。茶博士入来,推那卖水的出去。女孩儿起身来道:"俺们回去休。"看着那卖水的道:"你敢随我去?"

这子弟思量道:"这话分明是教我随他去。"

……

女孩儿约莫去得远了,范二郎也出茶坊,远远地望着女孩儿去。只见那女子转步,那范二郎好喜欢,直到女子住处。

总而言之,"父母之命、媒妁之言"的礼法,并不排斥结婚之前的自由恋爱,而是说,男女两情相悦、欲结婚姻时,双方需要禀明父母,由父母出面,委托媒人,向对方尊长提亲。郭靖与黄蓉相识于江湖,不用说,自然是自由恋爱;如果郭靖要娶黄蓉为妻,则必须经过一套复杂的礼俗程序:

首先,郭靖要请家中尊长(他双亲已去世,可由"江南六怪"代表)作主,聘请媒人(这个大媒由洪七公来做最好不过了),带着"定帖"与礼物,前往桃花岛,向黄药师求亲。黄药师若同意这门亲事,会收下礼物,并回"定帖"。

男方的"定帖",一般要写明"男家三代官品职位名讳,议亲第几位男,及官职、年甲月日吉时生,父母或在堂、或不在堂,或书主婚何位尊长"。

女方的"回帖",通常也是写明议婚的是家中哪一个女儿,今年多少岁,生辰八字是什么,并具列陪嫁的财产:"房奁、首饰、金银、珠翠、宝器、动用、帐幔等物,及随嫁田土、屋业、山园等。"这一条很重要,因为按宋人惯例,女方带来的嫁妆,都归新娘子私有、支配，不计入男方家产。日后若是离婚，女方有权带走全部嫁妆。

因为郭靖与黄蓉早已两情相悦，相亲的程序就免了。那么交换婚帖之后，郭靖家还要请媒人往黄蓉家送"定礼"，女家接到"定礼"后，要备好香烛酒果，在宅堂中设香案，祈告祖宗神明，并在当天备好回送男家的礼物，叫"回定"。然后，郭家择日给黄家送聘礼，聘礼轻重并无一定之数，依男方家境贫富而定。送过聘礼，郭靖便可以挑一个黄道吉日，迎娶新娘子黄蓉过门了。当然，迎亲也有非常隆重的仪式，我就不一一细说了。

这一套缔结亲事的礼仪当然不是我编造出来的，而是详细记录在南宋吴自牧的《梦粱录》中，如今在广东潮汕一带仍有遗存，虽然是繁文缛节，但也彰显了婚姻大事的庄重。

郭靖与黄蓉是怎么避孕的

《倚天屠龙记》中,张翠山与殷素素在冰火岛生活了十年,为什么只生育张无忌一个孩子?难道当时就有非常进步的避孕技术吗?

这是一个有趣的问题。网上有人说:"我们可以用生物学来解释:自然界中,如果生长环境恶劣、严重缺少食物,动物会自动减少生育。殷素素所住的冰火岛,临近北极,气候寒冷,食物匮乏,所以她的生育能力自然会受影响。"还有人从医学的角度提出了解释:"我们认为,可能性最高的假设是:殷素素为 Rh 阴性血型。这种血型的孕妇怀有 Rh 阳性的胎儿时,第一胎一般不会出现问题,但从第二胎开始,就极易发生严重的新生儿溶血。"

嗯,都说得通。那好吧,张翠山与殷素素的问题且告一段落,我们还有另一个问题:《神雕侠侣》中,郭靖与黄蓉为什么在生下郭芙之后一直没有再生育?直到大女儿差不多成年时,他们才生了第二胎——郭襄与郭破虏(异卵双胞胎)。

要知道,郭靖与黄蓉婚后在桃花岛隐居,生活条件不错,衣食无忧,不存在"气候寒冷,食物匮乏"之类的问题。他们后来又成功生育了第二胎,所以也不能用"Rh 阴性血型"来解释。只能说在郭芙出生之后,至怀上郭襄、郭破虏这十五六年间,靖哥哥与蓉儿一定采取了什么节育措施。

古来今往,节育措施无非是两大类:避孕、人工流产。那么在郭靖、黄蓉生活的时代,有没有可靠的避孕方法或者相对安全

美国弗利尔美术馆藏宋代《浴婴图》

的人流技术呢？许多网文都在谈古人怎么避孕，什么服用水银，使用鱼膘或羊肠制成的避孕套之类，真真假假。下面我们依据文献，提供更靠谱的节育史知识。

如果去检索明清时期的通俗文艺作品，你会发现，当时很多偷情的男女都会主动买堕胎药物。在明代话本小说《张于湖误宿女贞观记》中，落第书生潘必正在金陵女贞观暂住，与观中女道士妙常私会，妙常有了身孕，郁郁寡欢。潘必正安慰她说，明日入城赎一帖堕胎药吃了。清代小说《八洞天》中也有一个故事，说的是，一个叫毕思复的员外，因中年无子，妻子单氏便给他买了一个小妾，但小妾买回来，却发现已有身孕，毕思复对妻子说："若要留她，须赎些堕胎药来与她吃了，出空肚子，方好重新受胎。"

这两个故事说明，至迟在明清时期，城内的市场上是很容易买到堕胎药的。大概也因为主动堕胎的妇女太多了,清代一本《德育古鉴》将"劝人不堕胎"列为十大无量功德之一。因为古人相信,主动堕胎是杀生、造孽的事情。

不过,清代社会已出现了为堕胎行为辩护的非主流观念。纪昀《阅微草堂笔记》讲了一个故事:

> 医者某生,素谨厚,一夜,有老媪持金钏一双,就买堕胎药。医者大骇,峻拒之。次夕,又添持珠花两枝来,医者益骇,力挥去。越半载余,忽梦为冥司所拘,言有诉其杀人者。至则一披发女子,项勒红巾,泣陈乞药不与状。医者曰:"药以活人,岂敢杀人以渔利!汝自以奸败,于我何尤?"女子曰:"我乞药时,孕未成形,倘得堕之,我可不死,是破一无知之血块,而全一待尽之命也。既不得药,不能不产,以致子遭扼杀,受诸痛苦,我亦见逼而就缢,是汝欲全一命,反戕两命矣。罪不归汝,反归谁乎?"……医者悚然而寤。

还有一个叫作汪士铎的晚清学者,甚至提出实行"独生子女政策"的设想:"施送断胎冷药""吃冷药使勿孕"。他还呼吁"弛溺女之禁,推广溺女之法""当首行溺女之赏",尤其是穷人,"非富人不可取妻,不可生女,生即溺之"。其主张之极端,令人难以想象。

比起所谓的"断胎冷药",使用安全套应该是更安全也更人道的避孕方式。许多网文都提到古人用鱼鳔制作安全套的故事,不过我没有找到确凿的史料,不予采信。但至迟在晚清时,中国人已见识到西洋人发明的避孕套。同治年间，北京同文馆学生张德彝出洋游历，其日记《欧美环游记》记载说："闻外国人有恐生子女为累者，乃买一种皮套或绸套，贯于阳具之上，虽极颠鸾倒凤而一雏不卵。其法固妙矣，而孟子云：'不孝有三，无后为大。'惜此等人未之闻也。要之倡兴此法，使人斩嗣，其人也罪不容诛矣。"

尽管张德彝对避孕套的发明感到愤怒，但不久避孕套便传入了中国。清末笔记《思无邪小记》载："今之洋货肆或药房中，尝售有二物。一曰'风流如意袋'，系以柔薄之皮为之，宿娼时蒙于淫具，以免霉毒侵入精管。因能防制花柳病也，故亦名'保险套'。更有一种附有肉刺者，可增女子之欢情。"清末民初有一本世情小说，叫《人海潮》，第三十九回的回目是"公子多情暗藏避孕袋"。当时的风流男子四处留情，随身带着安全套。跟今天的某些夜场年轻人有什么差别？

但我们前面介绍的是明清时期的情况。郭靖与黄蓉可是生活在南宋后期，那时候也有避孕等节育技术吗？

有的。研究中国经济史的教授李伯重先生写有一篇《堕胎、避孕与绝育——宋元明清时期江浙地区的节育方法及其运用与传播》，按李伯重先生的研究，宋人使用的节育方法包括利用药物或其他手段避孕、人工流产。

宋代的医生已经明白多种药物可以致使孕妇流产，北宋末刻印出版的《经史证类大观本草》与《太平惠民和剂局方》均收录了五六十种堕胎药，其中多种经现代药理实验证实确实具有致流产的药效。南宋陈自明的《妇人良方》还专门列出"断产方"，并称："《易》曰'天地之大德曰生'，然妇人有临产艰难；或生育不已，而欲断之。故录验方，以备所用。"这个记载显示，宋朝人不但掌握了流产的药方，对民间的人工流产需求也能够给予正视，尽管人流被认为不合"天地大德"。

《妇人良方》还记载了避孕药方。此外，宋代有一些医书也收录有一些"断子方"，称服用后"月经即行，终身绝子""永断孕，不伤人"云云。成书于南宋的《针灸资生经》则介绍了运用针灸"绝孕""绝子"的方法。

限于当时的科学发展水平，这些药方与措施的有效性、安全性，我们不应该高估。但是，从节育方法在宋代医书广泛记载的事实来看，我们可以确信，宋朝平民显然已经在有意识地尝试控制生育，至少有一部分宋人并不愿意自然地生儿育女。

事实上，由于从宋代开始，中国社会的育龄夫妇有意识地控制生育，自觉使用了节育手段，导致南宋以降江南地区的人口增速明显下降：江南地区的八府一州，"七世纪中叶约有10.3万户，十二世纪末叶则有102.1万户，即5个世纪内增加了9倍。而十三世纪初江南人口约有800万，到十九世纪中叶则为3600万，即6个世纪中只增加3倍"（李伯重《堕胎、避孕与绝育——宋元明清时期江浙地区的节育方法及其运用与传播》）。

在这样的时代背景下，郭靖与黄蓉在生育了第一胎之后，基于种种考虑，比如生活比较忙碌（郭靖必须将全部精力用于抵抗元军），不打算那么快要第二胎，因此主动采取了一些避孕或其他节育措施，也是完全有可能的。

欧阳锋与嫂子私通，会受什么刑罚

奸情与爱情一样，都是文学作品永恒的主题。《水浒传》里好几位好汉，都被戴上了"绿帽子"：从"病关索"杨雄，到河北大员卢俊义，再到梁山第一把手宋江。而最著名的例子便是潘金莲与西门庆。金庸武侠小说也隐藏着好几个通奸偷情的故事，如《射雕英雄传》里的欧阳锋与嫂子私通，还有一个私生子欧阳克；《天龙八部》中的马夫人康敏，生性放荡，与丐帮执法长老白世镜勾搭成奸，害死了丈夫——丐帮副帮主马大元。

《射雕英雄传》的故事背景为南宋，《天龙八部》的故事背景为北宋。我们知道，中国的法律，从先秦直至民国时期，都保留着通奸罪。那么在宋朝，一对男女如果被发现存在奸情，会受到怎么样的刑罚呢？

也许你会毫不犹豫地说，奸夫淫妇会被抓去沉塘、浸猪笼、骑木驴啊。对不起，这说明你戏曲小说电视看多了，被编造故事的小文人带进阴沟里去了。

根据《宋刑统》，"诸奸者，徒一年半，有夫者徒二年"。通奸的男女不会被浸猪笼，或者骑木驴，而是各判一年半的有期徒刑（即强制服一年半苦役），如果当事女性有丈夫，则再加半年刑期。也就是说，假如白世镜与康敏没有谋杀马大元，仅仅是通奸的话，即便被告上法庭，也只是获刑两年而已。

而且，对于通奸罪，宋政府又创造性地立法规定"奸从夫捕"。什么意思？即妻子与别人通奸，要不要告官，以丈夫的意见为准。

宋代通奸题材插图：明代绣像本《水浒传》上的武大郎

这一立法表面看起来似乎是在强调夫权，实际上则是对婚姻家庭与妻子权利的保护，使女性得以免受外人诬告。我们换成现代的说法，就比较容易弄明白了：宋朝法律认为通奸罪是属于"亲不告，官不理"的亲告罪，如果丈夫可以容忍，法庭就不必多管闲事了。

也许我们可以用南宋判词辑录《名公书判清明集》收录的一个判例来说明。大约宋理宗时（正好是《射雕英雄传》故事展开的时间），广南西路临桂县的教书先生黄渐，因生活清贫，带着妻子阿朱寄居于永福县陶岑家中，给陶家当私塾先生，借以养家糊口。有一个叫作妙成的和尚，与陶岑常有来往，不知何故跟黄妻阿朱勾搭上了。后来便有人到县衙门告发，称和尚妙成与阿朱通奸。县衙的糊涂判官不问缘由，将妙成、陶岑、黄渐三人各杖六十，阿朱免于杖责，发配充军。这一判决，于法无据，于理不合，显然就是胡闹。

黄渐不服，到州法院上诉。主审法官范西堂推翻了一审判决，根据"奸从夫捕"的立法意旨，尊重黄渐的意愿，让他领回妻子，离开永福县。和尚妙成身为出家人，却犯下通奸罪，罪加一等（《宋刑统》规定，若是道士、女道士、僧人、尼姑与人通奸，罪加一等），押送到灵川县牢营服役。一审判官张阴、刘松则罚杖一百。

范西堂是一位深明法理的司法官，他通过这一判决，申明了一条立法原则：国家立法，必须顺乎情理，否则法律便有可能成为恶法。具体到通奸的行为，在当时人们的观念中，确实是有伤风化、为人不齿的丑行，但是，如果男女间一有暧昧之事，不管当丈夫的愿不愿意告官，便被人检举，被有司治以通奸罪，则难免"开告讦之门，成罗织之狱"。因此，范西堂认为，对通奸罪的立法，不能不以"奸从夫捕"加以补救，将通奸罪限定为"亲不告，官不理"的亲告罪，方得以避免通奸罪被滥用。

元朝开始尚沿用"奸从夫捕"的司法惯例，但在大德七年（1303），元廷便废除了"奸从夫捕"的旧法，原因是当时一个叫郑铁柯的官员发现，民间有一些不肖男人竟然利用妻子做皮肉生意而生财，以致各地城邑都有不肖之辈争相仿效，败坏了社会风气。郑铁柯认为，之所以会出现这种纵妻为娼的风气，是因为司法有"奸从夫捕"的惯例，通奸属于"亲不告，官不理"的亲告罪，作为当事人的丈夫如果不告官，旁人举报是没有用的，官府也不能主动捉奸。因此，郑铁柯提议：废除"奸从夫捕"之法，要求四邻积极举报妇人犯奸之事，官府严惩通奸之人，这样一来，小民自然知畏，不敢轻犯。元廷采纳了郑铁柯的建议，颁下新法：今后四邻若发现有人通奸，准许提奸，将通奸夫妇押送衙门，问个明白；一旦查实，本夫、奸妇、奸夫同杖八十七下，并强制本夫与奸妇离婚（《元典章》刑部卷之七）。如此一来，人民群众心底的"捉奸精神"一下子就被激发出来，南宋法官范西堂担心的"开告讦之门，成罗织之狱"景象，宣告来临。

而且，从元代起，通奸的行为也变得非常冒险，除了要受国法惩罚（妇女"去衣受杖"，即剥光衣服行杖刑。元明清三朝相沿），法律还允许私刑，奸夫淫妇被捉奸在床，杀死无罪。如《大清律例》规定："凡妻妾与人奸通而本夫于奸所亲获奸夫奸妇，登时杀死者勿论，若只杀死奸夫者，奸妇依和奸律断罪，当官价卖，身价入官。"

马夫人康敏应该庆幸她生活在宋代（但不幸的是，她遇到了手段歹毒的阿紫）。假设她与白世镜私通的奸情被乔峰无意中撞见了，乔峰可不可以跑到衙门检控呢？按照宋朝"奸从夫捕"的立法精神，作为旁人的乔峰是没有检举义务的，即使去检控了，衙门通常也不会受理。

宋朝法律对欧阳锋与嫂子这类通奸行为的惩罚，又不一样。因为叔嫂有奸，并不是一般意义上的通奸，而是乱伦。法律给予乱伦的惩罚更为严厉。《宋刑统》规定：（一）与父亲或祖父的妾、叔伯的妻、自己或父亲的姐妹、儿媳、孙媳通奸，将会被判处死刑；（二）与母亲的姐妹、兄弟的妻子、兄弟的儿媳通奸，"流二千里，强者绞"；（三）与继女（妻子前夫的女儿）或同母异父的姐妹通奸，"徒三年，强者流二千里，折伤者绞"。在所有的乱伦案中，如果男方使用了暴力，则将罪加一等。

欧阳锋的情况属于第二种，即与兄弟的妻子通奸，按律当流放到二千里外。《名公书判清明集》中也有一则"弟妇与伯成奸"的判例。杨自智与杨自成是堂兄弟，自成娶妻邵氏，生男女三人。

后杨自成去世，杨自智觊觎其财产，遂与邵氏私通，且合谋将自成男女尽皆弃逐，将自成田业尽皆盗卖。杨自成的兄弟杨自达将杨自智与邵氏二人告上法庭。这个案子不但有通奸乱伦的情节，还涉及图谋他人财产，不过法官对当事人的惩罚不算太严厉，男方杨自智被判处三年徒刑，女方邵氏则免刑。

到了明清时期，官方对这类通奸乱伦的行为，处罚更加严厉。明清艳情小说《姑妄言》里面有段情节说："那神又呈上一卷，就有一个金貂少年，一个珠冠美妇跪下。王看毕，问道：'曹植与甄氏罪状显然。当年萧何之律法三章，不足为据。以今日之大明律断之，叔嫂通奸者，绞。更有何疑？'"虽为小说家言，却是实情，按《大明律》或者《大清律例》"亲属相奸"条，与兄弟的妻子私通，将判绞刑。魏晋时期的曹植与甄氏私通，假如按大明法律，是要处死的。欧阳锋要是生活在明清时期，那就死定了。

生活在南宋时期的欧阳锋，如果真的因为犯了乱伦罪被告上法庭，他领受的刑罚也不是"流二千里"，而是比"流二千里"更轻一些。

因为宋代实行"折杖法"，除死刑外，流刑、徒刑、杖刑、笞刑在实际执行时均折成杖刑。《宋刑统》记载："流三千里"的刑罚，折"决脊杖二十，配役一年"；"流二千五百里"折"决脊杖十八，配役一年"；"流二千里"折"决脊杖十七，配役一年"；"徒三年"折"决脊杖二十"，然后当庭释放；"徒二年半"折"决脊杖十八，放"；"徒二年"折"决脊杖十七，放"……以此类推，最轻的笞二十、一十，折"臀杖七"，释放。

那么脊杖、臀杖会不会置人于死地呢？一般来说是不会的。我们从电视剧画面中看到的水火棍，又粗又长，绝对可能打死人。但宋代用于行刑的常行杖其实并没有这么粗，也没那么长，据

《宋史·刑法志》,宋朝法律规定常行杖"长三尺五寸,大头阔不过二寸,厚及小头径不得过九分",重量不得超过十五两。

宋人认为,折杖法的推行,是轻刑化的体现,一洗五代时期刑法之苛严,折杖法可使犯流放罪的犯人免于流徙远恶之地,使犯徒刑罪的犯人免于服苦役,使犯笞杖罪的犯人减少了受杖之数。这正是先王立法的本意、省刑的体现。

根据宋代的折杖法,欧阳锋的"流二千里"之刑,即打脊背十七下,再服役一年就可以了。白世镜与康敏如果没有谋杀人的情节,打脊背十七下便可当堂释放了。

至于想象中的奸夫淫妇被沉塘、浸猪笼、骑木驴之类的惨烈画面,那不过是下层文人与文艺作品的再三渲染而强化出来的印象而已。并不是说古代社会从未有这类的事情发生,而是说,沉塘、浸猪笼、骑木驴并不是国家的正式刑罚,只是个别民间私刑而已,一般存在于一些偏远、封闭、落后的地方,而且这些残酷的私刑也一直受到传统主流社会的谴责。

张无忌悔婚，周芷若能起诉他吗

《倚天屠龙记》里面，张无忌与周芷若在荒岛之上，在谢逊的见证下，订下婚约，后来濠州婚礼上，赵敏突然出现，张无忌随赵敏而去，临走前对周芷若说："芷若，请你谅解我的苦衷。咱俩婚姻之约，张无忌决无反悔，只是稍迟数日……"但毕竟还是悔婚了。其实《射雕英雄传》中的郭靖也是一名悔婚男：与华筝公主有婚约在前，与黄蓉成亲在后。

那么，问题来了：按照当时的法律，已有婚约的双方，如果一方悔婚，另一方是否可以到衙门起诉对方？

这个问题涉及法律如何看待民间婚约的效力。多数现代国家的法律都不承认婚约的法律效力，如大陆法系中的德国《民法典》规定，不得根据婚约而提起缔结婚姻的诉讼，就婚姻不缔结而做出的违约金约定，在法律上为无效；婚约在普通法系的英国也不具备强制执行的效力，当一方解除婚约，另一方不得因此向法院提起诉讼。

但是在古代，不管是罗马的市民法，还是教会的寺院法，都承认婚约的法律效力；婚约一经订立，双方便构成准婚姻关系，法律保护这一准婚姻关系。按罗马市民法，未婚夫有权对侮辱其未婚妻的行为提起诉讼；按寺院法，违反婚约的一方甚至要接受惩罚。

中国传统的律法同样承认婚约的效力，并将婚约纳为缔结婚姻的必要条件之一。《礼记·昏礼》规定，一桩合法婚姻的缔结，需经六礼——纳采、问名、纳吉、纳征、请期、亲迎，否则便如同私奔："六礼备谓之聘，六礼不备谓之奔。"这六礼中，前五礼均属婚约范畴，五礼完成，即意味着双方已经订立了婚约。以后一方若违反婚约，另一方则有权提起诉讼。

按《唐律疏议》，在涉及婚约纠纷的诉讼中，悔婚一方将会被追究法律责任："诸许嫁女，已报婚书及有私约（约，谓先知夫身老、幼、疾、残、养、庶之类）而辄悔者，杖六十（男家自悔者，不坐，不追聘财）。""虽无许婚之书，但受聘财，亦是。""若更许他人者，杖一百；已成者，徒一年半。后娶者知情，减一等。女追归前夫，前夫不娶，还聘财，后夫婚如法。"

什么意思？就是说，两姓订下婚约之后，假如女方悔婚，男方可以将女方告上法庭，女方则将被"杖六十"，并强制履行婚约；不过，如果男方在订婚时隐瞒了"老、幼、疾、残、养、庶"等信息，女方可以解除婚约；假如男方悔婚，则不问罪，但不得索回聘财。女方违反婚约而跟第三方缔结的婚姻关系为无效婚姻。这是唐朝的情况。

宋元法律关于悔婚的规定，跟唐朝差不多：女方悔婚会被追究刑责，男方悔婚无刑责，但不可追回聘财。《宋刑统》的相关条文直接抄自《唐律疏议》，但后来又在编敕中增补了新条款："诸定婚无故三年不成婚者，听离。"婚约如果三年内无故不履行，任何一方可以单方面解除婚约。元朝典章则规定，男女双方有婚约之后，"五年无故不娶者，有司给据改嫁"，将婚约的有效期延长到五年。也就是说，宋元法律承认女方在一定条件下可以解除婚约，较之古典的《唐律疏议》，无疑是进步的体现。

看了宋元时期的相关立法，我们可以知道，张无忌悔婚，周芷若有权起诉他，但张无忌不会因为悔婚而受到刑罚，只是他送

敦煌壁画中的唐代婚礼

给周姑娘的聘财将收不回来。(哪位知道张无忌送了周姑娘什么礼物?)

那么张无忌与周芷若原来的婚约是否还有效?从法律上讲,旧时婚约是具有强制执行效力的,即法官可以强制要求悔婚的一方履行婚约。不过,我们也知道,强扭的瓜不甜。宋人就认为,"既已兴讼,纵使成婚,有何面目相见"?若是强制执行婚约,"后日必致仇怨愈深,紊烦不已"。(《名公书判清明集》)

因此,宋朝法官在处理悔婚诉讼时,一般不会强制订婚双方履行婚约,而是援引"诸定婚无故三年不成婚者,听离"的立法精神,根据法意,参酌人情,解除诉讼双方的婚约。(《名公书判清明集》)余下的事情,就是怎么确定违约方的责任,主要是聘财的处分。这一般看法律的规定，以及订婚双方怎么约定。许多人在订婚时，也会在婚书上写明双方的违约责任。如黑水城出土的一份元代纳聘婚书，上面有这么一条约定："先悔者□□□伍拾两与。"虽然有缺，但推测是先悔婚的人罚五十两黄金或白银给对方。

换言之，在宋元时期，婚约的强制执行效力已经有所弱化，法律往往只是将其当成一份民事契约合同，悔婚的一方按法律规定与双方约定，承担违约责任。

不过，在实际执法过程中，法官有时候也会根据实际情况，参酌人情与法意，要求违约方履行婚约。我们来看一个小故事，原载于宋人笔记《青琐高议》，明代的冯梦龙整理宋元话本小说时，将它改编成《宿香亭张浩遇莺莺》，收入《警世通言》。

话说宋时洛阳有一才子，姓张名浩，与邻家女子李莺莺在宿香亭订下婚约，并互赠信物。但张家尊长后来却给张浩订了另一门亲事，女方为"累世仕宦、家业富盛"的孙家之女。张浩"不敢抗拒，又不敢明言李氏之事，遂通媒妁，与孙氏议姻"。但他却又不能忘旧情，托人告诉莺莺："浩非负心，实被季父所逼，复与孙氏结亲，负心违愿，痛彻心髓！"莺莺说："我知其叔父所为，我必能自成其事。"

李莺莺怎么"自成其事"呢？她以一纸状书，将张浩告上法庭，说她与张浩私许终身，山盟海誓，誓不悔言。如今张浩突然负心背盟，她呼天叩地，无所投告。听闻国有大法，顺乎人情，请法官主持公道。

受理诉讼的府尹于是传唤张浩到庭，问他："你与李氏既已约婚，安可再娶孙氏？"张浩说："与孙氏的婚事为叔父所逼，实非本心。"府尹又问莺莺："你意下如何？"莺莺说："张浩有才名，实为佳婿。妾身若能与他成亲，当克勤妇道。"府尹说："天生才子佳人，不应劳燕分飞、彼此飘零。我今天就成全你们二人。"于是判张浩与李莺莺履行原来的婚约，解除与孙氏的婚约。

张李"二人再拜谢相公恩德，遂成夫妇，偕老百年"。

故事中的李莺莺，可谓是一个敢于追求自由恋爱与自主婚姻的巾帼豪杰。周芷若是江湖儿女，理应比莺莺更加敢爱敢恨。李莺莺敢告张浩悔婚，周芷若有何不敢？如果她与张无忌确实是情投意合，那她状告张无忌，未必不能获得法官的支持。

不论中西，婚约都曾经是婚姻关系的组成部分，存在于久远的传统中。即便在今天，许多地方仍然保留着订婚的习俗，我们的语言习惯中也保留着"未婚夫""未婚妻"的称谓。只是随着近代社会的来临，婚约的法律效力在很多国家都越来越弱化。

中国大陆现行的相关法规并不承认订婚，只以司法解释的形式说明：解除婚约时，若一方给付了彩礼并造成给付人生活困难的，可以要求返还彩礼。也就是说，今天，在法律意义上并不存在悔婚的行为，悔婚也不需要承担违约责任。然而，由于民间社会仍有订婚的风俗习惯，由悔婚引发的民事纠纷时有所闻。法律对订婚习俗的视而不见、避而不谈，导致法官在处理这类纠纷时常常感到为难。

其实，今天的欧美国家，以及中国的台湾地区，尽管都不承认婚约的强制履行效力，但都承认婚约具有民事缔约的性质，订婚双方具有守信的义务，当一方违约时，另一方有权请求返还订婚时的赠与物，甚至可以请求有过错的一方支付损害赔偿。因此，这些国家或地区在有关民事的规定或判例上，对于解除婚约后的赠与物处分、损害赔偿请求，都做出了明确的规定。

我们假设张无忌与周芷若生活在今天的中国台湾地区，张无忌在婚礼上逃婚，给周芷若造成了极大的精神损害，周芷若因此提起诉讼。那么，根据台湾地区施行的有关民事的规定，周芷若不能请求法官判处张无忌履行婚约，与赵敏分手。但周芷若可以按相关规定："婚约解除时，无过失之一方，得向有过失之他方请求赔偿其因此所受的损害"，"因订定婚约而为赠与者，婚约无效、解除或撤销时，当事人之一方，得请求他方返还赠与物"，要求张无忌赔偿，并返还赠与物。（哪位知道周姑娘送了张无忌什么礼物？）

但张无忌也可以根据规定中的"婚约当事人之一方，有左列情形之一者，他方得解除婚姻约……九、有其他重大事由者"，为自己辩护：他在婚礼上逃婚，是为了拯救义父谢逊，属于法律规定的"重大事由"，因而不需要为解除婚约而承担违约责任。至于最后法庭将会如何裁决，那就看法官了。

韦小宝是不是犯了重婚罪

看过《鹿鼎记》的朋友,都知道韦小宝艳福不浅,有七个老婆:沐剑屏、方怡、双儿、苏荃、建宁公主、曾柔、阿珂(按出场顺序)。但许多人未必知道,按照大清律法,韦小宝已经触犯了重婚罪。

什么?旧社会的男人不是三妻四妾吗?旧时不是一直实行一夫多妻制吗?怎么也有重婚罪?

其实,中国自古就实行明确的一夫一妻制,在法律上也很早确立了重婚罪,叫作"有妻更娶",如《唐律疏议·户婚》"有妻更娶"条规定:"诸有妻更娶妻者,徒一年;女家,减一等。若欺妄而娶者,徒一年半;女家不坐。各离之。"生活在唐朝的男性,如果言明有妻,更娶一妻,将会被判处有期徒刑一年,女方的罪责减一等,处科杖一百;如果唐朝男性隐瞒自己的婚姻事实再娶一妻,女方不知男方已有妻室,则男方判处有期徒刑一年半,女方不坐罪。不管是哪种情形,重婚的婚姻都宣告无效,"各离之"。

这一规定一直沿用至清代,《大清律例·户律·婚姻》"妻妾失序"条规定:凡将正妻当作侍妾,丈夫判处杖一百之刑;正妻尚在的情况下(未过世或没有离婚),将侍妾扶正为妻子,杖九十,并勒令恢复原来的婚姻关系;如果已有正妻又娶妻子,同样杖九十,并勒令与后娶之妻离婚。只是法律不再区分男方是否隐瞒已有妻室的事实,一概判处重婚的男性"杖九十"之刑,并取消重婚的婚姻。

所谓"三妻四妾"不过是一种民间说法而已,在法律上是不可能出现"三妻"的婚姻关系的,不管是在唐宋时期,还是在明清时期。

女性重婚也为法律所明文禁止。《唐律疏议·户婚》规定:"诸和娶人妻及嫁之者,各徒二年。"唐朝的女性如果重婚,则嫁娶(后婚)双方都将被判处"徒二年"的刑罚。明清法律对女性重婚罪的处罚更加严厉,"若妻背夫在逃者,杖一百,从夫嫁卖,因而改嫁者,绞"。妻子如果擅自离家出走,丈夫可以将她抓回去卖掉,如果擅自改嫁,竟然要被判绞刑。这是明代立法的野蛮痕迹。

说回《鹿鼎记》的故事。小说中金庸似乎没有交代韦小宝的哪一个老婆为"大房",按道理说应该以建宁公主为正室,毕竟她是大清公主嘛,但沐剑屏也是前朝郡主,苏荃更不是吃素的,而阿珂还是韦小宝的最爱哩。我估计韦小宝自己也不知道该以哪一位为正妻,哪六位为妾。但如此一来,按照清代的婚姻制度,韦小宝显然触犯了"有妻更娶"的重婚罪,要被处"杖九十"之刑。

说到这里,你或许会有疑问:"妻妾成群"在古代社会不是很常见吗?难道这不违背"有妻更娶"的法律?"妻妾成群"是不是很常见我们另说,不过古代确实有"纳妾"的制度,但"妾"与"妻"在法律上是泾渭分明,不容混淆的。以妻为妾,或者以妾为妻,在法律上都构成了犯罪。

古人认为,"妻者,齐也,与夫齐体,自天子下至庶人,其义一也"(班固《白虎通》)。妻子是与丈夫平等的法律主体,但妾不是,"妾,接也,言得接见君子而不得伉俪也"(王世贞《渊鉴类函》)。妾只能承接男人宠幸,而不得有夫妻之名。不管是法律地位,还是社会地位、家庭地位,妾都不可与正妻相提并论。妻要用"娶",有一套繁复的礼仪;而妾用"买"就行了。

古代之所以出现纳妾的制度,最主要的原因是,古人认为"不孝有三，无后为大"，为祖宗延续香火被视为一个男人最大的责任，因此，如果妻子不能生育，那就应该允许丈夫纳妾。换言之，妾在古代男权社会，只是被当成生育工具。当然，男人为了彰显其地位，或出于贪图美色之心，也会纳妾，但台面上能够冠冕堂皇说出来的理由，还是"生育子嗣"这一条。

准确地说，中国古代婚姻制度不是"一夫多妻"制，而是"一夫一妻多妾"制。

尽管纳妾是合法的，但这并不意味着旧时的男人想纳妾就能纳妾，因为法律对纳妾也有限制。

按明代制度，贵族（宗室）当中，亲王（皇帝的儿子均封亲王）可以纳十个妾；郡王（亲王长子世袭亲王，其余诸子封郡王）婚后二十五岁如未有子嗣，经有司核实、批准之后，可纳二妾，如三十岁再无生育，可申请再纳二妾，一共可以纳四个妾；将军、中尉婚后，如果三十岁仍无子嗣，可以申请纳一妾，三十五岁再无子嗣，可再申请另纳一妾。

补充说明一下，将军、中尉均为明朝的宗室爵位，郡王长子世袭郡王，其余诸子封镇国将军，镇国将军诸子皆封辅国将军，辅国将军诸子皆封奉国将军，奉国将军诸子皆封镇国中尉，以此类推，到奉国中尉为止。

清代的婚姻制度跟明代差不多。亲王有福晋一名，侧福晋四名；郡王有福晋一名，侧福晋三名；贝勒有夫人一名，侧室两名；贝子有夫人一名，侧室一名。

至于不是贵族成员的一般士庶阶层，按《大明会典》规定的明朝婚姻制度，得四十岁以上，且无子嗣，才可以纳一妾："至于庶人，必年四十以上无子，方许奏选一妾。"清初延续了这一纳妾制度，到乾隆年间才废除了庶人纳妾的年龄与配额限制。但韦小宝生活在康熙年间，还得接受"庶人必年四十以上无子，方许奏选一妾"的限制。虽说韦小宝是爵爷，但毕竟还是辞官了嘛。

当然，法律的规定是一回事，实际的情况又是一回事。违律纳妾的事情肯定不会很罕见。不过，对一般平民而言，即使不计法律的限制，纳妾也非易事。因为纳妾需要一大笔钱，妾的价格从几十两银子至几百两银子不等，穷人家肯定掏不出这笔钱，能够纳妾的，通常不是有权势的贵族官宦之家，就是有钱财的富室。

有学者对清代皇族的妻妾数目做过研究统计，结果发现，上层宗室平均每人拥有妻妾 3.98 人，中层宗室的妻妾为 2.15 人，无封爵的下层宗室为 1.59 人。又有学者统计了明清时期浙江海宁查家（金庸即出身于海宁查家）、陈家两个家族的纳妾情况：陈家的纳妾率为 14.28%，查家的纳妾率为 4.28%。换言之，明清时期，在海宁查姓家族中，每 100 人只有不到 5 人纳了妾。查家为海宁望族，一般人家的纳妾率肯定更低。

所以说，所谓"妻妾成群"，只不过是今日男人的想象而已，只有少数有钱有势的男人才可以做到妻妾成群。

对于韦小宝来说，钱不是问题，但法律确实对他构成了形式上的限制——按照清初律法，他不可以同时娶七个老婆，只能在四十岁之后，以无子嗣为由纳一妾。

不过，在韦小宝生活的清代，有一种情况可以让一个普通的男人同时拥有两名妻子，那就是"兼祧"。所谓"兼祧"，是说甲乙兄弟二人，甲无子嗣，而乙有一子，那么可以由乙的独子承继甲乙两房宗祧。法律对兼祧的承认，为民间的双娶提供了打法律擦边球的机会。有些人家，亲父和嗣父双方都会给兼祧之子再娶一个妻子，这样，兼祧之子就同时拥有了两房正妻，为民间习惯所承认。

清代冷枚《簪花仕女图》上的女性

但法律不会承认双妻。前面我们说过，按大清婚姻法，"有妻更娶"的婚姻会被宣布无效，必须离婚。但法律对"兼祧子双妻"的处置相对宽松一些，清代《刑案汇览》记载，如果男子"兼祧"两房香火，冀图两房都有子嗣，因而娶了两房妻子，这是愚民不知礼数，与一般的重婚罪不同，可不必勒令与后妻离婚，但必须分先后、正名分。即根据成亲的先后顺序，将先娶者确定为正室，后娶者定为偏房（妾），没有判处离婚。一般来说，官府对民间的"兼祧子双妻"也是睁一只眼闭一只眼，民不告官不理。

最后，我们顺便说说传统的纳妾制度是什么时候废除的。

民国初年，法律还承认纳妾的婚姻形式，妾的身份被界定为"永续同居"，视为家族之一员，法律不作干预。1931年，南京国民政府施行的《民法·亲属编》才正式废除了纳妾制度，但当时的司法解释却默认妾的存在："《民法·亲属编》无妾之规定。至《民法·亲属编》施行后……如有类似行为，即属与人通奸，其妻自得请求离婚。……得妻之明认或默认而为纳妾之行为，其妻即不得据为离婚之请求。"（"二十二年上字第六三六号判例"）1949年后，新《婚姻法》明文"禁止重婚、纳妾。禁止童养媳"。

但在中国香港，要等到1970年代才宣布废除纳妾制，这又是为什么？

《义律公告》称："香港岛上之土生人等，及到访该处之所有中华土生人等，应按中华律例及风俗处之，任何类型之酷刑除外……所有女皇陛下之臣民及到访于该处但非该岛或中华土生人等，于香港所作之罪，则应受现驻华刑事及海事法庭为所管辖。"清朝灭亡后，《大清律例》的部分条款在香港仍然有效。

清律例承认纳妾的合法性，于是香港纳妾是合法的，这也是为什么香港富豪霍英东先生可以有三房太太的背景。

以现代的价值观来看，纳妾制度自然有悖于现代文明。呼吁废止纳妾制的团体与个人一直在发声，1960年代，香港报章发表评论《大清律例与婚姻法》："香港是国际性的都市，在全世界都起了重大变化的今天，香港有所谓'大清律例'的婚姻法问题，这不但可怜可笑，也充分显示出香港是一个怎样的社会……英国人对香港的真正态度如何。"但是，反对取消纳妾制的声音也很响亮。

在香港主流社会尚未对纳妾制的废存达成共识之前，英人出于普通法治理的思路，不会贸然废止一种显然没有构成社会危害的习惯。香港社会在等待一个水到渠成的机会，在此之前，政府只是提示更多的市民关注这个议题，并展开讨论，以期达成共识。

1971年7月10日，港府终于宣布开始实施《婚姻制度改革条例》，正式废止纳妾的婚姻形式。不过法不溯及既往，条例实施前就已存在的纳妾婚姻可获得豁免。

澳门的情况跟香港差不多。你知道，澳门"赌王"何鸿燊先生也有四房太太，曾有记者问何鸿燊："您娶有四房太太，不知依据什么法律？"何鸿燊回答说："依据《大清律例》。"没错，在很长时间内，澳门的葡萄牙当局仍承认《大清律例》部分民法条款的效力。

我没有查到澳门是什么时候废除纳妾制的，估计应该在1980年代，因为1987年5月1日澳门《民事登记法典》(修正案)开始生效，按法典规定，所有在澳门缔结的婚姻必须向政府部门登记才具有法律效力，不过这之前根据中国传统风俗缔结的婚姻（包括纳妾），即使没有登记也会获得法律承认。很可能正是《民事登记法典》的施行终止了澳门社会的纳妾制。

香港与澳门社会纳妾制度的消亡，体现的是一种演进式的社会变革进程，缓慢，但水到渠成。

宋朝娘子可"休夫"

金庸写了不少神仙美眷，如《射雕英雄传》里的郭靖与黄蓉，《神雕侠侣》里的杨过与小龙女，《倚天屠龙记》里的张无忌与赵敏，《笑傲江湖》里的令狐冲与任盈盈。金庸也写了好几对感情不和的夫妻，但金庸武侠世界中似乎没有闹离婚的，哪怕夫妻反目成仇，也没有离婚。比如《天龙八部》中，段誉的母亲刀白凤忍受不了丈夫段正淳四处留情，宁愿出家做了带发修行的道姑，也未见她与丈夫提离婚；康敏和白世镜勾搭成奸又合谋害死丈夫马大元，却未选择离婚；《笑傲江湖》中，岳灵珊宁愿死在丈夫林平之手里，也没想到要离婚；她的母亲宁中则宁愿自杀，似乎也没有与岳不群离婚的想法。

这让我们忍不住产生一个疑问：为什么这些江湖女子遇到不满意、不幸福的婚姻，却没有主动提出离婚呢？也许我们会说：古代社会是男权社会，江湖也不例外，尽管看起来挺快意恩仇，但还是男权社会，女子没有离婚权。这就引出了我们要讨论的话题：在《天龙八部》的那个时代——宋代，女性能向丈夫提离婚吗？

先说答案：在几种情况下，宋代女子是有权利要求与丈夫离婚的。

一些朋友可能会觉得奇怪，古代不是只有休妻吗？妻子怎么可能有离婚权呢？其实中国古代的离婚形式不仅仅只有休妻。以唐代为例，解除婚姻的方式有四种：违律婚断离、义绝、七出与和离。

"违律婚"就是不合法的婚姻,如良贱为配、同姓为婚、有妻更娶(重婚),对违律婚,官府会强制勒令离婚;

"义绝"是指夫妻任何一方对另一方的亲属做出了严重伤害的事情,恩断义绝,官府也会强制要求离婚;

"七出",指妻子若无子(无法生育),或淫佚,或不事舅姑,或口舌,或盗窃,或妒忌,或有恶疾,丈夫便可以单方面提出离婚,而不管妻子愿不愿意,俗称"休妻";

"和离"则是指夫妻"彼此情不相得,两愿离者"(《唐律疏议·户婚》),有点像今天的协议离婚。

违律婚断离、"义绝"都是国家强制的离婚方式,跟离婚自由完全没有关系,毋宁说,这实际上是对夫妻双方的不离婚自由的剥夺。因此,决不能因为违律婚断离、"义绝"适用范围的扩大,就认为是对女性离婚权的提升。举个例子说,明律规定:丈夫若纵容妻子与人通奸,本夫与奸夫杖八十,并勒令妻子离异归宗。唐宋律无此规定。这便是"义绝"适用范围的扩大,而不能说是女性离婚权的拓展。

至于"七出",既是古代男权社会中丈夫的离婚特权,又是对丈夫离婚特权的限制,因为按唐宋律法,妻子若未犯"七出"之条,而丈夫辄出之,要判处"徒一年半"之刑;按明清律例,妻子无应出之状而丈夫擅自出妻,也要"杖八十"。但不管怎么说,"七出"之律顶多只是保护了妻子的一点点不离婚权,与妻子的离婚权则毫无关系。

倒是唐朝以降历代律法均许可的"和离",因为是夫妻协议离婚,至少从逻辑上来讲包含了妻子率先提出、丈夫表示同意的离婚形式。从事实的角度来说,"和离"在古代社会虽不能说如同今天这样习以为常,但也谈不上罕见。我们甚至可以有把

宋苏汉臣《妆靓仕女图》中的宋朝女性

握地说，宋时，女性主动提离婚是比较常见的事情。因为宋人说："为妇人者，视夫家如过传舍，偶然而合，忽尔而离。"这些女子将夫家视作旅馆，高兴了就结婚，不高兴就离婚。(《嘉定赤城志》)

不过，我们这里要讲的女性离婚权，并不是指夫妻两相情愿的一般"和离"，而是指妻子单方面要求离婚而丈夫不能不同意的解除婚姻形式。宋代女性居然有这样的离婚权？是的。按宋朝立法，妻子至少在以下六种情况下可以主动要求解除婚姻关系，而不用管丈夫是否愿意，官府的态度一般是"听离之"，即同意离婚，所以我们姑且将这六种离婚情况概括为"六听离"，正好可以跟"七出"相对应。如果说，"七出"反映的是丈夫的休妻权，"六听离"体现的大致就是妻子的"休夫权"：

（一）北宋大中祥符七年（1014），宋真宗下诏："不逞之民娶妻给取其财而亡，妻不能自给者，自今即许改适。"（《续资治通鉴长编》卷八十二）丈夫如果带着财产离家出走，导致妻子生活无法自给，妻子可单方面解除婚姻，自由改嫁。

（二）南宋时编修的《庆元条法事类》规定："（妻子）被夫同居亲强奸，虽未成，而妻愿离者亦听。"妻子如果被丈夫的同居亲属强奸，即使强奸未遂，妻子也有权要求离婚。

（三）南宋《名公书判清明集》中一则判例引述法条说："在法：已成婚而移乡、编管，其妻愿离者听。"丈夫犯罪，被判"移乡"或"编管"之刑（即强制移送他乡服役），妻子若单方面提出离婚，将得到法律的支持。

（四）这则判例还援引了另一条法令："在法：……夫出外三年不归，亦听改嫁。"丈夫若外出三年不归家，妻子也可解除婚姻关系，自行改嫁。

（五）《名公书判清明集》的另一则判例说："在法，雇妻与人者，同和离法。"丈夫将妻子雇给他人为奴婢，妻子可提出离婚。

（六）古时婚约是具有法律效力的，不过宋政府又在编敕中规定："诸定婚，无故三年不成婚者，听离。"（《名公书判清明集》）男女双方订婚后，如果男方三年内无故不履行婚约，女方可以单方面解除婚约。

所谓"六听离"，便是法律赋予女性在上述六种情况下可以单方面要求离婚的特权，就如"七出"是法律赋予男性在七种情况下可以单方面提出离婚的特权。可惜今人往往只注意到历朝律法中的"七出"，而忽略了宋代"六听离"权利可以与"七出"所代表之男权相抗衡的意义。

那么，我们能不能举出宋朝妻子单方面要求离婚并且得到司法支持的例子呢？当然可以。来看《名公书判清明集》收录的一个离婚案子：

南宋人林莘仲与卓五姐结了婚，后来林莘仲因为犯案，被处以编管之刑，移送他乡，六年没有跟妻子通问，卓五姐便要求离婚改嫁。按照法律，她只要单方面向官府提出解除婚姻的申请，便可以获得批准。不过她父亲卓一之出于情分，还是找女婿商议和离，并退还了聘财四十五贯钱（会子）。林莘仲表示同意，领走聘财，签了离婚文约。但过后林莘仲又反悔，将前妻告上法庭，要求复婚。法官判曰：按大宋律法，丈夫若被判移乡之刑，妻子可提出离婚；丈夫若外出三年不归，妻子也可改嫁。卓五姐改嫁并不违法，林莘仲要求复婚，是无事生非。林莘仲因为妄词，本来应当治罪，不过最后法官还是从宽处理，只驳回诉状，免于刑罚。

本案判词有一处细节，值得我们注意：林莘仲因为犯事，被判移乡编管之刑，且六年与妻子不相通问，揆之于法，自合离婚；而卓一之尚念旧情，没有让女儿直接改嫁，而是找林莘仲商量，与议和离，立定和离文约。这里，法官显然将"揆之于法，自合离婚"与"与议和离"区分开来：前者是法律赋予妻子的离婚特权，妻子可以单方面提出来，不管丈夫同不同意，法官都应该"听离之"，并发给离婚凭证；后者则是夫妻双方的协商离婚，需要由丈夫签署离婚文约。

这样的女性离婚权，在其他朝代就难免被削弱了。我们翻检历代法律条文，会发现"六听离"不仅不见于《唐律疏议》，在元明清时期的法律中也被修改得面目全非。例如，《唐律疏议》规定"诸犯流应配者，……妻妾从之"，丈夫犯罪被流放，妻妾必须跟随，不能离婚。《大明律例》与《大清律例》亦有类似规定："凡犯流者，妻妾从之。"《宋刑统》虽照抄唐律相关条款，但后来便

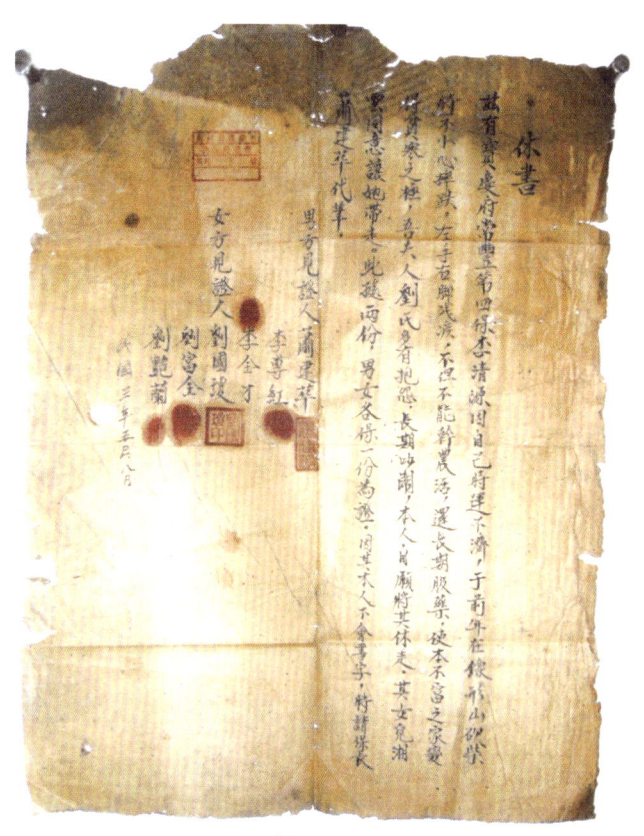

民国初期的一份休书

被"其妻愿离者听"的编敕代替了。又如，按南宋立法，丈夫若外出三年不归，妻子可离婚改嫁，元代则改为"夫逃亡五年不还，并听离"，妻子等待的时间拉长了两年，且必须是丈夫弃妻逃亡（而非一般外出）的情况。元明清时期，女方无条件等待男方履行婚约的时间也是五年，比宋时延长了两年。

因此，我们敢肯定地说，就法律规定而言，宋朝女性单方面与丈夫解除婚姻的机会，相对于唐朝或元明清时期来说，无疑要更容易得到。康敏生活在宋代,《笑傲江湖》的历史背景不明,但从书中的蛛丝马迹可看出其时代背景当为明代,那么,宋代的康敏如果要跟马大元离婚,可能性肯定比明代的宁中则、岳灵珊这对苦命母女更大一些。比如说,康敏可以以马大元三年未归家为由(马大元是丐帮副帮主,奔走于江湖,长年不回家应该是其生活常态),向衙门提出离婚诉求;或者向衙门检举马大元有不法行为(丐帮是社会边缘群体,犯禁之事恐怕不会太少),一旦马大元被判"移乡"或"编管"之刑,康敏便可以主诉离婚,著名的南宋女诗人李清照就是运用这个法子成功地与第二任丈夫张汝舟离婚的。

第五辑 商业·财富

郭靖第一次请黄蓉吃饭花了多少钱

《射雕英雄传》里的郭靖,第一次离开大草原,在张家口一家大酒店遇见了黄蓉,靖哥哥请蓉儿吃饭,黄蓉点了很多昂贵的菜品,"一会结账,共是一十九两七钱四分。郭靖摸出一锭黄金,命店小二到银铺兑了银子付账"。那么问题来了,当时"一十九两七钱四分"银子值多少钱呢?

首先我们需要纠正金庸先生的一个错误:在郭靖生活的南宋后期,法定的货币是铜钱,以及以铜钱为本币的会子等纸币;白银虽然也可以作为支付工具,但一般只是在大宗交易时人们才会使用白银,市肆间的日常买卖是甚少用到银子的。像《水浒传》描写的那样,好汉们上酒店喝酒动辄掏出银子付款的情景,是不大可能出现在宋代的。明朝中后期之后,人们才习惯使用银子作为日常支付工具。

如果你生活在宋朝,身上只带了银子,没有带铜钱或会子,要上酒店吃饭,那最好先到银行(宋人兑换银钱的银铺,就叫作"银行")将银子兑换成铜钱。宋人笔记《夷坚志》有故事说,北宋政和年间,建康人秦楚材到京师参加科举考试,走到太学(宋代的最高等学府)这个地方,便约了在太学读书的朋友出来走走,找位占卜先生算算是否能顺利及第(宋代士子在科举考试之前特喜欢找卦士占卜),恰好遇到一名脸上有刺青的道士,手里提着小篮,迎上来搭讪,并且从篮子里掏了一块白银,送给秦楚材。朋友很高兴,说,这是天降横财,老兄你不能独享,我们一块买

宋代铜钱

酒喝。秦楚材一想也对，两人便到银铺将手中白银换成铜钱，作为下馆子喝酒的费用。这个细节告诉我们，秦楚材要用手中的银子消费，需要先到银铺中兑换成铜钱。可见在宋代，酒店通常都不会直接以白银结算。

宋人有时还会以黄金为货币，比较常见的黄金货币有"金叶子"。从出土的南宋实物看，金叶子多为四方形的黄金薄片，状如书页，一般都錾印有铭文，铭文内容通常为金银铺的字号、金银行的行首名字、金叶子的成色，比如注明"十分金"。这些铭文实际上就是为金叶子的价值背书。有些朋友将金叶子想象成树叶形状，纯属一知半解的望文生义。其实"叶"的古义同"页"字，指未装订成册的散页。所谓"金叶子"，即是书页那样的金片。

黄金是贵金属货币，价值高；制成金叶子，可折叠，可夹进书籍，携带很是方便；交易时还可以随意剪切，因此金叶子不失为行走江湖的首选货币。金庸的《侠客行》也写到金叶子：谢烟客"日间在汴梁城里喝酒，将银子和铜钱都使光了，身上虽带得不少金叶子，却忘了在汴梁兑换碎银，这路旁小店，又怎兑换得出？"在金庸武侠世界中，黄金不适用于侠客们的日常消费，这一设定是准确的，因为在中国古代（包括宋代）的日常琐碎交易中，金叶子不可能是直接的支付工具，需要先到金银铺兑换成日常交易常用的货币（但在大宗交易中，金叶子应该是理想的货币）。所以郭靖请黄蓉吃一顿饭，如果直接用一锭黄金付账，可能会被拒收。不过《侠客行》的时代背景不明确，如果是在宋代，由于白银尚不是主流货币，因此不能将金叶子兑换成碎银，而应该兑换成铜钱；如果是在明清时期，白银已经是常用货币，才应该兑换成碎银。

有些朋友可能还会问：郭靖与黄蓉邂逅的张家口，南宋时属于金国管辖，金国市肆中也不使用白银或黄金吗？这涉及金庸先生的另一个错误：宋代时，其实尚没有"张家口"这个名字，张家口这地方也尚未发展成为"塞外皮毛集散之地"。倒是附近有一座宣化城，算是人烟稠密，市肆繁盛的城市，也是郭靖从盛京南下的必经之路。金庸如果将郭靖与黄蓉邂逅的地方安排在宣化城，才是合理的。

但在宣化城等金国的城市，同样以铜钱作为主要的交易支付手段。北宋末官员许亢宗曾奉命出使金国，写了一本《奉使金国行程录》，里面提到，在金国，并没有繁华的市井，居民日常买卖货物也不用货币，而是采取以物易物的原始交换形式。这是金国初期的情况。其后，随着中原文明的传入，金国开始出现货币，金政府发行了铜钱与交钞（纸币），民间也兼用宋朝的钱币。白银在金国虽然也可以作为货币，但通常只是用于大宗交易，并非市井常用货币。也就是说，郭靖与黄蓉在金国城市吃顿饭，结账时还得用铜钱，或者交钞。

金代交钞

那么这一顿吃掉了郭靖"一十九两七钱四分"银子的饭局，如果兑换成铜钱是多少钱呢？郭靖大体生活在南宋宁宗－理宗朝。理宗朝时，一两白银大约可以换成三贯钱。"一十九两七钱四分"的银子，差不多就是五六十贯钱。

五六十贯钱是个什么概念？我们先来看看这五六十贯钱在宋代可以购买到什么商品。

北宋咸平年间，京城有一个叫薛安上的官宦子弟，以每天两贯钱的租金租豪宅住，可知六十贯钱可以在京城租住一个月的豪宅；元符二年（1099），苏辙被贬至循州（今广东惠州），用五十钱购买民居，大大小小有十间，只是房屋破陋，只可粗庶风雨，可知五十贯钱在循州居然能够买下十间破屋（含地价）；南宋绍兴二十八年（1158），平江府建造瓦屋营房，每间房花费十贯钱，五十贯钱可以在苏州建造五间平房（不含地价）；绍定年间，临安府昌化县的寡妇阿章，卖掉住房两间并地基，共计一百五十贯，平均每间房（含地价）也是五十贯左右。

北宋嘉祐年间，福建士人崔唐臣，落第后弃文从商，翻箱倒柜，凑到一百贯钱，以一半买了一条小货船，往来于江湖间，运贩货物；另一半用于收购商货。五十贯钱可以买一条小商船，也可以作为做小买卖的本钱；政和年间，根据宋朝茶法，京师铺户所磨的末茶，准许茶商凭茶引批发运贩，纳钱五十贯，可获得一张茶引，贩茶一千五百斤。五十贯钱可以批发末茶一千五百斤。

北宋末汴京的毛驴每匹值十余贯钱，五六十贯可以购买五头毛驴；南宋绍兴年间，台州仙居县陈甲养了一头猪，数月后卖给屠户，"得钱千二百"，一头肉猪值一千二百文钱，五六十贯钱可以买下五十头猪；嘉泰年间，江陵副都统制司"买马四百匹，每匹五十余贯"，五十多贯钱可以在湖北购买到一匹劣马。

隆兴元年（1163），据宋孝宗透露，太上皇宋高宗"吃饭不过吃得一二百钱物……此时秦桧方专权，其家人一二百钱物方过得一日。太上每次排会内宴，止用得一二十千；桧家一次乃反用数百千"。可知宋高宗每餐饭的成本为一两百文，如果内廷设宴，每次则花费十至二十贯钱，权臣秦桧的生活比皇室还奢侈，一场宴会要数百贯钱。郭靖请客花掉的五六十贯钱，比高宗的一次内宴花费还多。南宋后期，临安的酒店，五十二文钱就可以到酒店喝一次小酒，五十余贯钱足够摆一千次这样的小酒局。

宋朝的下层平民，不管是摆街边摊做点小本生意，还是给官营手工业或私人当雇工，日收入通常都是一百至三百文钱。五六十贯钱几乎是他们一两年的收入；在岳阳，五十贯钱相当于是中产阶层的家产；宋政府给予高官的伙食补贴，宰相每月的伙食补贴恰好是五十贯钱；崇宁三年（1104），太学生的伙食补贴每日也才三十文钱左右，五六十贯钱够一位太学生吃上五年。

也就是说，如果忽略了不同时段的通胀或通缩因素，郭靖黄蓉这一餐饭,等于吃掉了宋朝宰相一个月的伙食补贴、太学生五年的伙食补贴,吃掉了南宋初年的二三场宫廷内宴,也相当于吃掉了一匹老马、一条商船、一间房子。

最后,我们再将郭靖黄蓉吃饭花掉的五六十贯钱折算成人民币,看看是多少钱。记得十几年前,有网友这么计算:"宋代一两金子约合 37.3 克,按照 1 两金子换 12 两银子计算,19.74 两银子折合 1.645 两黄金,折合 61.358 克,今天挂牌金价是 234 块钱(当时的金价),也就是说,这顿饭总共花了 14357 元人民币!"但这么换算并不可靠。

相对来说,以购买力平价折算才是比较合理的。据黄冕堂《中国历代物价问题考述》,"整个两宋时期的粮价石米仅在 500—1000 文之间",考虑到南宋末物价上扬,粮价涨至一石三千文钱,我们取中间价,按一贯钱可以购买一石米计算。宋代的一石米约等于今天的一百一十市斤,而今天市场上一斤普通的大米,一般要卖三四块钱(人民币)。这样,我们可以算出来,宋代一贯钱的购买力,大约等于今天的四百元。五六十贯钱差不多就是两万元。换言之,靖哥哥请蓉儿吃的那顿饭,花掉了两万元。出手真够大方,怪不得一下就俘虏了黄蓉的芳心。

(本文涉及的宋代物价资料,参考了程民生先生《宋代物价研究》一书)

韦小宝贪污了多少钱

金庸武侠小说的男主角，通常都是重情重义、不贪财不贪色的正人君子，只有一个例外，就是《鹿鼎记》里的韦小宝。韦小宝倒也算重情重义，却又贪财好色。实际上，韦爵爷是一个不折不扣的"大老虎"级巨贪（封一等"鹿鼎公"）。

网上有人问："韦小宝从当小太监到鹿鼎公一共贪污了多少钱？"有一位热心的仁兄，为了回答这个问题，重读了一遍《鹿鼎记》，将韦小宝受贿、索贿的情节一一列出来。在这位仁兄的基础上，我们将韦小宝的贪污数额一笔一笔统计出来（可能会有遗漏，康熙皇帝以及俄罗斯女王给他的赏赐也不计在内）：

（一）与索额图奉旨查抄鳌拜家产，共抄得2353418两，却只上报1353418两，那多出来的100万两银子，两人偷偷分掉了，扣除了上下打点的支出，韦小宝分得45万两。（第五回）

（二）尚膳监两名太监行贿：2000两银票。康亲王送的大礼：大宛宝马"玉花骢"。（第七回）

（三）索额图变卖鳌拜的家产，为讨好韦小宝，又多给了16500两银。掌管尚膳监的"油水"：每个月800两银子。（第九回）

（四）在康亲王府，江百胜故意输钱给他：700两银子。

吴应熊的贿赂：一对翡翠鸡、两串100粒的明珠、400两金票。康熙前期，金银的汇率约为1∶10，400两黄金约可换成4000两白银。（第十回）

（五）吴应熊委托他打点关系，给了10万两银票，被他"先

来个二一添作五",暗中抽走了5万两。(第十二回)

(六)康亲王为答谢韦小宝帮偷经书,送了他一栋豪宅。(第二十九回)

(七)当上"赐婚使",收吴应熊贿赂:20万两银票。(第三十回)

(八)施琅为得清廷重用,向他行贿:一只白玉碗;一只六七两重的金饭碗,换成银子,为六七十两。(第三十四回)

(九)衣锦还乡,"沿途官员迎送,贿赂从丰。韦小宝自然来者不拒,迤逦南下,行李日重"。却不知到底收到了多少银子。(第三十九回)

(十)在台湾大征"请命费",索贿100万两银子。施琅另送他"一份重礼"。(第四十六回)

(十一)勒索郑克塽:1334300两银子。(第四十九回)

(十二)追讨郑克塽旧欠:1万多两银子。(第五十回)

合计一下,不计零头,韦小宝的贪污数字至少有300万两白银。而宝马、豪宅、翡翠、珍珠、白玉等难以估值的财物,以及具体数目不明的礼金(如南归沿途官员的贿赂;施琅的"一份重礼"),尚未计算在内,如果计算在内,恐怕数字要翻一番。就按300万两白银计算吧。那300万两白银究竟是一个什么概念呢?

韦小宝生活在康熙朝前期,我们不妨来看康熙二十四年(1685)的国家财政收入:来自地丁银的收入是2727万两白银,盐课是276万两,关税是120万两,此三项以白银征收,合计为3123万两;此外还有以实物征收的田赋,为690万石粮,加230万束草料,折算成银子的话,大约是900万两。也就是说,康熙年间,朝廷一年的全部财政收入约为4000万两白银。韦小宝一个人搜刮到的钱财,相当于国家岁入的7.5%。

再来看康熙年间的宫廷开销。康熙二十九年(1690),皇帝

国家博物馆展出的清代银锭

曾授意将宫廷每年的开销列成清单,并跟前明宫廷开支做了比较。查得:前明宫中每年用金花银96余万两,如今这笔钱都拨充军饷;前明宫中冬季用上等木炭1280余斤、木柴2680余万斤,如今只用木炭100余万斤、木柴700万斤;前明负责宫廷膳食的光禄寺每年用银24万两,如今是3万多两;前明宫中所用床帐、舆轿、花毯等项,需用银2万余两,如今这笔钱都省了下来。(参见复旦大学教授侯杨方著作《盛世启示录》)

换言之,韦小宝的贪污额,如果以康熙年间的膳食标准,足够内廷安排100年的膳食。当然,到了晚清,官场腐败严重,几乎无官不贪,情况又不一样。道光皇帝想吃粉汤,让内务府做预算,内务府报出的经费是75000两白银。按内务府的算法,御膳房要做粉汤,得先另盖一间厨房,这需要一大笔钱,还得请几个专职的御厨,又需要一笔钱,还要添雇一帮打下手的,端盘送菜的,也需要钱,一笔笔算下来,共需经费6万两银。另外,常年费尚需15000两,加起来是75000两,一分不多,一分不少。实际上,这内务府的官员肯定也是韦小宝一样的角色,银子显然都进他们腰包了。

如果以康熙年间的官员薪俸标准，一个高官又需要工作多少年才能够攒到300万两白银呢？我们知道，清代俸禄制度承自明朝，实行低薪制，在雍正朝推行"养廉银"之前，清朝官员的合法收入都很低（灰色收入不计在内）。按顺治十年（1653）定下的俸禄标准（顺治十年之前的俸禄更低）：京官正从一品岁给俸银180两，禄米90石；正从二品银155两，米77.5石；正从三品银130两，米65石；正从四品银105两，米52.5石；正从五品银80两，米40石；正从六品银60两，米30石；正从七品银45两，米22.5石；正从八品银40两，米20石；正九品银33.14两，米16.557石；从九品银31.5两，米15.75石。外官俸银与京官同，但不支禄米。

略计算一下便可以知道，一名生活在清初的一二品大员，差不多要工作2万年，而且不吃不喝，才可以靠工资攒下300万两白银。由于合法收入低，清朝很多官员都要靠陋规等灰色收入来维持体面乃至奢靡的生活。雍正朝推行"养廉银"制度之后，官员的合法收入才出现一个飞跃。养廉银的多少根据官阶的高低、职务与任职地方的不同而定，大致来说，一二品大员每年的养廉银有一二万两，七品小官每年也有几百、上千两。相比之养廉钱的数目，俸禄几乎可以忽略不计。但即使计上养廉钱，一名清代一二品大员如果单靠合法收入的话，也需要工作100多年，才可以攒到300万两白银。

如果跟清代升斗小民的收入相比，韦小宝这贪来的300万两白银就更是天文数字了。清初下层小民的工薪水平跟明代的差不多，晚清冯桂芬《用钱不废银议》说："如工匠一节，国初（清初）每工只银二三分。"一名工人的日工价是0.02—0.03两银子，他们必须不吃不喝、做牛做马工作30万年，才可以赚到300万两银。

再按香港科技大学刘光临教授的研究,乾隆三十五年(1770)的人均实际国民收入为6.45两白银(康熙时期的人均国民收入应该略低于乾隆时期),韦小宝的贪污数目大约是人均国民收入的46万倍。

如果将韦大人贪来的300万两银子折算成人民币,又值多少钱呢?

首先我们需要建立一个换算的参照系。我认为,以货币对大米的购买力进行换算,是一种比较合理、靠谱的方法。

在韦小宝生活的清代康熙朝前期,即17世纪下半叶,流通的主要货币为白银与铜钱,银钱的汇率约为1∶1000,即1两银子可以兑换1000文钱。市场上大米的价格一般在每石300—800文之间,我们取其中间值,以每石500文钱计算(这个数值也便于折算)。清代的一石米约等于今天的150斤。而现在商场中一斤普通的大米,大概要卖4块钱。这几个关键数目弄清楚之后,我们便可以建立一个大体上有效的换算等式:

1两银子=1000文钱=2石米=300斤米=1200元(只对清代康熙前期有效)

根据这条等式,韦小宝腐败清单上的300万两银,换算过来,大约值36亿元人民币。这个"韦老虎",单就账目一清二楚的银子,折算成人民币,就有如此之多。若说他不是"大老虎",那谁才是"大老虎"?

韦小宝真的可以从怀里掏出一大沓银票吗

金庸的其他小说极少写到银票,但在《鹿鼎记》里,银票成为最具杀伤力的"武器",韦小宝的怀里每天都揣着一大沓银票,行贿时掏出几张,不管是宫中太监,朝中大官,还是江湖好汉,几乎没有一个不被银票降服的。但从历史的角度来看,在韦小宝生活的清代前期,哪里有什么银票?因为那时候还没有发行银票的票号呢。

中国第一家票号出现的时间,大约是在清代道光初年(1820年之后),比韦小宝时代晚了一百五十年左右。

据民国燕京大学陈其田教授的《山西票庄考略》:

> 大概是道光初年(一八二〇年代),天津日升长颜料铺的经理雷履泰,因为地方不靖,运现困难,乃用汇票清算远地的账目,起初似乎是在重庆、汉口、天津间,日升长所往来的商号试行,成效甚著。第二步乃以天津日升长颜料铺为后盾,兼营汇票,替人汇兑。第三步,在道光十一年(一八三一)北京日升长颜料铺改为日升昌票庄,专营汇兑业。

"日升昌"就是中国的第一家票号。

票号的经营业务包括存款、放贷、汇兑、代办结算、发行银票等,跟银行差不多。所谓银票,就是票号开具的存款凭证。由于票号对银票的兑现采取"认票不认人"的原则,即某票号发行的任何一张银票,不管任何人持有,都可以到该票号的所有分号兑换成白银。银票因此获得了流通的功能,人们都将银票当货币使用。

雷履泰成功创办"日升昌"票号之后,众多资本雄厚的山西商人纷纷仿效,开设票号,人称"山西票号",或"晋商票号"。这些晋商票号的总部,多设在山西平遥。这个不显山不露水的小县城,隐藏着一大批中国的早期金融家,以及大量金融机构,可谓是大清国的"金融中心""东方的华尔街"。

据徐珂《清稗类钞》,晚清京师的票号、钱店、香蜡铺还发行一种叫作"钱票"的纸币,"钱票宽二寸许,长约五寸,中记钱额,盖方印,左角又盖发行各铺之图记。票额至不等,都凡七种,有一吊者、二吊者、三吊者、四吊者、五吊者、六吊者,并有十吊者"。一吊,即一吊钱、一贯钱(一千文)。

然而,由于钱票的价值全凭钱店、香蜡铺的信用,不具法偿地位,一旦发行钱票的商家不讲信用,钱票便形同废纸。事实也是如此,每年年终或端午、中秋前,都有一些商家"歇业潜逃"。可以想象,这种无信用的"信用货币"必被使用者淘汰,果然到清末时,钱票已"日渐消灭"。山西票号由于信用极好,则在晚清迎来发展的辉煌期。

守信用,是山西票号的显著特点,用梁启超的话来说:"晋商笃守信用。"晚清庚子事变期间,北京的山西票号遭受乱民洗劫,连账簿都被付之一炬。没有账簿,票号便无法核算存款数目,也难以核对储户资料。但山西票号还是决定:只要储户持存折到票号,便可立即兑现存款,不用核实账目余欠,也不管银两数目多少。

山西票号虽然因此损失惨重,却借此树立起响当当的公信力。经历过此事的"蔚泰厚"北京分号掌柜李宏龄后来回忆说:"至是之后,(票号)信用益彰,即洋行售货,首推票商银券最足可信,分庄遍于全国,名誉著于全球";"不独京中各行推重,即如官场大员无不敬服。甚至深宫之中亦知西号(山西票号)之诚信相符,不欺不昧"。(黄鉴晖等编《山西票号史料》)

我们想说的是,票号的辉煌期、银票的兴盛期,是在晚清。韦小宝生活在清代中后期,怀里才可以装上一大沓银票。而在"日升昌"票号出现之前,至少从史料方面来看,中国是没有票号的,当然也就没有相当于货币的银票。我们今天看以明朝为历史背景的古装剧,常常可以看到,剧中人动辄掏出一叠一叠的银票,这是创作人员不了解历史所致。其实明朝人写的《金瓶梅》等世俗小说,都只写银两,从不提银票。清代中后期产生的世俗小说,才常常提到银票。

不过晚明时候,倒是出现了一种"会票",明末的陆世仪在《思辨录辑要》中说:"今人家多有移重赀至京师者,以道路不便,委钱于京师富商之家,取票至京师取值,谓之会票。"会票实际上就是甲地汇款、乙地兑现的票据,功能与银票差不多。

但是两者的差别也非常大:其一,开具银票的票号,是金融汇兑专营机构;会票则是个别商号兼营,这些商号在京师与家乡之间常有钱款往来,因而顺道兼营白银的汇兑。

其二,票号打出的广告是"汇通天下",一些大的票号,分号遍布国内各大城市与商埠,甚至在日本、朝鲜、俄罗斯、印度、新加坡、英国等华商密集的国家,也设有票号分号,因此银票的汇兑非常方便,差不多可以作为货币流通;而会票由于是个别商号顺便兼营,分号有限,汇兑不便,流通功能也就受到限制。不妨说,会票乃是银票的初级形态。

清代银票

总而言之，那种可以像货币一样使用的银票，韦小宝时代是见不到的。从明代中后期到清代前期（即韦小宝生活的时代），人们的日常琐碎交易一般都是使用铜钱，佐以碎银，大宗交易则用银锭。但以白银为支付工具，使用起来的麻烦程度超乎我们的想象。不但因为白银沉重，异地搬运困难，而且，白银在中国基本上都是以称量货币的初级形态流通于市场，明清政府似乎一直都未曾设想将白银铸成规定面值的银币、银元，以政府信用发行，直至清末时才出现光绪银元。

作为没有完成标准化的称量货币，白银有一个天然的缺陷：

清代纹银

交易时需要鉴别银子的成色、称量银子的重量。因为一些私铸者在银子中加入锡、铅等普通金属，冒充足银。高纯度的银锭在熔铸—冷却过程中，会形成水纹一样的纹理，因此称为"纹银"，但市面上许多纹银却是伪造的，给交易造成了额外的麻烦。就算不计较作伪的问题，由于铸造技术与衡器本身的原因，民间各个炉房、银号各行其是私铸的银锭，成色与重量都不一样，号称足银的未必就是足银，号称十两的也未必就是十两。交易的时候，还得验看、衡量。

而且，各地、各行业用于衡量银子重量的衡器标准也不统一，比如在湖南号称"一两"的足银，按清代的国家库平，却只有八钱一分一厘七毫。因此，在大宗交易中使用白银结算，实际过程非常复杂，不但需要验看银子成色，称量银子重量，还要换算量衡标准。如果是长途贸易，更加麻烦，需要使用人工将沉重的白银从一地搬运到另一地，为了保障途中安全，又需要雇请保镖。

假如这个时候出现了以白银为本位的银票，或者国家发行标准化的银币，那么这些额外的交易成本将会大大降低。然而，从晚明至清代前期，在海外白银大量流入、成为通用货币之后，居然没有出现使用起来更便利的银币或银票，所以我对所谓的"晚明资本主义萌芽"，对"康雍乾盛世"的商业发达程度，是非常怀疑的。

镖局是个什么组织

在金庸武侠小说中,镖局是经常出现的江湖组织。《倚天屠龙记》中有虎踞镖局、晋阳镖局、龙门镖局、燕云镖局,《侠客行》中有西蜀镖局,《碧血剑》中有会友镖局,《鹿鼎记》中有武胜镖局,《书剑恩仇录》中有镇远镖局,《雪山飞狐》中有五郎镖局、飞马镖局、平通镖局,《鸳鸯刀》中有威信镖局,《白马啸西风》中有晋威镖局,《笑傲江湖》中有福威镖局,少主人就是林平之。

然而,事实上,镖局的历史并不算太长,在《倚天屠龙记》的时代,即元朝末年,人们还不知道镖局为何物呢,因此不可能出现什么虎踞镖局、龙门镖局。即使到了《碧血剑》与《鹿鼎记》的时代,即明末清初,武侠小说所描述的那种镖局也尚未诞生。

有人将镖局的历史追溯到明代的"标行",因为明代有些世俗小说写到"标行",比如《金瓶梅》就写道:"西门大官人……家里开着两个绫缎铺,如今又要开个标行,进的利钱也委的无数。"不少人据此以为西门庆家开了镖局。但是,明代的标行只是销售标布(明代松江所产之棉布)的商号,跟镖局完全是两码事。显然,西门大官人并不是开镖局的,而是布行老板。

不过,镖局最早的写法确实是"标局",我们在清代文献中可以找到一些关于"标局"的记载。如《旧京琐记》载:"贯市李者,以标局起家,固素丰(收入颇丰),颇驰名于北方。"这里的"标局"即是人们常说的镖局。何以见得?因为《清稗类钞》记述了同一个人:"贯城李者,京师镖局之一,《施公案》所云神弹李五

明代仇英版《清明上河图》上的商队，可以看出有携带弓箭的保镖护送

后是也。"

那么为什么最早的镖局要称作"标局"呢？有两种说法。一种说法认为，镖局的产生跟标行有渊源，因为标行需要长途贩运标布，为防止途中被盗贼抢劫，往往要雇用保镖，当时这些保镖被叫作"标客"。袁枚《续子不语》中一位人称"韩铁棍"的韩舍龙，在布商之家当佣工，干起活来非常有力气。有一日，主人叫他跟着标行的人押运布匹到京城，途中遇到强盗拦路抢劫，标行的人死的死、伤的伤，韩舍龙手无武器，情急之下，居然将路边一棵枣树拔起来，对着强盗猛扫，群盗登时溃散。从此之后，韩舍龙便成为一名押运标布的标客，不再当佣工。

另一种说法认为，标局的"标"字来自明末的"标兵"。标兵，即明代中后期由督、抚、镇、道等统领的士兵。明末魏禧《兵迹》载："临清北路一带有标兵，善骑射，用骏马小箭，箭曰'鸡眼'，马曰'游龙'，往来飞驰，分毫命中。巨商大贾常募以护重货，彼与俱，则竖红标，故曰'标兵'，贼不敢伺。"这些脱离了兵营的游兵散勇，借着高强的武艺，为商客充任保标。这便是镖师的来历。

不管标局究竟来源于标兵还是标行的标客,有一点是可以明确的,即标客、标兵干的其实就是保安、保镖的活儿。其后,有些标客立起字号,开了标局,客商若要贩运贵重的商货,可到标局雇请标客。这时候的标局,类似于保安公司。此时应该是明末清初之际。

到清代中前期,标局承担起运货的服务,客商只要将货物交给标局,支付一定的佣金,标局便负责将货物运送到指定的地点,货商不必自己押货。这时候,标局就是一个物流公司了。

也是在清代,"标局"有时又被写成"镖局",大概因为"镖"字更能体现出行走江湖的刀光剑影吧。到了清末民初,新兴的武侠小说如《三侠剑》《侠义英雄传》,都称"镖局"而不称"标局","镖局"遂取代了"标局",金庸等新派武侠小说家也沿用"镖局"之说。其实武侠小说中的镖局与清代史料中的标局是同一类型的商业机构。我们从武侠小说中看到的镖局,基本上都是物流公司。由于镖局非常讲信诚,跟江湖上各路人物也保持着良好关系,又有镖师押货,所以将商货交给镖局,不但方便,而且很安全。镖局的生意也就做得风生水起。

有文献记载、有名字可考的第一家镖局,诞生于清代乾隆年间(18世纪中后期),叫"兴隆镖局",创办人是山西拳师张黑五。近代学者卫聚贤的《山西票号史》考证说:"考创设镖局之鼻祖,仍系乾隆时神力达摩王,山西人神拳张黑五者,请于达摩王,转奏乾隆,领圣旨,开设兴隆镖局于北京顺天府前门外大街,嗣由其子怀玉继以走镖,是镖局的嚆矢。"清代镖师走镖之时,沿途会喊:"合——吾——"据说这"合吾"就是"黑五"之谐音。

兴隆镖局也出现在金庸的《飞狐外传》中,总部设于山西大同府,总镖头叫作周隆。《飞狐外传》的故事发生在乾隆中期,这个时候兴隆镖局应该诞生了。

镖局由清代的山西人所创办是毫不意外的。因为明末清初之际，山西商人已经是华北最活跃、最有实力的商帮，每一年都有无数的商货与白银进出山西，必须有可靠的标客押运、护送。此外，山西民风尚武，是形意拳的发祥地，盛产拳师，且许多山西拳师都有给晋商当保镖的经历。换言之，既有旺盛的市场需求（大量晋商需要安全的长途物流），又有充分的供给资源（山西拳师众多），山西镖局便应运而生。今天我们到山西平遥古城旅游，便会发现平遥城内随处可见的无非是两样东西：票号遗址和镖局遗址。

我们知道，票号也是山西人创立的。在山西商人创办第一家票号"日升昌"之前，中国是没有专门汇兑银子—银票的金融机构的，只不过在明代时，一些大商号会向客户开具一种叫作"会票"的票据，持有会票，可以从该商号兑换银子。但会票的使用范围有限，货币功能非常弱。

正是由于从晚明至清代前期尚未出现票号与银票，会票的货币功能又不健全，市场对镖局的需求才被放大。因为当时的大宗、长途贸易通常都使用现银，为了避免银两在异地转移的过程中遭受盗贼抢劫，往往需要请镖局押运："尔时各省买卖货物，往来皆系现银。运输之际，少数由商人自行携带，多数则由镖号护送，故保镖事业，厥时甚盛，精拳术者，亦大有用。"（严慎修《晋商盛衰记》）

直至乾隆初年，山西布政使严瑞龙在《为请严禁保镖胡作非为事奏折》中还提到，西北各省的富商大贾前往东南购置绸缎布匹，得"囊挟重赀，动至数万金，骑驮数十头，合队行走。有等膂力过人、身娴武艺之徒，受雇护送，带有鸟枪、弓箭，名曰'保镖',所以防草窃、杜剽掠也"。

"银镖"(即替客户押运白银)是清代镖局的两大主业之一,另一主业是"物镖",即替客户押运货物。我们前面讲过,镖局从本质上说就是一个物流公司,即使是押运作为货币的白银,也是采用物流的思路——将押运物原封不动地从甲地送到乙地。

这种做物流的思路,用于"物镖"是可以的,但用于"银镖",显然就比较落后了。因为白银是货币,两锭银子只要成色、重量一样,那它们对于使用者来说就没有任何区别。说到这里,忍不住想起一则笑话:有位先生好不容易淘到一张一百元面值的错版钞票,很是高兴,交给太太保管。太太说,放心,保证存得妥妥的。几天后,丈夫问:那张钱藏到哪里去了?太太说:我存银行账户了,谁也偷不去。丈夫气得暴跳如雷。太太说:有什么好生气的,明天就取出来,又少不了你一毛钱。这个傻太太犯的毛病,是混淆了收藏品(错版钞票)与货币的区别。

对明清时期的人来说,白银不是收藏品,而是货币,即一般等价物。假设一家商户要将一千两银子从京师带到山西,他根本就不必对这一千两银子进行物理搬运,只要将银子存入京师的某个机构,换成一纸票据,然后带着票据来到山西,再凭票据到那家机构的山西分支兑现成白银,便完成了将一千两银子带到山西的货币转移。这是汇兑的思路,做金融的思路。山西票号,就是在这一思路下诞生的金融公司。

由于票号的汇兑与镖局的银镖之间存在着业务重合,也就构成了直接的竞争关系。我们完全可以想象,以物流思路经营银镖的镖局,是不可能赢过以汇兑思路经营银票的票号的。因为前者成本巨大,而且效率极低。

不妨来看一个例子:嘉庆年间(19世纪初),山西拳师戴二间在河南赊店开设广盛镖局，生意一度非常红火，因为清时赊店地处南北九省交通要道，南船北马咸集于此，秦晋盐茶商人尤其多，大量白银在这里集散，因而需要镖局护送。然而，到了道光年间（约 19 世纪中叶），随着"蔚盛长"等七八家山西票号在赊店开设了分号，商人转移白银通过票号汇兑就可以了，不用镖局走银镖。广盛镖局的生意从此江河日下，很快就宣告歇业。戴二闾回了山西老家，侄子戴广兴则留在赊店改营"过载行"，专职做物流业。所谓"过载行"，就是货物运输中介，货主要运送一批货物到某地，可以交给"过载行"，由"过载行"联系货轮、车队，组织货物发运，并代理货物承收。

那么为什么在山西平遥，镖局与票号却共存了近百年呢？说来原因并不复杂，平遥是很多山西票号的总部所在地，由于票号的一些分号存款多而取款少，另一些分号则存款少而取款多，因而平遥总部时常要给各地调拨银子，各分号也要将一部分存款以及利润（都是白银）运回总部，这类白银的异地转移是需要物理搬运的，而只要是物理搬运，就离不开镖局，正如现在各家银行的营业厅，每隔一段时间，就要叫运钞车武装押运钞票。因此，在平遥，票号繁荣，则镖局兴盛；票号衰败，则镖局式微。

不管是票号，还是镖局，从本质上来说，都是商业组织，而不是武林帮派。记住这一点之后，我们今后再读武侠小说，也许会有特别的阅读体验，比如看到镖师出场，我们会心想：咦，这不是送快递的小哥吗？

丐帮帮主的财富知多少

在金庸笔下,两宋时期的江湖,第一大派是少林寺,第一大教是全真教,第一大帮则非丐帮莫属。丐帮帮主,从乔峰到洪七公,都是盖世大英雄。那么问题来了:宋朝时候,是不是真的有一个叫作丐帮的江湖组织呢?

历史上确实存在过一种类似于丐帮的乞丐行业组织,而且从文献记载的角度来看,它出现的时间也正是在宋代。不过,它的名字似乎不叫丐帮,其首领也不叫帮主,而是叫作"团头""丐首""丐头"。

冯梦龙辑录的《古今小说》收有一篇《金玉奴棒打薄情郎》,就介绍了南宋时杭州的乞丐行业组织:"话说故宋绍兴年间,临安虽然是个建都之地,富庶之乡,其中乞丐的依然不少。那丐户中有个为头的,名曰'团头',管着众丐。"故事中的金玉奴,是一名富家女,她父亲就是杭州的丐头——你没有看错,当叫花子的首领也是可以发家致富的:"且说杭州城中一个团头,姓金,名老大,祖上到他,做了七代团头了,挣得个完完全全的家事,住的有好房子,种的有好田园,穿的有好衣,吃的有好食;真个廒多积粟,囊有余钱,放债使婢;虽不是顶富,也是数得着的富家了。"

团头的财富是从哪里来的?按乞丐行业的例规——

> 众丐叫化得东西来时,团头要收他日头钱。若是雨雪时,没处叫化,团头却熬些稀粥,养活这伙丐户;

破衣破袄，也是团头照管。所以这伙丐户，小心低气，服着团头，如奴一般，不敢触犯。那团头见成收些常例钱，一般在众丐户中放债盘利。若不嫖不赌，依然做起大家事来。

原来，众丐平日需向团头缴纳"日头钱"，并服从团头的权威，以此换取组织的照应：当雨雪天气，众丐无处乞讨时，团头要负责熬粥供养众丐。团头则将收到的"日头钱"用于放贷盘利，理财投资，慢慢地便积累下过人的财富。

从政治的角度来看，历史上真实存在的乞丐团体，是一个典型的父权型组织，众丐必须完全服从命令，如同奴仆一般，对团头不得有丝毫触犯。团头具有收税（日头钱）的权力，而且这团头之职似乎还可以世袭，杭州金家至少干了八代团头，金老大是第七代，后来他又将团头之位传给了族人金癞子。如此看来，下一任团头为谁，完全由上一任团头指定。

从经济的角度来看，南宋杭州乞丐团体又类似于一个公积金管理公司，众丐上缴的日头钱有如公积金，当遇上雨雪天气、乞讨不到食物时，可以从公司那里获得救济，而公司用于购买救济粮的经费，显然来自公积金。团头还是特别具有经济头脑之人，并不打算将手头负责管理的那一大笔公积金沉淀起来，而是拿出来用于投资，借钱生钱。

或许有的朋友会说，《金玉奴棒打薄情郎》分明是晚明文人整理的小说，不能用它来证明宋代已出现了丐帮。有道理。不过，《金玉奴棒打薄情郎》其实并不是冯梦龙原创，而是根据明朝中期（16世纪上半叶）田汝成《西湖游览志》中的一则记录改编而成，原文如下：

> 宋时，杭丐者之长曰团头，虽富，而丐者之名不除。有一团头家，富而女甚美，且能诗，心欲嫁士人，人无与为婚者。有士新补太学生，贫甚，无所避，又得妻之资，罗书而读，遂登第，授无为军司户……

由于《西湖游览志》所辑录的乃是历史掌故，而非文人的虚构性创作，"宋时，杭丐者之长曰'团头'"之说必有所本。换言之，田汝成应该从宋元文献中看到过有关杭州团头的记载。只不过这文献今天可能已经佚失了。

其实，从宋人的记载，我们也不难推断宋代已有乞丐行业组织。据《东京梦华录》，北宋东京内，"其卖药卖卦，皆具冠带。至于乞丐者，亦有规格。稍似懈怠，众所不容。其士农工商诸行百户衣装，各有本色，不敢越外"。东京城的各行各业都有"规格"（即行规），什么行业穿什么工作服，都受规格约束，乞丐也不例外，衣着必须严格遵照行业规格，"稍似懈怠，众所不容"，如果没有一个类似行会的组织来统率、管辖众丐，恐怕是很难做到这么井然有序的。

北宋陈襄编撰的《州县提纲》也提到乞丐组织："常平义仓，本给鳏寡、孤独、疾病不能自存之人，每岁仲冬，合勒里正及丐首括数申县，县官当厅点视以给，盖防妄冒。"意思是说，常平仓、义仓是官方设立的福利救济机构，每年冬春，各县的常平仓、义仓照例要给不能自存的穷人发放粮食，乞丐也在救助范围内。因此，每至农历十一月，官府会要求各里正、丐首统计需要接济的人数，然后报县汇总，县官核实后，即按统计人数发给粮食，由各里正、丐首领回，分发给受救济的人户、乞丐。

丐首即众丐之首，既然有乞丐之首领，当然也有乞丐之组织。

丐首的职责是每年冬季协助官府登记需要救济的人口名单。其职虽说微不足道，但毕竟也是权力，后来便有丐首将这一权力用于寻租，只有那些向丐首行贿的乞丐，才有机会被丐首列入政府救济的名单；而且，众丐领取到的救济粮，往往要分给丐首一半。丐首因此捞到不少财富。

发展到清代时，乞丐组织已经相当严密，甚至出现了黑社会组织的特征。据《清稗类钞》记载，各县都有管理乞丐的头目，叫作"丐头"。不管是本地的乞丐，还是外来的乞丐，都受丐头管辖。在县里开商店的商家，要按时给丐头纳钱，然后便可以从丐头那里领到一张"葫芦式之纸"，上面写着"一应兄弟不准滋扰"，商家将这纸贴于大门，众丐见了，便绕行而去。如果仍有不晓事的乞丐上门讨钱，商家可召见丐头进行责罚。

乞头虽然身份是叫花子，但财富远胜于一般市民，其收入来源主要有二：（一）众丐乞讨到的钱，丐头要抽取若干；（二）过年过节或举办红白喜事，商铺与人家要给丐头赏钱。此外，凡有新乞丐加入，必须向丐头贡献三天的乞讨所得，名为"献果"。

丐头持有管辖众丐的信物：杆子。"丐头之有杆子，为其统治权之所在，彼中人违反法律，则以此杆惩治之，虽挞死，无怨言。杆不能所至辄携，乃代以旱烟管，故丐头外出，恒有极长极粗之烟管随之。"金庸笔下的丐帮"打狗棒"，大概就是从杆子演化而来的。

清时京师的丐头，向来还分为"蓝杆子""黄杆子"两种：蓝杆子统辖普通的乞丐，黄杆子统辖八旗出身的乞丐。这班八旗子弟尽管沦为乞丐，却自视为高等之丐，只在端午、中秋、年终这三个时间点才出门讨钱，而且他们决不挨家挨户乞讨，而是两人做伴，来到商店门口，一人唱曲，一人敲鼓板。伙计必须拿钱打发他们。如果给钱少了，或者慢了，此商店必被黄杆子乞丐纠缠不休，直至生意歇业。有人说，蓝杆子、黄杆子便是金庸小说中丐帮污衣派与净衣派的原型。

那为什么丐帮最早产生于宋代呢？我觉得主要的原因有两个：首先，宋代是城市商业繁华、土地兼并严重、制度对人身束缚大大弱化的历史时期，因此，人口流动十分频繁，无数游民从农村流入城市。这群游民当中，有许多人沦为乞丐。你去看张择端的《清明上河图》，就可以从川流不息的人群中找到几名乞丐。出于生存之需，城市乞丐们当然希望能够结成共同体，相互救助。

其次，宋代也是一个民间结社非常发达的时代，《梦粱录》与《武林旧事》记载的南宋杭州结社，可谓五花八门：演杂剧的可结成"绯绿社"，蹴球的有"齐云社"，唱曲的有"遏云社"，喜欢文身花绣的有"锦体社"，说书的有"雄辩社"，表演皮影戏

张择端《清明上河图》上的乞丐

的有"绘革社",剃头的师傅可以组成"净发社",变戏法的有"云机社",热爱慈善的有"放生会",喜欢炫富的贵家夫人结成"斗宝会",写诗的可以组织"诗社",好赌的可以加入"穷富赌钱社",连妓女们也可以成立一个"翠锦社"。

其中,跟武术有关的会社有"英略社"(由棍棒武术爱好者组成)、"角抵社"(由相扑高手组成)、"锦标社"(由射弩爱好者组成)等。这是合法的结社,此外又有不合法的地下结社,《宋史》中便记录了两个地下结社:其一,北宋扬州一群恶少年,结成"亡命社",在乡里惹是生非;其二,耀州的豪姓李甲,纠合了数十人,结成"没命社",横行霸道,若敢与他们作对,则会遭对方以死相斗。不下数年,便成为乡人之患。

以宋代游民之多、民间结社之盛,出现一个类似于丐帮的组织是毫不奇怪的。只不过真实的乞丐结社并不是什么武术门派,而是一个行业组织。宋人称行会为"团行",团行的首领称"行首","团头"之名大概正出自此。而乞丐组织首领的团头,与其说他们是武功高强的大侠,倒不如说他们是一群很有经济头脑的生意人。

江湖门派哪来的经济收入

许多看武侠小说的朋友心里都有这么一个疑问:江湖中那些门派,哪里来的经济收入,居然可以养活那么多不事生产的闲人?按理说,一个帮派少则几十人,多则数百人,每日开销不是小数目啊。

这个问题曾引发网友的热烈讨论。有人说:"少林武当还算有点儿香火钱,那五岳剑派啊、各类山庄啊,不会真的搞个旅游胜地创收吧?"有人说:"除了杀人抢劫、收保护费,实在想不出来他们赚钱的第三种方法了。"也有人说:"可以挖藏宝图啊,娶首富之女啊,开快活林啊,当杀手啊。"

说实话,这么煞有介事的讨论,其实显露出许多网友囿于对历史的有限了解,所能想象到的江湖门派的经济收入也就剪径抢劫、收保护费。

其实,古代那些门派,经济收入之多样化,资产与财富之雄厚,完全超乎我们的想象。收保护费?那也未免太简单了。

首先我们需要明白一点:江湖中的很多门派,并不仅仅是武术共同体,更是一个个经济实体。《倚天屠龙记》中的海沙帮是私盐贩子的组织,《笑傲江湖》中的排帮以伐木放排为生,清代出现的青帮控制了漕运,镖局则类似于货物托运加保险公司。不过,这些江湖帮派的财富量级,要是跟以少林、全真教为代表的寺观经济实体比较起来,简直就是拿乡镇企业与集团公司相比。

《旧唐书》载:"十分天下之财,而佛有七八。"唐代寺院占有的财富,一度是天下财富的 70% 以上。那么寺院靠什么积累了如此之多的财产？

寺观的财产当然包含了来自赏赐与施舍的收入。不过我们这里所说的"赏赐与施舍"，可不是指"香油钱"之类的毛毛雨，而是大片大片的田产，大笔大笔的金银。金庸《笑傲江湖》写道，任盈盈接任日月神教教主之位后，拜访恒山派，在恒山脚下购置良田三千亩，奉送给恒山派的无色庵作为庵产。三千亩良田不可谓不多，但民间团体的捐献跟官方的赏赐比起来，还是小巫见大巫。据《少林寺准敕改正赐田牒》记载，唐初，高祖李渊曾赏赐少林寺"寺前件地，为常住僧田，供养僧众"，"合得良田一百顷"。一百顷等于一万亩。贞观年间，唐太宗李世民再赏赐少林寺田地四十顷，水碾一具，又依《均田令》分给每个僧人三十亩的"口分田"。

据全真教碑铭《神山洞给付碑》的记述，蒙古汗国乃马真后称制四年（1245），大汗下令划拨给莱州神山洞道观田产："莱州神山洞乃古迹观舍，屡经兵革，未曾整葺。今有宋德方率众开凿仙洞，创修三清五真圣像，中间所费功力甚大。其山前侧佐一带山栏荒地，除有主外，应据无主者尽行给付本观披云真人为主，裨助缘事，诸人不得诈认冒占。"这个获得汗廷赏赐的莱州神山洞，为披云真人率众开凿而成。披云真人又是谁？他是《射雕英雄传》中终南山全真教"全真七子"之一刘处玄的徒弟宋德方。我们知道，刘处玄还有一个师弟，叫作郝大通；但我们未必知道郝大通居住的先天观拥有数十万贯的财产。

金元时期，汗廷与贵族对全真教派的赏赐非常慷慨，如张志敬执掌全真教之后，主持修缮泰山、华山等四岳庙和济渎庙，得到汗廷鼎力资助，"岳渎庙貌，罹金季兵火之余，率多摧毁。内府出元宝钞十万缗付师，雇工缮修"（《玄门掌教宗师诚明真人

北京白云观壁画中的王重阳与全真七子

道行碑铭》),元廷拨给张志敬十万贯宝钞,用于修缮四岳庙、济渎庙。又如祁志诚辞去全真教掌教职务,返云州金阁山修建崇真宫,"王公贵人及远近信道之士,皆乐为佽助……今皇太后道过云州,遣使致香币问遗。驸马高唐王奉黄金五十两,为藻饰之费"(《玄门掌教大宗师存神应化洞明真人祁公道行之碑》),元廷皇太后、驸马及其他王公贵人、善男信女都给崇真宫捐款。

明朝的皇帝则对武当山各寺观给予空前的支持,永乐十年,朱棣下旨,称武当实是真仙张三丰的修炼福地,不可不加礼敬。于是朝廷拨款在武当山建造了张三丰的道场。成化十二年(1476),朝廷又划给了武当山自然庵一大片田产:

> 敕谕官员、军民诸色人等:朕惟大岳太和山兴圣五龙宫自然庵,乃羽士栖真之所。上为国家祝釐,下

为生民祈福者也。其地东至青羊涧，西至行宫，南至桃源涧，北至明真庵为庵中永业。恐年久被人侵毁，特赐护持。凡官员诸色人等，毋得欺凌侵占，以阻其教。敢有不遵朕命者，论之以法。（《武当山明代敕书碑记》）

有了官方赏赐与民间捐献的良田与钱物，少林寺也好，恒山派也好，全真教也好，武当山也好，基本上都可以做到衣食无忧。

但寺观的产业决不仅仅是一些供耕种、租佃的田地，实际上寺观对于市场与商业的涉足之深，也许远远超出你的想象。他们的商业触角伸至种植业、纺织业、碾硙业、制盐业、制茶业、工艺品制造业、店铺业、饮食业、仓储业、药局业、金融业等行业。

孟元老的《东京梦华录》载，北宋东京的大相国寺每月都会举办五场大型集市，供百姓交易，是京师最大的商业交易中心，四方商人以货物求售、转售他物者，都汇集于此，大相国寺的尼姑也趁着热闹，占尽地利，做起了生意：在两廊摆卖绣作、领抹、花朵、珠翠、头面、幞头、帽子、特髻冠子、绦线之类，都是诸寺尼姑手工制作的工艺品。另据张舜民《画墁录》，大相国寺内还开有饭店，厨师是一个叫惠明的僧人，特别擅长做烧猪肉，远近闻名。

朱彧《萍洲可谈》则载，南宋江西抚州莲花寺出品的莲花纱，是驰名的奢侈品品牌：

> 抚州莲花纱，都人以为暑衣，甚珍重。莲花寺尼凡四院造此纱，撚织之妙，外人不可传。一岁每院才织近百端，市供尚局并数当路，计之已不足用。寺外人家织者甚多，往往取以充数。都人买者，亦自能别。

寺外纱，其价减寺内纱什二三。

莲花寺制造的莲花纱，价格比寺外纱要贵二三成。

而据元代《玄都万寿宫碑》的记载，元朝初年，隶属于全真教的绛州玄都万寿宫，"辟田园，广列肆，增置水硙，凡所收入，斋厨日用之余，率资营缮之费"。可知玄都万寿宫介入的产业包括农业种植（田园）、开设店铺（列肆）、经营水力磨坊（水硙）等，其收入足够支付道观的日常用度与建设经费。

宋元时期，水硙、水碾等手工业十分发达，代表了当时最为先进的水力生产技术。而很多水力磨坊都是寺观直接经营的，如北宋天圣年间，京兆府的逍遥栖禅寺斥资三百余贯钱，修建了一座大型水磨坊。磨坊设有磨亭五间，每间为七架梁结构；又建有客馆、僧房，可供僧人、客人歇息。（《重修鄠县志》）南宋绍兴初年，乔贵妃的弟弟与开元寺合作，开了一间碓坊，每日获利千钱。南宋末年，在蒙古人治下的大都，水门外的金河上也修建有水磨坊，磨坊的西侧另建了一座道观，磨坊收入归道观所有。（《元一统志》）全真教的掌教尹志平将这一道观命名为"龙祥观"。

寺院还是中国传统金融业的拓荒者。我们现在如果需要贷款，通常都是向银行申请。古代还没有银行，怎么贷款？找当铺。当铺是明清时期发展起来的放贷机构。而当铺所代表的古典金融机构，其实就是寺院创立的，只不过不叫"当铺"，而叫作"寺库"。

开创寺库金融业的僧人是生活在北魏的昙曜和尚，据《魏书·释老志》，昙曜利用"僧祇户"所缴纳的地租"僧祇粟"作为本金，"俭年出贷，丰则收入"。

宋代时，寺院开设的放贷机构又称为"长生库"，陆游对寺院设置长生库的做法颇不以为然，他在《老学庵笔记》中说："今僧寺辄作库，质钱取利，谓之'长生库'，至为鄙恶。"虽然陆游对长生库这么看不惯，但放贷业务确实是北魏至唐宋时期寺院最重要的经济来源之一。汉学家伯希和整理的敦煌写本，收录有敦煌净土寺僧侣的年度结账报告，报告显示，敦煌寺院约有三分之一的经济收入就来自放贷。

如果我们将寺院的僧人界定为中国最早的一批金融家，我觉得是恰如其分的。寺院不但创设了中国历史上第一家放贷机构，他们还创新了金融制度。我们知道，古人借贷的常见方式是"质举"，即抵押贷款，而寺院除了质举之外，还推行"举贷"之法，即信用贷款。借贷双方签订合约，确立一种契约关系，维系这一契约的，并不是抵押物，而是个人信用。

宋代的寺院长生库还像今日的银行一样吸纳存款。南宋黄震的《黄氏日钞》提到一个故事：绍兴府有一位叫作孙越的读书人，幼时家贫，他的叔祖很赏识他，在长生库存了一笔钱，作为侄孙日后参加科考的费用，"且留钱浮屠氏所谓长生库，曰：此子二十岁登第，吾不及见之矣，留此以助费"。我估计这个长生库应该向储户支付利息，因为这样才能够最大限度地吸引存款，长生库本身也才能够利用更多的存款放贷。如果这样，此时的长生库，跟近代银行的形态已经非常接近了。

由于寺观在实业经营乃至金融市场上具有种种优势，因而我们不必奇怪为什么很多江湖门派都有着道教或者佛教的背景，比如《笑傲江湖》中的青城派、泰山派，都是隶属于道教系统的，《倚天屠龙记》中的峨眉派，则是隶属于佛教系统的。

说到这里，你大概不会再对少林、武当、全真教等武林门派的经济收入抱有疑问了。当你看到金庸小说中的玄悲禅师、冲虚道长、全真七子出场时，千万不要以为他们只是一介武夫，实际上他们很可能还是坐拥万顷不动产的大业主，开办纺织业、碾硙业、制盐业的实业家，开设商铺、饭店的商业大亨，控制了一方金融产业的早期银行家。

第六辑 社会·制度

为什么说江湖社会形成于北宋

如果不计《越女剑》这个短篇,金庸先生构建的武侠世界是从北宋开始的。《天龙八部》展现了波澜壮阔的北宋武学体系与江湖体系。不妨说,宋朝是江湖纪年的开端。

当然,如果从历史的角度来看,"侠"是从宋代开始走向式微的。我们都知道,中国在春秋战国时期,从最底层的贵族——士中分离出一个游士与游侠阶层,这些游侠以武犯禁,轻生死而重信义,一诺重金,士为知己者死。

及至秦汉,游侠之风仍然盛行。汉时长安多游侠,《汉书·尹赏传》提到长安城内一群收人钱财替人刺杀官吏的游侠——"闾里少年群辈杀吏,受赇报仇,相与探丸为弹,得赤丸者斫武吏,得黑丸者斫文吏,白者主治丧"。司马迁著《史记》,专门辟出《刺客列传》与《游侠列传》。

隋唐之时,游侠仍然是诗人歌咏的对象,李白即写过《侠客行》:"赵客缦胡缨,吴钩霜雪明。银鞍照白马,飒沓如流星。十步杀一人,千里不留行。事了拂衣去,深藏身与名。"这一首《侠客行》还被金庸演绎成侠客岛上的绝世武功秘籍。

入宋之后,尚武之风稍息。汪藻《浮溪集》说:"迨宋兴百年,无不安土乐生。于是豪杰始相与出耕,而各长雄其地,以力田课僮仆,以诗书训子弟。"游侠自此归于沉寂。

既然如此,我们为什么还要说"宋朝是江湖纪年的开端"呢?这是因为,尽管"侠"的群体从宋代开始式微,但与此同时,一个生机勃勃的江湖社会,却在宋代拉开了序幕。

虽说汉唐之时尚有游侠遗风,但汉唐政府实行的社会制度却严重抑制了江湖社会的形成。以前我们说过,江湖的最大特点便是流动性,即允许人口的自由流动,否则怎么走江湖?而从秦汉至隋唐,却有一项旨在限制流动性、禁止人口自由流动的社会制度一以贯之。那就是"过所"制度。

"过所"就是人们外出的通行证。换言之,如果你生活在汉唐时期,政府是不准许你私自出远门的,你想出趟远门,必须先向户籍所在地的官方申请一张"过所",然后带着这张"过所"才可以启程。后来明王朝继承了这一制度,只不过将"过所"换成"路引"。

申请"过所"的程序是相当麻烦的。以唐朝为例,首先,申请人要请好担保人,向户籍所在地的里正交代清楚出门缘由、往返时限、离家之日本户赋役由谁代承;然后,由里正向县政府呈牒申报;县政府接到申请后,核实,签字,再向州政府请给;州政府又逐项审核,勘验无误,才发给"过所"。

"过所"通常一式两份,一份给申请人,一份存档备案。"过所"上面会注明持有人的姓名、身份、年龄、所携带随员的身份与人数、所携带财物数目、往返的地点,等等。唐朝政府会在各个关卡勘验"过所",没有携带"过所"出关的人,会被抓起来治罪,处一年徒刑,并没收财产。

在这一制度下,根本是不可能产生战国时代那种游侠的。所以汉代的游侠,慢慢不再远游,而是与地方势力结合,演化成坐地的"豪侠"。唐朝的游侠,也无非是长安城内一些不良少年在街头斗鸡走狗、纵马驰骋,引人注目而已。

"过所"之制,在晚唐时开始荒废,到了宋代,宋人已经不知道"过所"为何物了,南宋洪迈《容斋四笔》说:"'过所'二字,读者多不晓,盖若今时公凭、引据之类。"可知这个时候,"过所"退出宋人的生活应该有很多年了。而宋代之后的元明时期,官府又恢复了通行证制度,只不过通行证的名字从"过所"换成了"路引"。

不过,宋朝也有类似于"通行证"的东西,一般叫作"公凭"或"引据"。但宋朝的"公凭"与汉唐的"过所"还是有区别的:(一)"公凭"的申请手续没有"过所"那么烦琐;(二)只是在出入军事要塞的关禁时,才需要验看"公凭",一般情况下,走州过县是不用通行证的。也就是说,宋朝社会具有比汉唐社会更大的人口流动自由,这是江湖社会得以形成的首要条件。允许人口自由流动,人们才得以摆脱户籍与土地的束缚,闯荡江湖去也。

事实上,跟汉唐时期与朱元璋时期相比,宋朝社会的一大特征就是流动性非常活跃。宋人说:"古时实行井田制,乡人皆有田地,比邻而耕,所以大家都安土重迁,倘若被流放远方,失去了土地,便没有安身之本,只能当奴隶,困辱终身。近世之民则不一样,他们的人身并没有束缚在土地上,田地可以转手交易,也就没有安土重迁的观念,而是习惯于背井离乡,转徙四方,即使被流放远方,也不会患难。"(马端临《文献通考·刑考》)这里的"近世",当然是指宋代。

正如宋人不识"过所"为何物一样,生活在宋朝的人也不知道"街鼓"是怎么一回事儿,南宋陆游《老学庵笔记》说:"京都街鼓今尚废,后生读唐诗文及街鼓者,往往茫然不能知。"那么街鼓又是什么东西呢?它可不仅仅是一面可以敲响的鼓而已,而是代表了两项盛行于唐朝的城市管理制度:坊市制度与夜禁制度。

所谓坊市制度,是说北魏—隋唐时期,官府将城市划分为两大功能区:生活区叫作"坊",商业区叫作"市"。"坊"内原则上是不准开设店铺做生意的,你想买卖交易,必须到政府指定的"市",并且在政府指定的时间内完成交易。"坊"和"市"都有围墙,入夜之后,街鼓敲响,宣布夜禁,坊门与市门关闭、上锁。《新唐书·百官志》载:"日暮,鼓八百声而门闭;乙夜(二更时分),街使以骑卒循行嚣呼,武官暗探;五更二点,鼓自内发,诸街鼓承振,坊市门皆启,鼓三千挝,辨色而止。"

唐朝的夜禁时间是从"日暮"、击鼓八百下之后开始(即一入夜就开始禁行人),至次日"五更二点"、击鼓三千下结束,换算成现在的时间单位,大约从晚上7点至第二天早晨4点为夜禁时段。夜禁时间大约为九个小时。在夜禁的时间内,人们只准待在各个坊内,不可以偷越坊墙,走上大街晃荡。夜里在大街晃荡的话,会被巡夜的兵丁抓起来,笞二十。(《唐律疏议》)可以说,街鼓就是中古前期城市制度的象征。

从晚唐开始,坊市制逐渐瓦解,有些坊墙倒塌了也不见官方来重修,有些坊内开起了店铺、酒楼。入宋之后,坊墙更是不知什么时候被全部推倒,坊市制完全解体,人们沿河设市,临街开铺,到处是繁华而杂乱的商业街。

在潮水一般的世俗生活力量的推动下,"夜禁"也被突破了,出现了繁华的夜市,我们去看孟元老《东京梦华录》、吴自牧《梦粱录》,不管是北宋东京城,还是南宋临安府,"夜市直至三更尽,才五更又复开张。如要闹去处,通晓不绝","通宵买卖,交晓不绝。缘金吾不禁,公私营干,夜食于此故也"。"金吾",即掌管宵禁的官员;"金吾不禁",就是取消了宵禁的意思。

树立在宋朝城市的街鼓,于是慢慢成了一个没有实际功能的

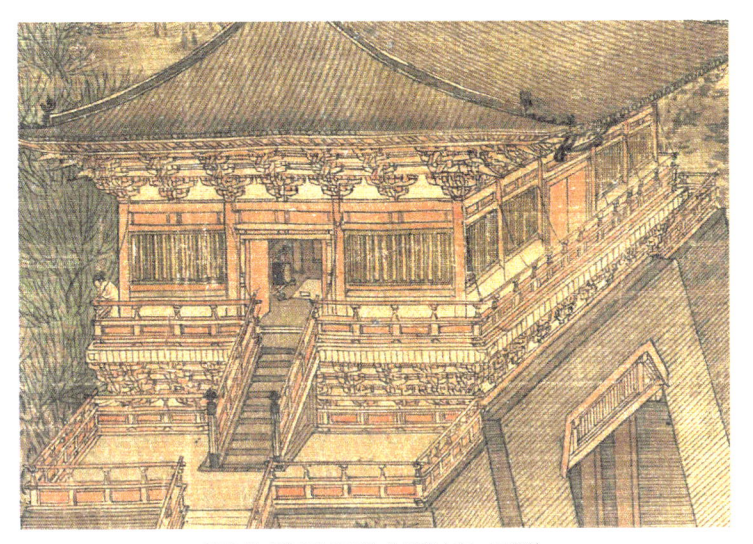

张择端《清明上河图》的城楼内有一面街鼓

摆设，再没有人去敲响它。生活在宋神宗时代的人说："二纪以来，不闻街鼓之声，金吾之职废矣。"（宋敏求《春明退朝录》）二纪为二十四年，由此可推算出，至迟宋仁宗年间，开封的街鼓制度已被官方彻底废除了。

因此，海外汉学家称宋代发生了一场"城市革命"。一种更富有商业气息与市民气味的城市生活方式从此兴起。

这种新的生活方式才是适合江湖人生存的社会环境。如果说，旨在限制人口自由流动的"过所"制度的消亡，为江湖带来了活跃的流动性，那么，"街鼓"所象征的坊市制度与夜禁制度的瓦解，则为江湖的夜行人创造了生存的时空。江湖人都是夜行动物，他们的夜晚比白天更重要，不管是"月黑风高杀人夜"，还是"夜深灯火上樊楼"，江湖中的事情往往都适合发生在夜晚。

我们想象一下：假设盛唐之时，有一位任侠的少年，想出远门当游侠、闯荡江湖,不想刚经过某州的关禁,就遇到官府检查"过所"。任侠的人哪里有什么"过所",所以立即被抓起来,"徒一年"。那还闯荡个啥的江湖?就算躲过了关卡的盘查,入夜之后,想要找个酒店大碗喝酒、大块吃肉,却发现整个城市的酒店都歇业了,根本没什么夜市,"六街鼓歇行人绝,九衢茫茫室有月"。你只能待在客栈里,洗洗睡。你如果想溜到大街上逛逛,很可能就会被巡夜的兵丁捉住,说你"犯夜",痛打二十大板。

这个时候,你还有什么心思闯荡江湖呢?不如回家好好种田吧。

为什么说朱元璋时期的江湖很寂寞

让我们来讨论一个问题：哪一个朝代最适合拿来作为武侠小说的时代背景？有位网友说："个人认为，最适合写武侠小说的历史时期，应该是各种矛盾最为激烈的年代。皇帝、忠臣、奸臣、宦官、锦衣卫、东厂、西厂、倭寇、百姓、民间组织、帮派，每一个元素之间都存在矛盾，都可以当作写作的材料。"显然，他说的这个时期就是明朝。

但令人大感意外的是，金庸的十五部武侠小说，除了架空历史背景的《连城诀》《侠客行》《笑傲江湖》《白马啸西风》我们略过不谈，《越女剑》的故事发生在春秋末年，《天龙八部》发生在北宋后期，《射雕英雄传》发生在南宋宁宗朝，《神雕侠侣》发生在理宗朝，《倚天屠龙记》从南宋末年写到元朝末年，止于朱元璋建立大明前夕，《鹿鼎记》《鸳鸯刀》《书剑恩仇录》《雪山飞狐》《飞狐外传》的故事背景均为清朝，明确以明代为背景的，只有一部《碧血剑》，但那也是明王朝快灭亡的时候了。

金庸为什么不写明朝前期，特别是朱元璋时期的江湖与武林？这或许跟金庸个人的好恶有关，但我们从历史的角度来考察，会发现朱元璋时代的江湖——如果那时尚有江湖的话——是多么的寂寞，波澜不兴，根本不适合江湖侠客与绿林好汉生存。

我们常说，有人的地方，就有江湖。其实未必。江湖的形成，需要很多条件，其中最重要的一个条件是：流动性。江湖永远是流动不居的，所以江湖中人才将他们的生活方式叫作"走江湖""闯荡江湖"。热爱冒险的游侠、出没不定的盗贼、繁华的市井、过往的商旅、押送货物的保镖、暂时歇脚的客栈、游戏人间的浪子、漂泊的剑客、游方僧人、游手好闲的城市闲汉，等等，构成了永远也平静不下来的江湖。没有流动的江湖客，便不会有江湖。

但江湖社会的这一特征，是朱元璋无法容忍的，他建立明王朝之后，马上就镇压社会的流动性，以举国之力建设静止、安宁、井然的社会秩序。朱元璋相信，上古时候，游手好闲、祸害社会的游民极少，为何？因为天下田地都是官府所有，官府实行井田制，验丁授田，农夫都有地可耕、有地必耕，因而便不会有游手好闲、四处流窜、不劳而获之辈。（朱元璋《大诰续编序》）他的全部努力，就是要恢复这个他想象中的"上古"秩序。

为此，朱元璋全盘接过元朝的"诸色户计"衣钵，将全国户口按照职业分工，划为民户、军户、匠户等籍。民户务农，并向国家纳农业税、服徭役；军户的义务是服兵役；匠户则必须为宫廷、官府及官营手工业服劳役。各色户籍世袭职业，农民的子弟世代务农，工匠的子孙世代做工，军户的子孙世代从军，"不许妄行变乱，违者治罪"（《大明会典》）。

朱元璋还亲制《大诰》《谕户部敕》，要求士农工商四民都必须固守本业，农民老老实实待在农田上，不可脱离农业生产。想弃耕从商？那是必须禁止的，只准在农隙之时卖点土特产；而且，农民也不准脱离原籍地，平日里，每天的活动范围都应该控制在一里之内，日出而作，日落而息，邻里之间要彼此知晓作息安排；就算碰上饥荒，逃荒外出，官府也有责任将他们遣送回原籍；从事医卜之人，也不得远游，他们的出入作息，乡邻也要知晓。

居民如果确实有出远门的必要，比如外出经商，必须先向官府申请通行证，当时叫作"路引""文引"。《大明会典》载有朱元璋创设的路引制度，我们来看看它是怎么规定的：

朱元璋画像

其一，军民如果要离乡百里，就必须申请通行证，经官府批准之后方许启程；获准外出的商民，在按规定的日程回到原籍之后，还要到发引机关注销，"验引发落"。

其二，发引机关对"路引"的审批必须严格把关，如果发证机关给不该领引的人发了路引，或者私填路引给人，或者有人冒名领取路引，或者将自己的路引转让给他人，都要受到惩罚。

其三，居民如果不带路引，擅自出远门，后果很严重。被官方发现、抓获的话，轻则打板子，重则充军、处死。发现身无路引出远门的人而不报官，或者收容无引之人，与无引者同罪。

洪武六年（1373）七月，常州府有一名居民，因为祖母得了重病，需要远出求医，情况紧急，来不及申办路引，结果途中被吕城巡检司盘获,送法司论罪。朱元璋得报,说:"此人情可矜,勿罪释之。"感谢皇上开恩,这名小民才逃过罪罚。

还是洪武年间,朝廷开胭脂河,大征工役。这个工程累死了很多人,好不容易挨到工程完工,有一个工人却绝望地发现,他的路引不小心弄丢了,依法难逃一死,无计可施,只好等死。幸亏督工百户可怜他,跟他说:"主上神圣,吾当引汝面奏,脱有生理。"替他求情。朱元璋说:"既失去,罢。"再次感谢朱皇帝开恩。但是,如果皇帝未开恩,恐怕那名工人就要被处死了。

直到明朝后期,路引制度还一直保留,只是官府对路引的盘查与检验不似朱元璋时代那般严苛而已。一旦遇上官府严查的时候,没有携带路引的流动人口,还是要倒大霉。陆容《菽园杂记》载有一事:成化末年,由于京师多盗,当时的兵部尚书派官兵守住各条街巷,挨家挨户审验有无寓居的外来人口,凡身上未带路引的都被当成强盗抓起来,一两日间,京城的监狱人满为患;在店肆当佣人的外来工都闻风匿避,许多店铺只好闭门罢市。

按朱元璋的要求,除了外出之人必须携带路引,邻里也需要掌握出远门者的日程,对他们何日离家,出外干什么活,按计划何日归来,都要心中有数,如果发现有人日久未归,要向官府报告。《南京刑部志》收录有洪武二十七年(1394)的一则榜文这么规定:

> 今后里甲、邻人、老人(耆老)所管人户,务要见丁着业,互相觉察。有出外,要知本人下落,作何生理,干何事务。若是不知下落,及日久不回,老人、邻人不行赴官首告者,一体迁发充军。

农村中,游手好闲、不务正业之人,成了朱元璋严厉打击的

朱元璋画像

对象。他亲订《大诰》，告知天下万民：

> 此诰一出，所在有司、邻人、里甲，有不务生理者，告诫训诲，作急各着生理。除官役占有名外，余有不生理者，里甲邻人着限游食者父母、兄弟、妻子等。一月之间，仍前不务生理，四邻里甲拿赴有司。有司不理，送赴京来，以除当所当方之民患。

如果邻里对游食之人坐视不理呢？《大诰》警告说："里甲坐视，邻里亲戚不拿，其逸夫者，或于公门中，或在市间里，有犯非为，捕获到官，逸夫处死，里甲四邻，化外之迁。"好可怕！

城市中的游手也受到朱元璋的残酷镇压。他在南京修建了一座"逍遥楼"，命令官兵凡看到市井中有下棋的、养禽鸟的、游手游食的，都抓起来，关入逍遥楼，让他逍遥个够，活活饿死。又下令：在京的官兵，如果有学唱曲的，割了舌头，下棋的，斩断手；踢球的，砍断脚；做买卖的，发配边恶地方充军。

经过朱元璋苦心孤诣的努力，社会的流动性被成功地限制在最低程度，明初果然是一派宁静、死气沉沉，"乡社村保中无酒肆，亦无游民"（《博平县志》）。明末历史学家谈迁回忆说："闻国初严驭，夜无群饮，村无宵行，凡饮会口语细故，辄流戍，即吾邑充伍四方，至六千余人，诚使人凛凛，言之至今心悸也。"（《国榷》）

如此井然有序的中世纪社会，还有哪一个人敢出去闯荡江湖？此时就算还有一个江湖存在，也该是多么寂寥、平静！

直到明代中后期，随着"诸色户计"制度的松懈，"洪武型体制"的逐渐解体，海外白银的流入，商品经济的兴起，"一条鞭法"的推行，明朝社会才恢复了两宋时期的开放性、流动性及近代化色彩，江湖才重新活了过来。

乔峰真要生在宋朝，又何必自杀

乔峰的人生悲剧始于他的身份错位：身为宋朝丐帮帮主，却是一名契丹人。当契丹人身世的秘密被公开之后，不但乔峰自己产生了身份认同的迷茫，而且整个丐帮与中原武林都将他当成"非我族类，其心必异"的国家公敌。最后，处于大宋、大辽夹缝中的乔峰进退两难，只好选择了自杀。

乔峰当然是一名向壁虚构出来的人物，他的家国情仇其实也是金庸按现代民族主义冲突模式凭空想象出来的。如果北宋真的有乔峰这个人，他完全不会因为契丹人身份而受到宋人的敌视，他也犯不着自杀。

实际上，北宋时期，在宋境之内，生活着非常多像乔峰这样的具有契丹血统的居民，他们被宋政府称为"契丹归明人"，意思是，他们原来是契丹人，现在回归大宋，成为大宋的子民。

宋朝对契丹归明人的态度，不是排斥，而是欢迎。不但欢迎，而且一直给予优恤。优恤包括几个方面：其一，政府赐给田宅，按宋神宗元丰年间制定的标准，"归明人应给官田者，三口以下一顷，每三口加一顷；不足，以户绝田充"（《续资治通鉴长编》）。也就是说，一户契丹归明人家庭，如果是三口人及以下，可以分配到官田一顷；家庭每增三口人，可以申请再分配一顷田地。一顷，即一百亩，在宋代，拥有一百亩田产的家庭，可以划入三等户，即中产阶层，可见宋政府对于契丹归明人确实是厚加存恤的。

宋哲宗时，朝廷又诏"今后归明人未给田，听权借官屋居住"

辽胡瓌《出猎图》上的契丹骑士

（《续资治通鉴长编》）。尚未分配到田产的契丹归明人，可以先借政府公屋居住。当然，契丹归明人对政府分配的官田与官屋，一般来说只有使用权，并没有所有权，政府并不允许他们将田宅卖掉，法律规定："恩赐归明人田宅，毋得质卖。"（《宋会要辑稿》）

其二，对国家有贡献的契丹归明人，还可以被授予官职，一般都是武职。比如元丰年间，宋政府"录北界人翟公仅为三班借职，差江南指使"（《宋会要辑稿》）。"三班借职"是一种低阶武职。

在宋神宗熙宁九年（1076）之前，北宋还一直保留着一个叫作"契丹直"的军事组织，编入禁军，隶属于殿前司。组成这个契丹直的士兵，都是契丹人。到熙宁九年，契丹直才并入"神骑"部队。如果乔峰早出生十几年，以他的身手，加入契丹直是毫无问题的。就算没有加入契丹直，他也完全可以当个三班借职之类的武官。

其三,到了宋徽宗时,宋政府开始允许契丹归明人参加科举考试。时为政和四年(1114),朝廷下诏:"新民归明后,经十五年,并依县学法施行。虽限未满,而能依州县学法呈试者依此。"(《宋会要辑稿》)意思是说,一名契丹归明人只要在大宋生活了十五年,便可以获得完全的国民待遇(类似于从持绿卡者到入籍),按照州县学条例参加科举考试,考试通过则可以获得授官。

当时有一些契丹归明人就参加了宋朝的科举,如宣和年间,有一个叫赵炳的契丹人,原为辽国中京人,随父归顺宋朝,上书申请参加科举考试。小说中的乔峰生活在宋哲宗朝,如果他不自杀,再等十几年,就可以契丹归明人身份参加大宋的科举考试了。你要说乔峰是个武人,不是读书种子,文化程度不高,就算参加了科举,只怕也考不上,我也没意见。不过没关系,他可以参加武科举,也可以进入学校进修。

宣和年间,有归明人李勿父子,以前在辽国时参加过科考,但辽国科举以词赋取士,大宋科举则以策论取士,李勿父子不熟悉宋朝考试内容,因此申请进入州学读书,学习宋朝的礼仪与文化知识,以备将来参加科举考试,获得宋政府批准。(《宋会要辑稿》)宋政府还说,以后凡需要入学补习的归明人,都可以按李勿例办理。

当然,出于国家安全的考虑,宋政府对契丹归明人也做出了一些限制,主要是居住地的限制、婚姻的限制、任官的限制。

按宋朝法律,归明人需要内迁,不准于"在京""三路""缘边""次边州"居住。(《庆元条法事类》)这里的"三路"指河北、河东和陕西,"缘边"州指处于北方边境的州,"次边"州指与边境州接壤的州。这些靠近边境的州,是不允许归明人居住的。

宋政府又立法规定，归明人不得跟三路及缘边州的居民缔结婚姻，其他州则不受限制。与乔峰相爱的阿朱是姑苏人，不在缘边州，乔峰跟她结婚是没有任何法律问题的。

此外，归明人获得授官之后，不许安排到缘边州县任职，无故不得出州界，地方的兵权也不得交给归明人。

以上限制，体现了宋政府对契丹归明人的戒备之心。不过，这是可以理解的，也是必要的，因为当时宋朝与辽朝是势均力敌的两个政权，以前还有过战争，现在虽然和平共处了，但彼此都在边境驻兵对峙，双方也一直互派间谍渗透，难保归明人中没有辽国间谍。但是，像《天龙八部》描述的那样，宋人一听说乔峰是个契丹人，立马就视之为仇雠，拔刀相向，那就是小说家的向壁虚构与凭空想象了。

按金庸自己的说法，造成乔峰人生悲剧的源头，乃是宋辽两国的仇敌关系，乔峰自杀是无可避免的宿命："这是没办法的，天生的。他一开始生为契丹人，那时契丹与汉人的斗争很激烈，宋国与辽国生死之战，民族之间的矛盾冲突这样厉害，他不死是很难的，不死就没有更加好的结局了。"（金庸《寻他千百度》）

金庸此说，完全不合历史真实。实际上，自宋真宗景德元年（1004），厌倦了战争的宋辽签订了"澶渊之盟"之后，双方约为兄弟之国，互称南朝、北朝，早已化干戈为玉帛，实现了和平。在乔峰生活的宋哲宗朝，宋辽两国已有近百年未曾发生战争。辽国边地若发生饥荒，宋朝照例都会派人在边境赈济；每逢重大节日，两国均要遣使前往祝贺，并互赠礼物；遇上国丧，对方也要派人吊慰；一方若要征讨第三国，也会遣使照会对方，以期达成"谅解备忘录"。

被金庸描述成心存南侵野心的一代枭雄——辽国国主耶律洪

基,其实也是一位极力维护辽宋和平的君主。《续资治通鉴长编》记载说,有一年,因为有宋朝骑兵越过边境线,并引弓发箭射伤了辽人,耶律洪基致信宋神宗,说,自订立"澶渊之盟"以来,宋辽约为兄弟之国,义若一家,愿永守和平,不要发生冲突。与乔峰生活在同一时代、曾出使辽国的苏辙这么评价耶律洪基:"在位既久,颇知利害。与(宋)朝廷和好年深,蕃汉人户休养生息,人人安居,不乐战斗。"(《栾城集》)

这么一位辽国君主,怎么可能会处心积虑挑起伐宋的战争?既然耶律洪基并无南侵之心,乔峰也就不需要在雁门关外胁迫辽主退兵。既然乔峰无须做出这等"威迫陛下"之举,自然也犯不着自杀谢罪。

总而言之,如果宋朝真的有乔峰这个人,不管从当时宋辽两国的关系来看,还是从宋政府对契丹归明人的政策来看,我们都有理由相信,哪怕乔峰公开了自己的契丹人身份,也不会被中原人视为国家公敌,更也不会被迫回关外。他完全可以归明人的身份,继续当他的丐帮帮主——《神雕侠侣》时代的丐帮帮主耶律齐,不就是一位契丹人么?

虚竹是不是一个奴隶主

《天龙八部》的另一个主角——少林弟子虚竹，阴差阳错得到了逍遥派的真传，又莫名其妙当上了灵鹫宫的主人。灵鹫宫的组织形式跟中原武林门派有一个很大的差异：中原武林门派一般都实行师徒制，而灵鹫宫则实行奴隶制，梅、兰、竹、菊四大女剑客，严格来说，并不是灵鹫宫的弟子，而是宫主的婢女。

话说虚竹先生刚当上宫主时，非常不习惯，梅、兰、竹、菊四婢女要服侍他沐浴更衣，吓得虚竹连连叫她们快走。

> 菊剑道："主人要我姊妹出去，不许我们服侍主人穿衣盥洗，定是讨厌了我们……"话未说完，珠泪已是滚滚而下，虚竹连连摇手，道："不，不是的。唉，我不会说话，什么也说不明白，我是男人。你们是女的，那个……那个不大方便……的的确确没有他意……我佛在上，出家人不打诳语，我决不骗你。"
>
> 兰剑、菊剑见他指手划脚，说得情急，其意甚诚，不由得破涕为笑，齐声道："主人莫怪。灵鹫宫中向无男人居住，我们更从来没见过男子。主人是天，奴婢们是地，哪里有什么男女之别？"二人盈盈走近，服侍虚竹穿衣着鞋。不久梅剑与竹剑也走了进来，一个替他梳头，一个替他洗脸。虚竹吓得不敢作声，脸色惨白，心中乱跳，只好任由她们四姊妹摆布，再也不

敢提一句不要她们服侍的话。

就这样,虚竹成了一名奴隶主。尽管虚竹本人并无当奴隶主的意思,但身处于奴隶制度之中,他也只能无奈接受,竟不敢废除这一制度。

灵鹫宫在西夏境内,保留有奴隶制是可以理解的,因为西夏社会确实存在着奴婢贱口制度。

说到这里,我们需要先解释何谓"奴婢",又跟"奴隶"有什么不同。奴婢作为一个社会阶层,从先秦到清末,一直都存在。但在各个时代,奴婢的含义并不一样。

从魏晋到唐朝,奴婢都属于贱口,法律上的地位跟牛羊猪狗等家畜差不多,是主家的私有财产。按《唐律疏议》的规定,"奴婢贱人,律比畜产",奴婢生下的子女,如同"马生驹之类",被当成"生产蕃息"。主人可以像牵着牛马一样牵着奴婢到人口市场中卖掉,这是完全合法的。奴婢的来源,主要有二。一是国家籍没的罪犯家属,或者是从战争中掠来的战俘,这些人往往会被剥夺自由民的身份,划为贱口,发配为奴。二是人口市场上的奴婢交易。尽管唐朝法律禁止将良民当成奴隶卖掉,但总有不少良家女子被迫卖身为奴。

换句话说,唐朝的奴婢贱口,就是奴隶,其法律上的身份与其说是"人",不如说是"物",即财物。

到了宋朝时,这类贱口奴婢越来越少,逐渐消失,因为宋政府极少籍没罪犯家属为奴,也没有在战争中掠夺生民为奴,相当于主动堵塞了产生贱口奴婢的源头。于是唐朝式的奴婢制度开始走向瓦解。当然,宋朝社会也有奴婢,但宋朝奴婢的法律身份比之唐朝奴婢,已经出现了非常大的变化。从法律上讲,宋朝奴婢

宋画上的大家闺秀与婢女

属于自由民（虽然北宋前期尚有贱口奴婢的残余，但已处于消亡的过程中），并不从属于主家，不是主家的奴隶，更不是主人的私有财产，只不过是跟主家结成了经济上的雇佣关系。这一雇佣关系基于双方自愿而订立，而且有雇佣期限，期限一到，雇佣关系即解除，有点接近于我们现在从劳动力市场雇用的保姆、家政工人。所以宋人又将奴婢称为"人力""女使"。

不妨这么说，美国用一场南北战争结束了奴隶制度，宋朝则靠文明的自发演进逐渐告别了奴婢贱口制。当然，并不是说宋人实际生活中就没有形同奴隶的奴婢，但那是一些非法的个例，奴婢贱口制在北宋开始瓦解，到南宋已完全消亡。

但是，在宋朝那个时期，西夏社会还推行唐朝式的奴婢贱口制度。与西夏、北宋同时并立的辽国，与南宋并立的金国，也都同样保留着奴婢贱口制度。辽人所说的"宫户"，便是划入宫籍的奴婢贱口，辽主常常将宫户赏赐给臣下。

西夏政府通常也会将一部分俘掠来的蕃汉军民、籍没而来的犯罪人口及其亲属，罚为奴婢，以供奴役。如按西夏《天盛律令》规定，一些犯罪人口受到的处罚是"入牧农主中""租户家主"，意思就是罚为牧农、租户的奴隶。

西夏人将人身依附于主家的奴隶贱口，称为"使军""奴仆"。根据西夏法律《天盛律令》，主人可以自由使唤奴隶，"诸人所属使军、奴仆唤之不来、不肯为使者，徒一年"。主人也可以将奴隶卖掉，或者用于偿还债务，"诸人将使军、奴仆、田地、房舍等典当、出卖与他处时，当为契约"，也就是说，"使军"与"奴仆"跟田地、房舍一样，具有私人财产的性质。

灵鹫宫里的奴婢，从法律地位来说，就是"使军"与"奴仆"。按照西夏的法律，灵鹫宫主人役使"使军"与"奴仆"，是完全合法的。实际上，在当时的西夏社会，许多寺院都养有大量奴仆。但是，如果在宋朝的管辖范围内，灵鹫宫的奴隶制度就是非法的存在了。

宋朝之后，唐朝—中世纪性质的奴婢贱口制度又出现回潮。征服中原王朝的元廷贵族，从草原带入了"驱口"制度，使奴隶制死灰复燃。所谓"驱口"，意为"供驱使的人口"，即被征服者强迫为奴、供人驱使。元朝的宫廷、贵族、官府都有大批驱口，他们都是人身依附于官方或贵族私人的奴隶，按照元朝法律，"诸人驱口，虽与财物同……"（《元典章》）驱口的法律地位等同于财物。

明代在法律上也承认奴婢贱口制度——这很可能是来自对元朝制度的继承。尽管朱元璋建立明王朝之后，曾下诏书解放奴隶："诏书到日，即放为良，毋得羁留强令为奴，亦不得收养火者（遭阉割的仆役）；违者依律论罪，仍没其家人口，分给功臣，为奴驱使；功臣及有官之家，不在此限。"（吕毖《明朝小史》）但这份诏书同时又透露了一条信息：国家仍然保留着籍民为奴的制度，凡违反诏书的人，将被籍没人丁，发配为功臣的奴隶；而功臣之家，则保留有役使奴婢贱口的权利。所以明朝人雷梦麟在《读律琐言》上说："庶民之家，当自服勤劳，若有存养奴婢者杖一百，即放从良；庶民之家，不许存养奴婢，则有官者而上，皆所不禁矣。"

　　清兵入关之前，在旗人中本来就实行中世纪式的奴隶制，旗人有贵族与奴隶之分，贵族中的贵族是皇帝，因而旗人对皇帝又自称"奴才"。入关后，清人又带入更野蛮的"投充制度"，所谓"投充"，即满洲人圈占了大量土地，掠夺汉人为农奴，无数失地农民只能投靠满洲人，世代为奴，称"投充人"。投充人从事繁重的劳役，丧失了人身自由，因此大量逃亡，清廷又制定残酷的"逃人法"，严惩逃人。直至康熙亲政后，才下诏停止圈地和投充。而旗人中的奴隶制，则一直保留到清末，宣统元年，清廷才下诏："凡旗下从前家奴……概听赎身，放出为民"（《大清现行刑律》），"其未经放出及无力赎身者，概照新章以雇工人论"（韦庆远《清代奴婢制度》）。

　　奴隶制的本质就是严厉的人身依附制度。人身依附乃是中世纪社会的典型特征之一，但凡一个社会的文明形态尚处于中世纪，都会保留着人身依附制度，包括奴婢贱口制度、农奴制度。而社会文明的进步，表现之一便是人身依附制度的消亡。用英国历史学者梅因的话来说："所有进步社会的运动，到此处为止，都是一个'从身份到契约'的运动。"（《古代法》）从这个角度来看，不管是盛唐，还是西夏、辽国、金国，抑或是元朝、明前期与清朝，都处在中世纪，只有宋代，庶几迈入现代文明的门槛。

袁承志能在海外建立一个共和国吗

金庸《碧血剑》的结尾，海外华人张朝唐邀请袁承志到南洋的浡泥国散散心，袁承志心想寄人篱下，也无意趣，忽然想起那西洋军官所赠的一张海岛图，于是取了出来，询问此是何地。张朝唐道："那是在浡泥国左近的一座大岛屿，眼下为红毛国海盗盘踞，骚扰海客。"袁承志一听之下，神游海外，壮志顿兴，不禁拍案长啸，说道："咱们就去将红毛海盗驱走，到这海岛上去做化外之民罢。"当下率领青青、何惕守等人，再召集孙仲寿等"山宗"旧人、程青竹等江湖豪杰，得了张朝唐等人之助，远征异域，终于在海外开辟了一个新天地。

在许多人的印象中，好像只有大航海时代的欧洲白人在美洲、大洋洲等新大陆建立了新的国家，从未听说明清时期的华人移民也在海外辟土立国，因此袁承志在海外开辟新天地似乎是金庸先生的幻想。

其实，18世纪时，移民南洋的海外华人曾经建立过多个独立的城邦国家。如广东潮州人张杰绪，在安波那岛成立了一个没有特定名号的王国，自任国王；福建人吴阳，在马来半岛建立了另一个没有特定名称的王国；广东嘉应州人吴元盛，在婆罗洲北部建立了戴燕王国，自任国王；同为嘉应人的罗芳伯，在婆罗洲西部建立了一个国号为"兰芳大总制"的政治实体，立国百余年，后为荷兰人所灭。张朝唐所说的"红毛国"，即是荷兰。

《碧血剑》提到的浡泥国，又称"婆罗乃"，位于今之文莱一

17世纪英国人收藏的明代东西洋图,画出了东南亚、印度洋诸国地形

带(浡泥、婆罗乃、文莱,均为 Brunei 的音译)。相传元末明初时,有福建人黄森屏率众至浡泥国,之后又与浡泥国王(苏丹)联姻,黄森屏本人曾为浡泥国摄政。

浡泥国也位于婆罗洲。跟白人到达前的美洲大陆差不多,婆罗洲"长林丰草,广袤无垠,土人构木为巢,猎山禽野兽而食"(余澜馨《罗芳伯传》)。我们甚至可以想象袁承志在婆罗洲建成一个

"共和国"——这不是异想天开,因为罗芳伯缔造的兰芳大总制就是一个共和国。

罗芳伯生于清乾隆三年(1738),大约比袁承志晚出生了一百年。史料称他"生性豪迈,任侠好义,喜接纳"(《罗芳伯传》)。乾隆三十七年(1772),他从虎门放洋南渡,直抵婆罗洲西岸,经数年征战,终于打下一片疆土,并于1777年成立自治政府,定国号为"兰芳大总制",罗芳伯也当选为第一届"大唐总长"(又称"大唐客长")。

据罗香林教授《西婆罗洲罗芳伯等所建共和国考》,政府成立后"所部各员与民众,咸请上尊号,芳伯谦让未遑,以此来侥幸得片地于海外,皆众同志协谋发展之功,若拥王号自尊,是私之也,非己志所愿;顾无名号,又不足以处理庶政,乃由各代表决议称大唐总长,建元兰芳"。吴元盛建立的戴燕王国则为兰芳大总制的藩属国。

罗香林教授将兰芳大总制界定为"共和国":罗芳伯等建立之兰芳大总制,"为一完全自主之共和政体";"兰芳大总制建立之元年,即美洲合众国胚胎之次年,华盛顿率美人谋独立运动被举为第一任大总统之时代,约当于罗芳伯荡平坤甸等地土众受推为首任大唐总长之时代。兰芳大总制与美洲合众,虽有疆域大小之不同,人口多寡之各异,然其为民主国体,则无二也"。19世纪荷兰东印度公司的中文翻译官也将兰芳说成"共和国"。

不过罗芳伯及其继任者,从未明言兰芳大总制为"共和国",甚至也从未明言兰芳为一独立国家。学界也有一部分学者认为罗芳伯建立的兰芳公司根本不是什么国家,而是一个公司,或者是一个类似"天地会"的会社。

但是,兰芳拥有管辖的领地与人口,有独立的行政系统与司法系统，有众人认可的习惯法，有民选的领袖，有武装力量，当局向辖地民众收税，同时为居民提供治安、公共建设、公共教育、开拓与维护市场等职能，就算没有明言建国，也跟一个邦国没有什么分别。再据兰芳第十届总长刘阿生的女婿叶祥云所著《兰芳公司历代年册》记载，罗芳伯"初意，欲平定海疆，合为一属，每岁朝贡本朝，如安南、暹罗称外藩焉，奈有志未展，王业仅得偏安"。如此说来，罗芳伯肯定也将自己缔造的兰芳视为是一个地位如同安南、暹罗的国家。

荷兰人与罗香林教授称兰芳大总制为"共和国"，也并非没有依据。

考兰芳内部制度，"在未成文的宪法条例下，总长和其他高级官员都是由人民选举产生，但可能未设任期。当发现官员不胜任或者失职的时候，他们将会被选民弹劾而重选。总长如果辞职、生病或者临死前，都有权推荐几个继任者候选人给选民。在选举和确认继任人成为总长之前，由副总长代行职权"（罗香林《西婆罗洲罗芳伯等所建共和国考》书后附记英文提要，李欣祥译）。有例为证：第五届大唐总长刘台二曾推荐谢桂芳接任，但民众因为不满刘台二与荷兰人勾结，否决了他提名的人选，另举古六伯为第六届总长；其后古六伯因与土酋作战失败，受民众弹劾，被迫辞职。

再来看兰芳的权力结构："总长几乎对各种大问题，皆须于次级官吏磋商"，"公司的权力乃由乡村起，一层一层委托上去，不是源自最高当局，由上而下"。（霍普金斯《婆罗洲华人史》）尽管我们不知道兰芳大总制是否设有内阁行使执政的权力，但总长下面，有理事厅，执行政府权力；又有议事厅，议决国内大事；还有裁判厅，负责司法与仲裁。理事、议事、裁判三厅，尽管不可与西方的所谓"三权分立"制度等同,但仿佛又有几分相似。

难怪荷兰人在接触到兰芳公司之后,要将兰芳描述为一个"小型共和国"。

现在的问题是,兰芳大总制的这套治理制度从何而来?罗芳伯出洋之前,不过是梅县的一名下层读书人,没有证据显示罗芳伯接受过西学的训练。作家张永和撰写的传记文学《罗芳伯传》说罗芳伯"在东万律首次举办民主政治理论研讨会,把他从雅典带回的古希腊民主文献印发给大家学习",显然是文学作者天马行空的想象,完全不可信。在18世纪,古希腊的城邦民主理论与华盛顿的共和建国经验不可能传至南洋的华人社会。

那么罗芳伯的"共和"治理经验从何而来呢?荷兰汉学家高延认为,兰芳公司"实质上是中国村社(家族)组织在海外的重建。中国传统村社制度具有它自己的独立性与共和民主倾向,这是被历代中国统治者所认可的;正是村社制度孕育培养了下层华人移民在异国他乡建立独立平等社会组织的能力"(袁冰凌《高延与婆罗洲公司研究》)。这个视角的解释并非没有道理,中国不少传统的村社共同体,比如乡约、社仓,都保留着公推领袖、在乡绅领导下实行自治的惯例。罗芳伯显然也是一位乡绅式的人物。

还有一些学者提出,兰芳公司的制度乃是"脱胎于天地会",甚至有说罗芳伯本人就是天地会会员的。但我们认为,并无证据说明兰芳公司是天地会组织、罗芳伯是天地会成员。恰恰相反,有证据表明兰芳并不隶属于天地会:罗芳伯早期在西婆罗洲"打江山"时,曾跟控制了当地农业的天地会数度交战。不过,罗芳伯对于天地会的组织结构应该是熟悉的,在设计兰芳大总制的制度时(也可能并非有意设计,只是将自己熟知的经验与习惯付诸实践),参考了天地会的组织结构也不是没有可能。

天地会的领袖与各级执事人员正是由选举产生的。候选人可以是会内头面人物提名，也可以毛遂自荐。《海外洪门天地会》一书收录有一份义兴公司各级首领候选人的公示，可作佐证："义兴公司欲立上长……兹本公司内众兄弟欲立诸人为上长，今议定着，理宜声明。倘若诸上人若有违法不公平不宜立为上长，祈诸兄弟务必出头阻止，方无后患，而后可以改换别人，是为告白。"(朱育友《兰芳公司制度乃脱胎于天地会》)

天地会的山寨也分设有理事厅与议事厅。理事厅为执事机构，包括发布盖有铃印的文件、委派执事人员、执行命令；议事厅为议事机构，定员十三人，负责讨论重大决策与裁判争端。我们不排除罗芳伯模拟天地会的组织形态设置了兰芳大总制的权力结构。

总而言之，对于罗芳伯等兰芳制度的缔造者来说，民选领袖、议事权与执事权分立、小共同体自治的做法，并不是什么陌生的理论，而是熟悉的经验，因为它们一直根植于华人社会的传统中。而富饶的"化外之地"西婆罗洲则给罗芳伯们提供了一个可以将传统经验付诸实践的历史舞台。

罗芳伯做得成的事业，袁承志有理由也能够做出来。

第七辑　武器·武功

为什么剑客与刀客给我们的感觉完全不一样

说起"剑客",我们想到的人物形象往往是潇洒、飘逸的,所以剑客又称"剑侠";而说起"刀客",我们更容易想到剽悍的江湖汉子,甚至匪徒。事实上,清代的刀客确实由一些破产农民、失业手工业者组成,清政府的文书也将他们称为"刀匪"。为什么剑客与刀客留给人们的感觉完全不一样,以至在汉语中,有"剑侠"而无"剑匪"、有"刀匪"而无"刀侠"之说?

是因为剑比刀更厉害吗?是因为剑比刀更高级吗?

我们都知道,在金庸构建的武侠体系中,剑法代表了最厉害的技击术。练成邪气的"辟邪剑法",那必是天下无敌、东西方都不败;练成正义的"独孤九剑",也是纵横于世、难遇对手,只好孤独地"求败"。而金庸笔下最厉害的刀法,应该是《雪山飞狐》中的胡家祖传刀法吧?但胡斐的刀法也不过跟苗人凤的剑法不相上下而已,要是碰到令狐冲的"独孤九剑",恐怕只会被秒成渣。看起来,剑法确实比刀法高明啊。

然而,这仅仅是武侠小说家想象出来的武术世界而已。在现实世界的实战中,剑的杀伤力、攻击力其实远远不如刀。

剑纵横天下的时代只是在先秦,先秦的国王、贵族、武士、刺客、士兵,都使用剑。这个时期涌现了一批著名的铸剑师,比如欧冶子、干将、莫邪、徐夫人、烛庸子;也出现了许多著名的宝剑,比如太阿、纯钧、鱼肠、巨阙、龙泉。1965年,湖北江陵楚墓出土了一把越王勾践使用过的青铜剑,千年不锈,如今已

越王勾践剑

被列为国家一级文物。

先秦的人当然也使用刀,只不过在青铜时代,刀的质地较脆、软,难以发挥劈砍的威力,因而在实战中的应用不如剑之广。秦汉之后,随着铁器的普及,刀的时代才宣告来临,剑逐渐退出江湖,被铁制的环首刀取代,战场上基本已经不使用剑了。这也是为什么那些著名的宝剑都诞生于先秦,而汉后却少有名剑问世。

据陶弘景《刀剑录》,三国时期,"吴王孙权,以黄武五年,采武昌铜铁,作千口剑,万口刀,各长三尺九寸"。差不多同一时期,蜀主刘备命令工匠蒲元"造刀五千口",司马炎"造刀八千口",可见士兵上阵杀敌所用的武器是刀,而不是剑。

唐代士兵最厉害的武器也是刀——陌刀。《唐六典》载,"陌刀,长刀也,步兵所持,盖古之断马剑",臂力过人的战士,运用一柄陌刀,可以斩下敌人的战马,是步兵克制骑兵的利器。这个攻击力,是剑不可能具有的。

宋人著《武经总要》,收录了当时战场上的各类兵器,其中常用的格斗兵器也是刀与枪。刀有八种:手刀、棹刀、屈刀、笔刀、掩月刀、戟刀、眉尖刀、凤嘴刀。枪有九种:单双钩枪、环子枪、素木枪、鸦颈枪、锥枪、梭枪、槌枪、大宁笔枪、拒马木枪。而剑只有两种,而且都是"厚脊短身"之剑,可以像刀那样砍杀。

在成书于元明时期的小说《水浒传》中,梁山好汉所使用的武器,也以刀、枪为主。大刀关胜、美髯公朱仝、行者武松、青面兽杨志、赤发鬼刘唐、立地太岁阮小二、拼命三郎石秀、病关索杨雄等好汉（名单可以列得很长），都使刀；豹子头林冲、小李广花荣、小旋风柴进、双枪将董平、没羽箭张清、金枪手徐宁等（名单也可以列得很长），则是使枪的高手；此外，使斧头的，使棍棒的，使鞭的，都大有人在。

唯独使剑的很少见，只有寥寥数人：铁面孔目裴宣用双剑，镇三山黄信有一口丧门剑，公孙胜有一口松纹古定剑，宋江也有一口锟铻剑。但这些人有一个共同的特点：格斗功夫都比较差劲。黄信上战场还得使刀，宋江行走江湖时也带着一把朴刀，而公孙胜的宝剑却是用来施展法术的，严格来说，是法器，并不是武器。

明代的抗倭名将俞大猷著有一本《剑经》，其自序说："猷学荆楚长剑，颇得其要法。"看起来俞将军还是一名用剑高手，可是他的这本《剑经》，却是典型的"挂羊头卖狗肉"，里面介绍的技击术跟剑法毫无关系，而是——棍法。一些想学剑的朋友，看到《剑经》喜出望外，翻开一看，扔了。哼，不带这么骗人的。其实并不是俞大猷想骗你，在战场上，一口长剑的攻击力，真的不如一根长棍。

不过，剑虽然退出江湖实战，却没有消失，而是往另一个方向发展：象征化、符号化、礼器化，最终演变成文质彬彬的装饰物，其典型者为玉具剑与班剑。玉具剑就是饰玉的剑，剑要以玉装饰，当然不可能拿它当杀人利器，而是想显示剑的尊贵。至于班剑，实际上就是木剑，《六臣注文选》对班剑的注释为："班，列也，言使勇士行列持剑以为仪仗也"；"班剑，木剑无刃，假作剑形，画之以文，故曰班也"。显然，班剑完全失去了作为武器的功能，只能用于仪仗队。

但是，剑在失去武器功能的同时，却获得了礼器的功能，被赋予特别的文化内涵，成为尊贵身份的象征符号，只有那些地位高贵的人才具有佩剑的资格。

剑的这一功能转化,有点像胶卷相机在大众市场被数码相机取代之后,并没有被市场完全淘汰,而是演变成奢侈品,成为摄影发烧友炫耀品位与情怀的装备。你要说胶卷相机拍出来的照片品质比数码相机的高得多,我还真有点不相信。只不过是胶卷冲印让人觉得好有格调、好有情怀,而数码成像不具有这样的文化功能罢了。

我们知道,宋朝以前,贵族与高官有佩剑的待遇,《晋书·舆服志》记载说:"汉制,自天子至于百官,无不佩剑,其后惟朝带剑,晋世始代之以木。贵者犹用玉首,贱者亦用蚌、金银、玳瑁为雕饰。"可知晋代以降,贵族与高官佩带的剑是玉具剑与班剑。他们佩剑,也不是为了证明自己尚勇、武功高强,而是要显示自己的血统、地位、身份高贵,用佩剑的礼仪,将自己与一般平民区别开来。

而且,什么级别的贵族与高官应该佩带什么规格的剑,礼法上都有严格规定。按《隋书·礼仪志》,"一品,玉具剑佩山玄玉;二品,金装剑佩水苍玉;三品及开国子男、五等散品名号侯虽四、五品,并银装剑佩水苍玉;侍中已下、通直郎已上,陪位则像剑。"这里的"像剑",即木剑,是班剑的另一种叫法。

有些人说,唐朝之后,士大夫不再佩剑,说明了中国人尚勇精神的流失。这是胡扯。佩带一把木剑就能表示你多么尚勇?谁信呢?你要成天佩一把刀我还有点相信。佩剑礼仪的消失,其实是"唐宋变革"背景下,建立在血统与身份基础上的社会—政治结构逐渐解体的结果。

由于剑具有象征高贵身份的符号意义,而刀没有这一功能,因此,刀虽然名列十八般兵器之首,实用性远大于剑,但与剑相比,身份却低了一等,以至有所谓"剑是君子所佩,刀乃侠盗所使"的说法。为什么剑客与刀客留给人们的感觉完全不一样？原因即在这里。

在兵器市场上，剑与刀的价格也相差很大。剑有如奢侈品，数量稀少，价格昂贵；刀是普通日用品，数量巨大，价格便宜。出土的《居延新简》与《敦煌汉简》记录有汉代西北边地的一部分兵器价目，其中，"剑一，直六百五十"，"贳卖剑一，直七百"，"贳卖剑一，直八百"，也就是说，一口剑的价格大约是六百五十至八百钱。那么刀的价钱呢？"尺二寸刀一，直卅"，"出钱十八买刀"，一口刀才十八至三十钱。换言之，在汉代，剑的价格是刀的二三十倍。

这是因为铸造一口剑的工艺比刀更复杂吗？还是因为铸剑需要比刀更多的材料？我觉得都不是。核心的原因在于剑具有奢侈品的属性与功能，而刀没有。佩一把剑可以使自己显得身份高贵，而佩一把刀只会让自己看起来像个士卒、盗贼。在这样的符号功能区隔之下，刀怎么贵得起来呢？只有极少数告别了底层身份、被附加了特别内涵的宝刀，才卖得出好价钱。市场是残酷的，"实用"从来不是获得昂贵价位的保障，"格调"才是。

关于剑与刀的这一符号功能区隔，另一位武侠小说家古龙在《飞刀·又见飞刀》序文中有精彩评论：

> 刀不仅是一种武器，而且在俗传的十八般武器中排名第一。可是在某一方面来说，刀是比不上剑的，它没有剑那种高雅神秘浪漫的气质，也没有剑的尊贵。剑有时候是一种华丽的装饰，有时候是一种身份和地位的象征。刀不是。剑是优雅的，是属于贵族的，刀却是普遍化的，平民化的。有关于剑的联想，往往是

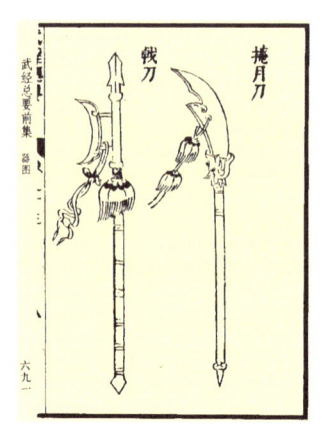

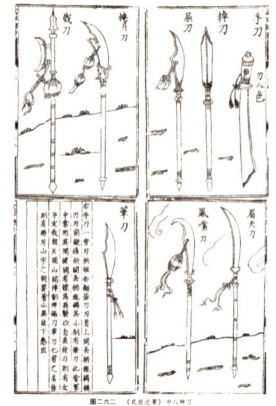

北宋《武经总要》记录的刀

在宫廷里，在深山里，在白云间。刀却是和人类的生活息息相关的。人出世以后，从剪断他脐带的剪刀开始，就和刀脱不开关系，切菜、裁衣、剪布、理发、修须、整甲、分肉、剖鱼、切烟、示警、扬威、正法，这些事没有一件可以少得了刀。人类的生活里，不能没有刀，就好像人类的生活里，不能没有米和水一样。奇怪的是，在人们的心目中，刀远比剑更残酷更惨烈更凶悍更野蛮更刚猛。

大概也是想替刀鸣不平吧，古龙在他构建的武侠体系中，打造了几柄令人印象深刻的传世名刀，如萧十一郎的割鹿刀、魔教的圆月弯刀。他也塑造了几位远比剑客有魅力的刀客：李寻欢，小李飞刀，例无虚发；傅红雪，苍白的手，漆黑的刀，孤独而高贵。

大侠们成天带着一把刀，不犯法吗

在网上看到有人问："宋代七次颁布禁止私人藏有武器的法律（不知这次数是怎么统计出来的），地域范围从京师扩展到全国，武器种类从兵器扩展到了老百姓生活日用的刀具，那么《天龙八部》《射雕英雄传》《神雕侠侣》里面的人，怎么还敢拿着各种兵器到处跑？"对这个问题，敷衍的回答是：武侠小说都是虚构的，认真你就输了。

但从史实的角度来看，我必须指出，这个问题本身就包含了错误的信息：宋代并未在全国范围禁止老百姓生活日用的刀具。提问人很可能是受了一些历史作家所写杂文的影响，才以为宋代大范围禁刀。比如张宏杰先生说："赵匡胤破天荒地给武器也加上了锁链。开国十年之后的开宝三年（970），以一条哨棒打下了四百八十座军州的宋太祖颁布了一条意味深长的法令：京都士人及百姓均不得私蓄兵器。他显然不想再有第二个人用哨棒把他的子孙赶下皇位。"

还有一些网文在很认真地讨论：因为北宋禁止民间私藏兵器，导致"中国兵器铸造工艺落后于世界乃至失传"，也致使汉唐的尚武精神从宋代开始没落。

坦率地说，看到这样的讨论，我的心情跟看笑话差不多。若说政府禁止民间私藏兵器，那是历代均如此，非独宋朝有禁令。顾炎武的《日知录》《日知录之余》"禁兵器"条，辑录有历代禁止私藏兵器的法律，有兴趣的朋友不妨找出来看看，我略举几个例子：

(一)王莽始建国二年(10),即"禁民不得挟弩铠,徙西海"。

(二)隋朝大业五年(609),"民间铁叉、搭钩、攒刃之类,皆禁绝之"。

(三)唐律规定,"甲、弩、矛、旌旗、幡帜"都属犯禁之物,不得私藏,"诸私有禁兵器者,徒一年半"。

(四)宋朝的《刑统》其实抄自《唐律疏议》,也是规定"诸私有禁兵器者,徒一年半"。

(五)明朝景泰二年,"禁广东、福建、浙江等处,军民之家,不得私藏兵器,匿不首者,全家充军,造者,本身与匠俱论死,其知情者亦连坐之",禁令更为苛严。

为什么隋唐宋明均有关于民间私兵的禁令,却单独认为宋朝的禁私兵导致了尚武精神的没落、兵器铸造工艺的落后?如果这不是出自对历史的不熟悉,显然便是心存偏见了。

再说,宋朝尽管跟其他王朝一样立法禁止民间私藏兵器,但这里的"兵器",有一个限定,是指"甲弩、矛矟、具装等,依令私家不合有",至于"弓、箭、刀、楯、短矛者,此上五事,私家听有"。(《宋刑统》)也就是说,民间私人是可以合法持有弓、箭、刀、楯、短矛的。张择端《清明上河图》中,"孙羊正店"附近就有一家武器店,有一个大概是顾客的人正在试挽一面大弓。显然,弓箭等武器是公开出售的。《水浒传》中,许多好汉都是带着一把朴刀走江湖的,因为朴刀也是民间可以持有的武器。

宋朝开国之初,太祖赵匡胤确实下过一条禁令:"京都士庶之家,不得私蓄兵器。"(《宋史·兵志》)但是,我们必须注意,禁的同样是"兵器",而不是一般民用武器,熙宁初年的《畿县保甲条制》可以证明:"除禁兵器外,其余弓箭等许从便自置,习学武艺"。

张择端《清明上河图》上的武器铺

我再讲个小故事：北宋雍熙二年（985），宦官何绍贞护送宫女至巩义永昌陵（宋太祖皇陵），再从永昌陵返回皇城，行至中牟县时，发现有几个平民模样的人手执弓箭刀枪行走于路旁。何绍贞认为，这些人私带武器，必定是心图不轨，命令随从将他们抓起来严刑拷打，刑讯逼供。那几个平民忍受不了刑讯，只好供认自己是强盗。

何绍贞以为自己破获了一起私藏禁兵器、危害公共安全的案子，便将那几个人绑起来押到京城，并报告宋太宗。太宗大吃一惊，继而又想：这几个人虽然带着武器上路，但并未做出不法之事，如果真是强盗，怎么可能甘心被何绍贞捉住？这里面恐怕另有隐情。

于是宋太宗诏令开封府重新审理这一案子。经开封府审讯，案情这才查实：原来，那几个人都是寻常百姓，这次出门，是要到嵩山祭神。之所以携带了武器，则是为了自卫，他们所带武器，也属于法律许可的"弓、箭、刀、楯、短矛"范围内。因此，开封府法官判处这几名私带兵器的被告人无罪。

宋太宗看了开封案的结案报告，大骇曰："几陷平民于法！"为表达政府的歉意，太宗皇帝给这几个受了冤枉的人送去茶叶、花卉、绢帛，遣送他们回家。又对无事生非的何绍贞予以处分，打了几十大板。

这个记录在《宋太宗实录》中的小故事说明：宋政府对于武器的使用会有严格管制，法律不允许民间私藏"禁兵器"；不过，平民出于防身、自卫等正当目的，可以合法携带法律许可范围内的武器。

当然，个别地方由于特殊原因，一些杀伤力大的刀具也受到管制，如李焘《续资治通鉴长编》载，岭南一带，有不少人落草为寇，持博刀抢劫,若被官府抓到,往往只打几十大板便放人,刑罚很轻,因而法不能禁。景祐二年(1035),宋仁宗下诏,严禁岭南的民家私置博刀,违者与锻造博刀的铁匠都按私蓄兵器之罪论处。博刀即朴刀,不过岭南禁朴刀只是特例。

再据《宋会要辑稿》,天圣八年(1030)三月,仁宗皇帝也曾下诏:"川峡路今后不得造着袴刀,违者依例断遣。"所谓"着袴刀",是指安装了刀柄的朴刀。但两个月后,即这年五月,地方官便上书反对这一禁令:"川峡山险,全用此刀开山种田,谓之'刀耕火种'。今若一例禁断,有妨农务。兼恐禁止不得,民犯者众。"最后朝廷不得不修改了禁令,只是禁止给朴刀安装上长柄,作为兵器使用。

赵宋政权刚刚平定江南之时,也曾经禁止江南诸州民家私蓄弓剑、铠甲,违者论罪。但到太平兴国八年(983),便有官员提出解除这一禁令,因为按照法律,列入限制级别的兵器是指甲、弩、矟、铠甲等,而弓箭、刀、短矛一直是允许私蓄的。朝廷听从这一建议,放开了禁令。宋真宗时,又有官员提议:"蜀地之民多私蓄弓箭,请下令禁绝。"但宋真宗认为没必要:"平时民家可能用弓箭防盗,不必禁。"(《续资治通鉴长编》)

纵观宋朝三百年立法,大致上,我们可以肯定地说,民用的哨棒、刀具、弓箭,都是可以合法携带的武器。《天龙八部》《射雕英雄传》《神雕侠侣》中的宋朝侠客,以及《水浒传》里的好汉们,带着一把朴刀之类到处跑,是没有问题的。

到元朝时,元廷对民用武器的限制才变得更加严格,对私藏禁兵的惩罚也更加严厉。《元史·刑法志》记载了一条元朝律法:"诸都城小民,造弹弓及执者,杖七十七,没其家财之半,在外郡县不在禁限;诸打捕及捕盗巡马弓手、巡盐弓手,许执弓箭,余悉禁之；……诸民间有藏铁尺、铁骨朵，及含刀铁拄杖者，禁之。"列入禁制的武器类别，远远超过前代，连弹弓、弓箭、铁尺都禁止民间使用。所以坊间便有了元朝禁用菜刀、只准十户共用一把菜刀的传言。传闻未必是史实，但生活在元朝的张无忌，如果想带着弓箭和刀剑出门，确实得非常小心。

对违反禁令的人，元政府将重惩不贷：

（一）私藏铠甲，私藏全副者，处死；不成副者，笞五十七，徒一年。

（二）私藏枪、刀、弩，私有十件者，处死；五件以上，杖九十七，徒三年；四件以下，杖七十七，徒二年；不堪使用，笞五十七。

（三）私藏弓箭，私有十副者，处死；五副以上，杖九十七，徒三年；四副以下，杖七十七，徒二年；不成副，笞五十七。

按元朝的标准，一张弓加三十枝箭，为一副，私藏十副弓箭，罪可论死。

明清时期，由于热兵器的技术已经相当成熟，政府对私兵的禁制，主要放在火器上。《大明律》规定：

> 凡民间私有人马甲、傍牌、火筒、火炮、旗纛、号带之类应禁军器者，一件杖八十，每一件加一等，私造者加私有罪一等，各罪止杖一百、流三千里。非全成者，并勿论，许令纳官。其弓、箭、枪、刀、弩及鱼叉、禾叉，不在禁限。

对私藏兵器的惩罚已轻于元朝，而且放开了对弩的禁制，这大概是因为明代弩的杀伤力已不如宋弩。而且，在火器面前，弓弩的威胁也实在有限。

《大清律例》的"私藏应禁军器"条款沿用《大明律》，清政府管制武器的重点还是火器："私铸红衣等大小炮位者，不论官员军民人等及铸造匠役，一并处斩，妻子、家产入官。铸造处所邻佑、房主、里长等，俱拟绞监候。"对私藏火器的惩罚极重。

此时，管状火枪的应用已经相当普遍，屈大均《广东新语》说，在广东，山县之民都会使用鸟枪，男孩子长到十岁时，家长也会送他一支鸟枪，教他射击鸟儿。因此，"禁枪"一直是清政府的头等大事之一，乾隆曾谕令各省督抚严查民间私铸鸟枪一事。民间若有私藏者，随时收缴销毁，工匠也不得铸造鸟枪。但禁令的效果却不怎么样，据学者研究，"自乾隆四十六年至乾隆五十八年的十三年间，清政府至少收缴鸟枪、铁铳43666杆。以全国之大，十几年才收到4万多杆鸟枪，平均每年也就只有3000多杆，这样的成果实在有限"（邱捷《清朝前中期的民间火器》）。

到清末时，清政府只好默认现实，允许一部分民间团体（如镖局）合法拥有、使用火枪，但要求持枪人到政府部门登记注册。

历代政府禁止民间私藏兵器，主要是出于两方面的考虑：其一，维持官府对于民间的暴力优势，防止民间私兵威胁政权的稳定；其二，维护社会公共安全，毕竟私兵泛滥对于平民的人身与财产安全也会构成威胁。从公共安全的角度来看，对民间兵器加以适度的管制，是可以理解的，但是，像元王朝那样，连弹弓、弓箭都要禁止，那也太缺乏自信了。

为什么武侠世界的武功越来越退化

通读过金庸武侠小说的朋友应该知道,金庸构建的武学体系有一个特点:故事年代越靠前,人物的武功就越厉害;故事年代越靠后,人物武功就越差劲。武学的发展轨迹,整体上呈现出明显的退化之势。

构成金庸武侠世界武学高峰的时期是北宋,且不说像少林寺扫地僧、《九阴真经》撰写人黄裳那样的神级高人,大理段氏的六脉神剑、姑苏慕容的斗转星移、逍遥派的北溟神功,都是后世望尘莫及的超一流武功;北宋乔峰使出的降龙十八掌,威力要远胜于南宋洪七公、郭靖使用的降龙十八掌,这门武功的传承在百年间已有衰落的趋势,到了元末史火龙时代,降龙十八掌已经全无昔日的威风了。至于明末袁承志的华山剑术、清代胡斐的胡家刀法、陈家洛的百花错拳,跟北宋武学成就相比,就如一堆渣土而已。

武学的演变为什么会呈现这样一种"一代不如一代"的走势?有人说,这是因为武术在传承过程中会发生效力递减,比如《倚天屠龙记》里说:"上代丐帮帮主所传的那降龙十八掌,在耶律齐手中便已没能学全,此后丐帮历任帮主,最多也只学到十四掌为止。史火龙所学到的共有十二掌。"这便是武学传承的递减效应。

但是,前人有智慧创造出降龙十八掌这样的武功,为什么后人就不能够呢?是因为后人更笨吗?自然不是。无论从哪一方面来看,人类社会的智力水平都是越发展到后面越聪明的。

那为什么武功又会出现明显的退化呢？说穿了，这是因为人类社会对于武功的依赖程度越来越低，越来越不需要武功了。武功所能提供的作用，不管是攻击的作用，还是自卫的作用，都被武器取代了。

你是不是要说，武器？自古就有武器，怎么宋代之前没有取代武功？嗯。反问得好。但，宋代之前的武器，都是刀枪剑戟之类的冷兵器，而我说的武器，是指热兵器。武功对于使用冷兵器有很大的优势，对于使用热兵器却毫无意义。

实际上，武功无非是人们对于热兵器的想象与模拟，比如说，一阳指就如驳壳枪，六脉神剑就如机枪，火焰刀就如火箭筒，轻功就如飞行器。换言之，在火枪出现之后，六脉神剑就是多余的。因此，武功的退化，与热兵器的进化正好同步。

北宋是热兵器刚刚兴起的时代，东京的"广备攻城作"，下设"火药作"，就是制造各种火器的兵工厂。宋人利用火药制作出"霹雳火球"、"蒺藜火球"、"毒药烟球"（毒气弹）、"引火球"（燃烧弹）等可投掷的火弹，很快就将其应用于军事。

宋人还发明了"突火枪"。据《宋史·兵志》记载："造突火枪，以巨竹为筒，内安子窠，如烧放，焰绝然后子窠发出，如炮声，远闻百五十余步。"这是世界最早的管状火枪，只不过是用竹管制造的，杀伤力有限。

北宋尚处在热兵器投入使用的起始阶段，火药通常只作用于燃烧，而不是爆炸，制造出来的火器，威力也远无法跟后世的火枪、火炮相比。这个时候，还有武功的用武之地，也因此，北宋出现了武学的最后辉煌。

南宋时，火器的威力又有所发展。宋王朝之所以能够抵御一波又一波的北方强敌，靠的可是火器，而不是什么丐帮的降龙十八掌。公元 1161 年，金兵渡江南下，虞允文在采石矶迎击金兵时，便使用了先进的"霹雳炮"火器。来看宋人杨万里《海鳅赋后序》的描述：

> 舟中忽发一霹雳炮，盖以纸为之，而实之以石灰、硫黄。炮自空而下，落水中，硫黄得水而火作，自水跳出，其声如雷，纸裂而石灰散为烟雾，眯其人马之目，人物不相见。吾舟驰之压贼舟，人马皆溺，大败之。

元明时期，随着钢铁制造的管状火炮、管状火枪的发明与应用，武功又进一步失去了发挥作用的领地。到了清代，那基本上就是热兵器的世界了，武功差不多不管用了。话说《鹿鼎记》里的双儿，就有一把火枪，并用这把火枪杀了武林高手风际中："但见双儿身前一团烟雾，手里握着一根短铳火枪，正是当年吴六奇和她结义为兄妹之时送给她的礼物。那是罗刹国的精制火器，实是厉害无比。风际中虽然卓绝，这血肉之躯却也经受不起。"

《笑傲江湖》中，日月神教教主任我行扬言"一个月内，我必亲上见性峰来。那时恒山之上若能留下一条狗、一只鸡，算是我姓任的没种"。少林、武当闻讯驰援，想到的抵抗之策，便是在恒山埋下大量火药，只等日月神教攻上来，即引爆炸药，任我行的"吸星大法"再厉害，也吸不了炸药爆炸的巨大能量，必被炸得粉身碎骨。这两个例子，预示着再强大的武功，在热兵器面前也是渣渣而已。

最有代表性的例子是镖局。武侠小说告诉我们：镖局的镖师都是武功高强的好手，擅使暗器，身手不凡。真实的镖师当然需要懂一些武术，但武功这东西嘛，效用远没有武侠小说描述的那般神奇。实际上，镖局走镖，靠的是武器装备，包括火枪。

我们之前说过，镖局出现的时间比较晚，大约是在清代中前朝，清代之前是没有镖局的。乾隆七年（1742），西北的富商大贾前往东南购置绸缎布匹，往往都带着现银，动辄就是数万两，用骡子驮着。为保障安全，便雇用镖师一路护送。一位清政府官员向乾隆皇帝报告说，这些镖师乃是"膂力过人、身娴武艺之徒，受雇护送，带有鸟枪、弓箭，名曰保镖，所以防草窃、杜剽掠也"（山西布政使严瑞龙《为请严禁保镖胡作非为事奏折》）。可知乾隆初年，镖师走镖已经带有火枪防身。

到晚清时，镖局配置火枪的情况就很普遍了。在清政府巡警部外城巡警总厅登记、备案的京城十三家镖局所用枪支，就有一百三十四杆，包括大八响枪、大六出枪、小六轮子枪、后门炮枪等，都是当时非常先进、杀伤力比较厉害的洋枪。

由于镖局配枪的普遍性，清政府巡警部不得不于光绪三十二

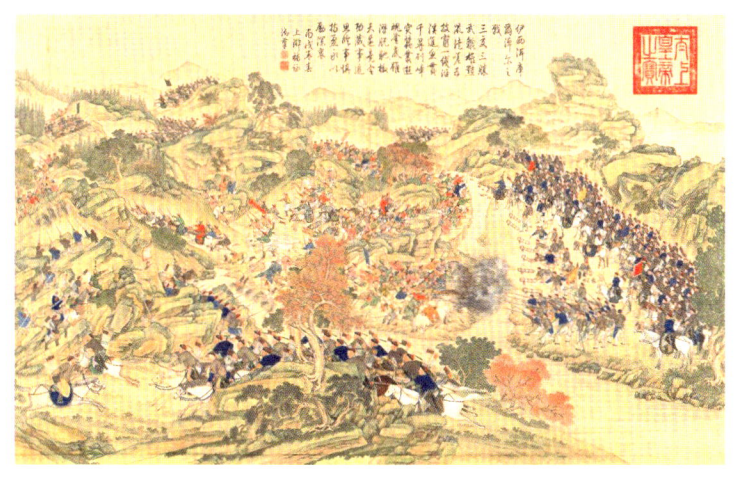

清郎世宁《乾隆御笔平定西域战图十六咏并图》局部，可以看出清军使用了火器

年（1906）制定了一份《管理镖局枪支规则》，对镖局枪支实施管制：

一、各镖局前曾呈报枪支统由总厅烙印，编列号数，造册送部，以便调查。

二、此后有未经注册并未烙印之枪支，即系私枪，一经查出，除将该私枪充公外，仍酌量议罚。

三、各镖局如有添置枪支，准其随时呈报，总厅注册烙盖火印。

四、已经呈报注册枪支因护送事件出外者，等该枪支回京后呈报，总厅查核实与清册相符，当随时补烙火印。

五、此项注册烙印为调查枪支起见，概不收费。

六、烙印枪支如有损坏实不堪用者，须将毁枪呈验，以凭销号。

七、烙印枪支万一遗失，准其将遗失情形详细呈报总厅存案。

八、此项烙印枪支规则由部咨行崇文门税局及沿途关卡一体查照，并传知各分厅转饬各区，此后遇有印枪支一体查验放行。

九、由外城巡警总厅刊刷执照，枪支烙印后发放执照。

十、护镖途中必须携带持枪执照，万一枪支遗失，尚有执照可凭。如无执照，虽有烙印，即作私带军火办理。

十一、烙印枪支万一遗失，必须立刻逐级上报，由总厅存案，最后报请巡警部调查。

这份《管理镖局枪支规则》的核心意思是说：京城所有镖局枪支，必须在外城巡警总厅统一编号，登记造册，然后申领持枪执照；镖局凡购置新枪，必须及时向警方备案；枪支如有损坏实不堪用者，必须将毁枪呈验，以凭销号；枪支遗失，必须呈报警方存案；镖局护镖途中必须携带持枪执照；镖师持有未经注册的枪支，即系私枪，一经查出，除将该私枪充公外，仍酌量议罚；镖师持有注册的合法枪支，但没有持枪执照，也作私带军火办理。

靠文学想象力创造出来的武功，从此让位于靠科学理性制造出来的热兵器，不好意思再在江湖中逞强。请想象一下，在机枪扫射之下，用独孤九剑的"破箭式"，能不能破得了？

什么才是冷兵器时代的大杀器

拳脚功夫、刀法剑法，都是近身格斗的技击术，不过，在金庸建构的武学体系中，掌有掌风，剑有剑气，都可以用于远距离攻击，大理段氏的六脉神剑、一阳指，姑苏慕容家的参合指，鸠摩智的火焰刀，更是十分厉害的远程攻击术。金庸小说也提到专门的远程攻击武器——暗器，《书剑恩仇录》与《飞狐外传》中的赵半山，外号"千臂如来"，是一位暗器高手，一双手可以不停地连发钢镖、袖箭、飞蝗石、铁莲子、菩提子、金钱镖各种暗器。

不过呢，六脉神剑之类的无形剑气，显然只是小说家的浪漫想象而已，不可能存在于现实世界。飞蝗石之类的暗器虽非杜撰之物，但实际上的攻击距离与力度都非常有限，别说在热兵器时代的火枪面前只有挨打的份，杀伤力其实也远远不如冷兵器时代的弓弩。在冷兵器时代的远程战斗中，弓弩可以说是最厉害的杀器。

我们知道，宋代是热兵器刚刚兴起的时段，也是中国历史上弓弩器术最为发达的高峰期。流行于宋朝的兵器理论认为："军器三十有六，而弓为称首；武艺一十有八，而弓为第一。"（华岳《翠微北征录》）宋朝部队中配备的兵器也以弓弩为主。部队对士兵的考核标准，也是"弓弩斗力"，即挽开弓弩的臂力，以及"射亲"，即射箭的命中率。

宋神宗熙宁年间，河北诸军演习，将士兵的"弓弩斗力"列为三个等次："凡弓分三等，九斗为第一，八斗为第二，七斗为第三；

弩分三等，二石七斗为第一，二石四斗为第二，二石一斗为第三。"（袁褧《枫窗小牍》）石、斗都是宋人衡量挽弓臂力的计量单位，一宋石约等于今天一百市斤，如果"弓弩斗力"为九斗，即意味着其臂力能够拉开九十斤。宋朝武士挽弓斗力的最高纪录是三宋石，相传岳飞和韩世忠都能挽开三百宋斤的弓。

宋孝宗年间，对士兵"射亲"的要求是，"弓箭手以六十步，每人射八箭，要及五分亲"（《皇宋中兴两朝圣政》），即六十步远的射程，射中率要达到 50% 以上。像《水浒传》中的"小李广"花荣，肯定是"射亲"最厉害的高手，百发百中。想象一下，如果让花荣与段誉展开远距离战斗，谁会胜出呢？我个人看好花荣，因为六脉神剑的有效攻击半径远短于宋弓，拉弓射箭的好手可以射及百步，即一百二十米左右。

宋弩的射程比弓箭还要远。熙宁年间，党项人李定给宋军制造的"神臂弓"，杀伤力远大于一般弓箭，按《宋史·兵志》记载，用"神臂弓"发射，箭杆可"射三百四十余步，入榆木半笴"，有效射程达三百四十余步，四百多米远。

"神臂弓"实际上是一种弩，杀伤力虽大，但效率不是很高，因为挽弓时，需用脚踩住弓臂上的镫，双手拉弦，将弦拉入扳机，再装填羽箭。这个过程有点耗时，而战场上一发千钧，容不得半点迟缓。所以南宋初，韩世忠又对神臂弓加以改进，改制成"克敌弓"，可一人挽弓，射程可及三百六十步，一发可射穿披甲的战马。

克敌弓威力惊人，在宋金战争上发挥了巨大作用。纪昀《阅微草堂笔记》对此有描述："宋代有神臂弓，实巨弩也，立于地而踏其机，可三百步外贯铁甲。亦曰'克敌弓'。……宋军拒金，多倚此为利器。军法不得遗失一具，或败不能携，则宁碎之，防敌得其机轮仿制也。元世祖灭宋，得其式，曾用以制胜。"克敌弓是宋军抵抗金兵的大杀器，军法严禁丢失一弩，若战场上打了败仗，来不及带走克敌弓，也必须销毁它，以防敌人得到机轮仿制。忽必烈灭宋，获得克敌弓的制作技术，用克敌弓打了不少胜仗。

神臂弓、克敌弓其实还不是宋朝射程最远的弩。宋人制造的床子弩，射程是七百步，经过魏丕、陈从信的改进，可射达千步，即一千多米远，十分恐怖。宋代最大的"三弓床弩"，又叫"八牛弩"，意思是用八头牛才能拉开弓弦，如果用人力，则需要七十人合力才能拉动弩弦，射出的箭枪，可以直插入城墙。宋真宗时，辽兵围困澶州，宋军在澶州城头上，就用床子弩杀了辽军统军萧挞览。

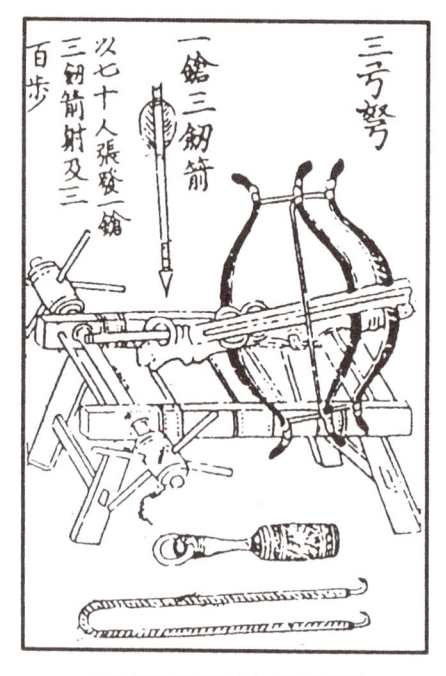

北宋《武经总要》中的"三弓床弩"

弓弩是宋军对付北方草原骑兵的利器，深为宋人所倚重。宋人赵万年在《襄阳守城录》中说："虏人最怕弩箭，中则贯马腹，穿重铠。"野战时，宋人都习惯"以步军枪、刀手在前"，"良弓劲弩居其后，以双弓床子弩参之"（《武经总要》）。

可是，既然弓弩如此厉害，为什么宋军在抵抗辽兵、西夏兵、金兵、蒙古兵时，却不能获得压倒性的胜利？这是因为，弓弩存在着无法克服的弱点：装机与拉弓都需要时间，《武经总要》说得很清楚，"张迟，难以应卒，临敌不过三发四发，而短兵已接"。为提高发射的速度，宋军将弓弩手分为"张弩人""进弩人""发弩人"，分工合作。但效率再快，换箭之间还是会浪费时间。

而且，宋朝严重缺乏战马。在冷兵器时代，自马镫发明之后（汉代时马镫的应用尚未普及，骑兵的威力未能发挥到最大化），战马就是最强悍的装备，骑兵就是最厉害的部队。宋仁宗皇祐年间，宋祁曾上书分析骑兵的作战优势："马者，兵之大也，边庭之所以常取胜中国者也"，然而，"中国之兵，步多骑少，骑兵利平，步兵利险。夫自河以北，地若砥平，目与天尽，不见堆阜，此非用步之利也，虽步卒百万，讵能抗戎马之出入乎？"（宋祁《景文集》）宋祁显然明白，在他那个时代，骑兵为王，而宋王朝的军队以步兵为主，骑兵不足，骑兵有利于在平原上作战，步兵有利于在山地作战，而黄河以北，一马平川，连个小山丘都没有，非常不利于步兵作战，即使有步兵百万，恐怕也无法抵抗戎马出入。

宋朝之所以缺马，是因为五代以降，中原王朝控制的西北养马地落入契丹、西夏之手，良马的供应量严重减少。良马的匮乏，使宋朝部队的攻击力受到限制，难以跟草原铁骑一争兵锋。相比之下，辽国、西夏都是马资源充沛的地方，战马唾手可得。按《辽

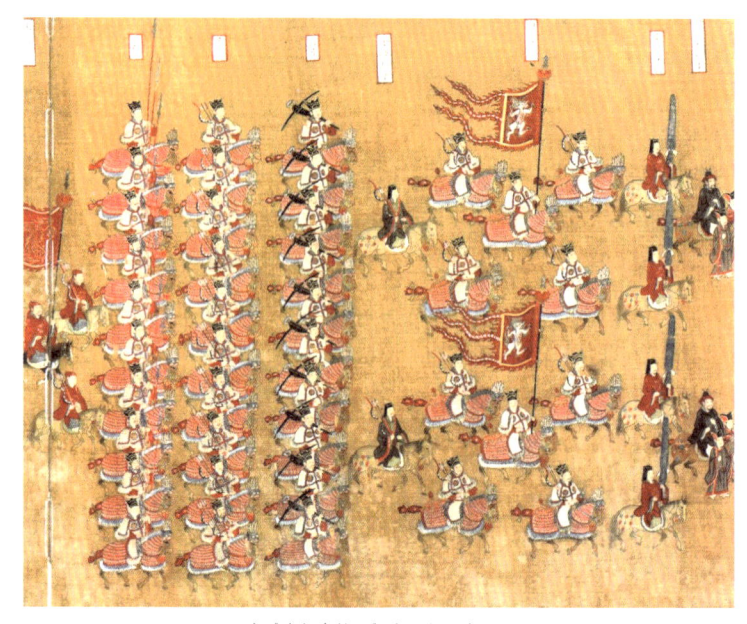

宋《大驾卤簿图》中的各种冷兵器

史·兵卫志》的记载，辽军"每正军一名，马三匹"，每一名士兵配备三匹马。这是宋人不可能做到的。

真正能克制骑兵的大杀器，要等到热兵器时代才出现，那就是火枪与火炮。

宋朝人制造神臂弓的技术，元朝之后便失传了。清朝大才子纪昀曾与友人邹念乔一起尝试复制神臂弓，但未能成功："（神臂弓）至明乃不得其传，惟《永乐大典》尚全载其图说。然其机轮一事一图，但有短长宽窄之度与其牝牡凸凹之形，无一全图。余与邹念乔侍郎穷数日之力，审谛逗合，讫无端绪。"

纪昀想过"钩摹其样，使西洋人料理之"，但他的老师刘统勋阻止他这么做："西洋人用意至深，如算术借根法，本中法流入西域，故彼国谓之东来法。今从学算，反秘密不肯尽言。此弩既相传利器，安知不阴图以去，而以不解谢我乎？"说西洋人居心叵测，见了神臂弓的样图，只怕不但会将制弩技术偷偷学去，且不肯教给我们，而以不得其解为由搪塞过去。纪昀听后，只好作罢。

神臂弓为什么会失传？当然并不是因为后人笨，而是因为热兵器时代已来临，出现了"神机火枪"等热兵器，军队不再依赖发射效率较低的弩，也就用不着复制神臂弓了。明代嘉靖年间从西洋传入的火绳枪，明末从荷兰传入的"红夷大炮"，杀伤力都是冷兵器的神臂弓、床子弩难以望其项背的。

再强的武功，都比不上先进的武器；再厉害的冷兵器，也比不过后起之秀的热兵器。在冷兵器时代，宋王朝需要用神臂弓、床子弩等当时最发达的武器抵御敌人，保卫疆土，而不可能依靠丐帮的降龙十八掌。同样的道理，到了晚清，已是热兵器时代，中国也不能靠古老的弓弩对付西方列强的坚船利炮，还得"师夷长技以制夷"。

宋朝全民爱相扑

金庸在《射雕英雄传》中描写了诸多神奇的武功：从欧阳锋的蛤蟆功、洪七公的降龙十八掌、大理段家的一阳指、黄药师的弹指神通，到《九阴真经》记载的绝顶武功。这当然都是金庸虚构出来的，不过有一项功夫却是真的，那就是郭靖从蒙古人那里学习到的摔跤。小说第十八回写道：

> 原来郭靖脚底被欧阳克一按，直向下堕，只见欧阳克双腿正在自己面前，危急中想也不想，当即双手合抱，已扭住了他的小腿，用力往下摔去，自身借势上纵，这一下使的正是蒙古人盘打扭跌的法门。蒙古人摔跤之技，世代相传，天下无对。郭靖自小长于大漠，于得江南六怪传授武功之前，即已与拖雷等小友每日里扭打相扑，这摔跤的法门于他便如吃饭走路一般，早已熟习而流。否则以他脑筋之钝，当此自空堕地的一瞬之间，纵然身有此技，也万万来不及想到使用，只怕要等腾的一声摔在地下，过得良久，这才想到："啊哟，我怎地不扭他小腿？"这次无意中演了一场空中摔跤，以此取胜，胜了之后，一时兀自还不大明白如何竟会胜了。

摔跤确实是草原牧骑民族热爱的竞技术，又称"角力"。近人《内蒙古纪要》"角力"条载：

> 肇自古昔，为蒙族最嗜之游戏，今则盛行于北蒙古，若逢鄂博祭日，则必举行此技，角者著皮制之单衣，跨长靴，东西各一人，登场而斗，以推倒对手方为胜。族长及王公临而观之，授胜者以奖品，平时则其部之少年，集二三人而行之。

但金庸可能不知道蒙古摔跤的一个规则：不许抱腿。郭靖抱了欧阳克的小腿，已然犯规了。危急之际，犯规也不是不可以，却不能说那是"蒙古人盘打扭跌的法门"。

金庸也未必知道，摔跤谈不上是蒙古人的特有之技，实际上南宋人更热衷于摔跤。不过名称不是叫摔跤，而是叫作"相扑""角抵"。

相扑现在是日本的国技，但在八百年前，则是宋朝最流行的体育运动之一，不但城市中有日常性的相扑商业表演，还出现了全国性的相扑竞技大赛。

当时汴京、杭州等城市的瓦舍勾栏，每天都有艺人表演相扑节目，并向观众收取门票。南宋后期，杭州最有名的相扑高手有周急快、董急快、王急快、赛关索、赤毛朱超、周忙憧、郑伯大、铁稍工韩通住、杨长脚，等等。这份名单收录在南宋笔记《梦粱录》中。按理说，郭靖的师父"江南七怪"也应该擅长相扑之术才对。郭靖学到的摔跤之技未必得自蒙古人啊。

宋朝政府在节庆宴会、接待外宾时，也会表演相扑。《宋会要辑稿》收录有一份接待外宾的节目表："凡使人到阙筵宴，凡用乐人三百人，百戏军七十人，筑球军三十二人，起立球门行人三十二人，旗鼓四十人，并下临安府差。相扑一十五人，于御前等子内差。"百戏军是表演杂技的皇家运动员，筑球军是皇家足

明代仇英版《清明上河图》中的相扑

球队员,表演相看的"御前等子"则是皇家相扑运动员。

宋人还建有相扑社团,叫作"角抵社""相扑社"。这些相扑运动协会经常举办地方性乃至全国性的相扑大赛。在陕南、成都一带,每年都有相扑擂台赛:

> 蜀都之风,少年轻薄者,□□为社,募桥市勇壮者,敛钱备酒食,约至上元,会于学社山前平原作场。于时新草如苗,□候人交,多至日晏方了。一对相决而去,或赢者,社出物赏之,采马拥之而去,观者如堵,巷无居人。从正月上元至五月方罢。(《角力记》)

南宋临安城护国寺南的高峰露台，也是一个相扑擂台，经常举行全国性的相扑锦标赛，登台竞技的相扑手来自"诸道州郡"，都是各州选拔出来的好手。获胜者可得到奖金、奖杯、锦旗，只有"膂力高强、天下无对者，方可夺其赏"。冠军的奖品，包括"旗帐、银杯、彩缎、锦袄、官会（会子）、马匹"（吴自牧《梦粱录》）。宋理宗景定年间，曾有一个叫作韩福的温州相扑手，因在相扑锦标赛中"胜得头赏"，得以"补军佐之职"。

最让后人觉得新奇的是女相扑比赛。不难想象，女相扑肯定是很香艳的。从出土的宋代相扑陶俑、宋墓壁画的相扑图来看，男相扑手都是赤裸上身，下身只包裹一块布条，展露出矫健的肌肉；女相扑手即使不是像男相扑手那样袒胸露臂，也必定是穿着紧身衣，曲线毕露是毫无疑问的。

施耐庵《水浒传》第一百零四回描写了一场男女混打的相扑较量，女的叫段三娘，男的叫王庆：

> 那女子有二十四五年纪，他脱了外面衫子，卷做一团，丢在一个桌上，里面是箭杆小袖紧身，鹦哥绿短袄，下穿一条大档紫夹绸裤儿，踏步上前，提起拳头，望王庆打来。王庆见他是女子，又见他起拳便有破绽，有意耍他，故意不用快跌，也拽双拳吐个门户，摆开解数，与那女子相扑。

从小说的描写看，这女相扑手穿了紧身衣。

《水浒传》虽然是成书于元明之际的小说，书中所述未必尽符宋朝事实，但女相扑表演赛确实是宋代瓦舍中很常见的娱乐节目，而且女相扑手的着装也要比小说中的段三娘更惹火。话说嘉祐七年（1062）正月十八日，正是元宵节放灯期间，汴京市民闹花灯，按照宋朝的惯例，宋仁宗出宫与民同乐，驾临宣德门城楼，召集诸色艺人表演相扑、踢球、杂技等技艺，其中便有女相扑表演赛。

诸色艺人的精彩表演结束后，宋仁宗很高兴，吩咐给所有参与表演的艺人赏赐白银、绢帛，女相扑手也得到犒赏。皇帝此举，激怒了司马光。十天后，即正月二十八日，司马光便上了一道《论上元令妇人相扑状》，婉转地批评了仁宗皇帝，并提出要禁止女相扑。

但司马光说归说，民间的女相扑其实并未受到限制。《梦粱录》载，南宋杭州的瓦舍勾栏内，一直都有女相扑比赛："瓦市相扑者，乃路岐人（民间艺人）聚集一等伴侣，以图标手之资。先以女飐（女相扑手）数对打套子，令人观睹，然后以膂力者争交。"这些收费的商业性相扑表演赛，通常都以女相扑比赛热场，招徕观众入场，然后才是男相扑手的正式竞技。

《梦粱录》和《武林旧事》等南宋笔记还收录有杭州瓦舍女相扑手的名单：赛关索、嚣三娘、黑四姐、韩春春、绣勒帛、锦勒帛、赛貌多、侥六娘、后辈侥、女急快，等等。这些女相扑手跟男相扑手一样，在"瓦市诸郡争胜"，并且打响了名头。

不过，宋朝之后，市井间再也未闻有女相扑之娱乐，甚至连瓦舍勾栏这样的城市娱乐建制也消失在历史深处。这可能是宋后的元、明、清三朝，礼教对于庶民的束缚、国家对社会的管制趋于严厉的缘故。

不独女子相扑消失，风靡一时的男子相扑也在宋后走向没落。这里的原因，跟官方的禁令有关。元朝统治者来自蒙古草原，喜爱摔跤，也将摔跤列为军事训练的项目，但禁止民间练习相扑之技:"诸弃本逐末、习用角抵之戏、学攻刺之术者,师、弟子并杖七十七。"(《元史·刑法志》)郭靖练习摔跤,若按元朝法律,那是要被打板子的。

为什么我们会觉得太监的武功高深莫测

很多看武侠小说、武侠电影的朋友都有一个疑问：为什么太监的武功高深莫测？在金庸创造的武侠世界中，太监出场的机会并不多，但出场的都是高手。《鸳鸯刀》中的萧半和算一个，他的混元气在当世属一流武功，需童子身才能练成；《鹿鼎记》中的海大富也可以算一个；而更厉害的是那个写出《葵花宝典》的"前朝宦官"，虽然没有留下名字，如神龙不见首尾，但《葵花宝典》记载的武功堪称惊世骇俗，林远图与东方不败只是修习了《葵花宝典》残本的武功，便称雄于世。难怪《笑傲江湖》中那么多人为夺取《葵花宝典》，费煞了心机。若要将金庸笔下人物按武功高下列一个排行榜，这名"前朝宦官"完全可以进入三甲。

太监的武功真的可以这么厉害么？其实，只要稍具医学常识的人都会知道，阉割之人，由于体内缺乏雄性激素，身体的肌肉会女性化，也容易发胖，力气远不如正常男人。我们不妨先来看一个例子，宋人笔记《鹤林玉露》记载说，南宋孝宗皇帝经常携带一根涂了黑漆的拐杖，有一回出门，忘记了带这根拐杖，便叫两个太监回去取来。结果那两名太监怎么也抬不动拐杖，只能竭力拖着。原来，那拐杖是精铁铸成，宋孝宗平日用它锻炼臂力。

宋孝宗是一名会武艺的皇帝，骑术、箭法都不错，臂力过人，能够轻而易举地提着一根铁棍走路（很奇怪为什么没有武侠小说写到宋孝宗），而太监由于肌肉不发达，力气不足，只能拖着走。

不过宋代有一名太监，应该是孔武有力之人，那就是北宋末的童贯。童贯领兵多年，是一个上得了战场杀敌的人物，曾率兵攻打西夏、收复西北四州、平定江南方腊之乱。武功看来应该不会差到哪里去。《宋史·宦者》说童贯"状魁梧，伟观视，颐下生须十数，皮骨劲如铁，不类阉人"，可知他身材魁梧，皮肉结实，而且还有胡须，不像是阉人的样子。

明初的郑和，则是一名武艺可能比童贯还高的太监。据《明史稿·宦官传》载："郑和，云南人，世所谓三保太监者也。初事燕王于藩邸，从举兵，有功，累擢太监。有智略，知兵习战。"郑和也是从战场上杀过来的人物，不管胆识，还是武略，都不会比一般的将军差劲。又有记载道，郑和第一次率舰队下西洋，在三佛齐国活捉"剽掠商旅"的海盗陈祖义；第二次下西洋，在锡兰山与亚烈苦奈儿国王激战，"生擒亚烈苦奈儿及其妻子、官属"；第三次下西洋，在苏门答腊追擒王子苏干剌。这等气概，不让乔峰、郭靖。

金庸《鸳鸯刀》中的萧半和，本名萧义，因为仰慕郑和，才取名"半和"。还有一些网友煞有介事地考证说，那个著《葵花宝典》的"前朝太监"，要么就是明初的郑和，要么就是北宋的童贯。但我们要明白，童贯与郑和的武艺，其实是指军事意义上的作战能力，而不是武侠世界中的所谓武功。

至于明朝东厂、西厂的太监，玩弄权术是很厉害，手段也阴狠，但他们所恃者，不是武功，是权力。我们以为"厂公"们武功高深莫测，那是受了《新龙门客栈》等武侠电影的误导。

清代的太监，权势已大不如明朝"厂公"，即便是清末的安德海、李莲英之辈，也不可跟刘瑾、魏忠贤相提并论。但清代倒是出现了一些武功不错的太监。清初康熙帝就是用一群小太监擒住鳌拜的。

明代《出警入跸图》（局部）中的太监（图上方）

来看看清人笔记《竹叶亭杂记》怎么说：

> 圣祖仁皇帝之登极也，甫八龄，其时大臣鳌拜当国，势焰甚张，且以帝幼，肆行无忌。帝在内，日选小内监强有力者，令之习"布库"（摔跤）以为戏。布库，国语也，相斗赌力。鳌拜或入奏事，不之避也。拜更以帝弱且好弄，心益坦然。一日入内，帝令布库擒之。十数小儿立执鳌拜，遂伏诛。

这个故事，也被金庸写入《鹿鼎记》。鳌拜号称"满洲第一勇士"，却被十几个小太监活捉，尽管是"双拳难敌四手"，但想来那群小太监的格斗擒拿之术应该不差。

清代内廷还一直保留着"技勇太监"的编制。据《国朝宫史》

载:"内各处当差太监三百三十六名,每月银二两、米一斛半,技勇太监七十名,每月银三两、米四斛,公费银俱六钱六分六厘。"技勇太监的薪水比一般太监要高一些。既然叫作技勇太监,当然需要精通骑射、格斗之术,他们的职责之一,也是保卫内廷,有点像"宪兵"。据说清末英法联军攻入圆明园时,拼命抵抗的就是一群技勇太监。

但要说到太监中真实的武林高手,恐怕有史以来只有一位,那就是晚清的董海川。董海川,八卦掌创始人,武功与太极高手杨露禅不相上下。据董海川墓志铭的记述,董氏"少任豪侠,不治生产。法郭解(西汉游侠)之为,济困扶危,不遗余力。性好田猎,日驰于茂林之间,群兽为之辟易。及长,遍游四方,所过吴越巴蜀,举凡名山大川,无不历险搜奇,以壮其襟怀。后遇黄冠(道士),授以武术,遂精拳勇。不意中年蹈司马公(司马迁)之故辙,竟充宦官"。董海川早年是一位行走江湖的侠客,武功高强;不想中年却净身入宫,当了太监。

一位武林高手为什么要入宫当太监,史料说得不是很清楚。坊间流传几种说法,一种说:"盖董氏本剧盗,积案过深,循迹空门,变名曰海川,非其原名也。既不遵三戒,故态重萌,有司震怒,逻缉甚急,董惶骇无计,无已自废为宦者云。"这一说法来自八卦掌第三代传人杨荣本(福源上人)。(卞人杰《国技概论》)

还有一种说法,来自八卦掌传人刘云樵一系的门人:"据先师刘公云樵所言:'八卦掌的走圈要夹裆,对肾囊的摩擦甚多;加上八卦掌内修以练精入手,年轻人肾火旺则忍耐不住。'在编者练八卦掌时,先师时常关照要千万忍耐,以免妨碍八卦掌的进步。据先师揣测:董当年可能也有欲火难驭的苦恼,为了修炼功夫而痛下决心自宫。"(郭肖波《八卦掌探源》)

看到这里,你会不会猛然想到《葵花宝典》上那句著名的"欲练神功,挥剑自宫"?所以有一些网文也将董海川说成是东方不败的历史原型。但事实是不是确如这几种说法所言,已经很难考证了。总而言之,像董海川这样的武林高手,可谓是中国宦官历史中的异数。

历史上的宦官,决不可能修炼出武侠小说所描述的那种高深莫测的武功,真有武艺过人者亦屈指可数,能狐假虎威、恃势欺人的权阉其实也是少数,更多的宦者都是出身低微、地位卑贱、身体与心灵俱受残害、气力不及常人的可怜人。

附录

武侠江湖的解构

将江湖打碎

很多年以前，江湖一直是藏在我心底的一个美丽玄想。武侠小说家们编织了一个让我心仪的江湖。江湖中的汉子一诺千金、快意恩仇；江湖中的女子纤弱多情、令人柔肠寸断。江湖里刀光剑影、荡气回肠，剑客们率性任侠，除暴安良。江湖的入口在渡边，踌躇满志的少年告别女人忧伤的目光，仗剑远行。江湖的出口在黄沙古道，一匹瘦马驮着满面倦容的刀客归来，竹笠低垂，日影西斜。

许多年以后，我开始用冷峻的色调去想象那个江湖，如同那些在江湖中耗尽青春的老刀客，终于看破了江湖的险恶和虚妄。我看到了昔日的江湖破绽百出，江湖黑白分明的阵营划分、江湖的规则、江湖的正义、江湖的邪恶、江湖的爱情、江湖令人心碎的缠绵、江湖的名门正派、江湖的黑道魔头、江湖的道义、江湖的征伐……这一切都显得那么可疑。江湖在我的心中已经支离破碎、一片风雨飘摇。

在李安执导的电影《卧虎藏龙》里，玉娇龙对"碧眼狐狸"说，是你教我武功，给了我一个闯荡江湖的梦。厌倦了江湖纷争的李慕白却告诉俞秀莲，他想交出青冥剑，退出江湖。也许每一个做着江湖梦的人，都会经历从玉娇龙到李慕白的转变。我的江湖梦醒了。

我要做的第一件事就是将那个破绽百出的江湖彻底打碎，再将那些江湖的碎片恶作剧般地拼凑起来。这是一件很有趣的事情。就像做一种智力游戏，只要想象力足够，我可以将江湖的一切颠覆过来。我并不需要重新建造一个江湖，我只不过把江湖的意识形态、江湖的游戏规则、江湖的阵营划分、江湖的故事按着它们的固有逻辑推向极致，它们就自行被解构——被自己的逻辑解构了。我想，任何一个企图用文字确立江湖的规则霸权的人最终会失望的，谁知他的江湖不会受到恶作剧的解构呢？

江湖门规

江湖中有各种门规，黑道有黑道的门规，白道有白道的门规。门规确定了黑白道迥然不同的意识形态体系。所谓道不同不相为谋，黑道中人对白道的门规深恶痛绝，白道中人对黑道的门规也痛绝深恨。

黑道的开化程度不高，门规也就十分简单。日月神教的门规只有一条：凡加入神教者不得修炼《葵花宝典》，教主除外。

古墓派的门规有两个条款：第一，不得与四十五岁以下的男人说话；第二，尤其不得与全真教的道士交往。丐帮的门规有三个条款：不准在规格为车站旅馆以上的客栈住宿，否则费用不予报销；不准穿没有补丁的衣服；不准以个人名义到钱庄开设户头，私敛财物。

白道比较重视精神文明建设，体现在门规上，就是条款十分繁杂。华山派的门规有一千一百三十六款，算是较简单的，但后来华山与泰山、嵩山、衡山、恒山合并为五岳剑派，门规相应升级到二千三百七十四款；武当派自张三丰开山立派以来，经过千百年的不断增补、完善，门规发展得极为完备，共计有二千四百九十六款。白道各门派在武林中的地位是与其门规的条款数成正比的，武当派的门规有这么多条款，所以当之无愧地是武林的泰斗。后来五岳剑派的岳不群不服气，又增订了二百零八条门规，目的就是要压武当派一头。

至于白道中的其他小门派，一般都以五岳剑派的门规作为本门门规的蓝本。因此白道各派门规基本上是大同小异的，这也说明了白道各派在价值观上保持着高度的一致性。

得益于门规的熏陶，行走江湖的白道侠客们无论在装束、表情、气质、口头禅上，都有着惊人的相似性。大体上，男侠像"君子剑"岳不群，女侠像宁中则。这一点与黑道人物大不相同，黑道中人千奇百怪，有的男魔头喜欢着女装，有的女魔头长胡子，还有的魔头喜欢用手走路，比如欧阳锋。

江湖中有些事情很隐秘，需要派内线混入对立阵营中当卧底。据说当卧底最痛苦的事就是无法适应对方的门规。有个名门正派的人混入日月神教，怕大意犯了门规，所以天天小心翼翼地问教众：可以喝酒吗？可以搓麻将吗？……惹得大家都很讨厌他，后来他回到正派，正派的人也很讨厌他，说他沾染了邪教的恶习。也有一个黑道的人物历经千百种考验，终于混入了名门正派，掌门人让他先去背诵门规。门规计有二千一百七十四款，这名黑道卧底立即感到彻底的绝望，服毒自杀了。

现在你明白为什么白道中人对黑道门规痛绝深恨、黑道中人对白道门规深恶痛绝了吧？

《葵花宝典》惹风波

江湖永远是江湖，黑白道纷争不休，永无宁日。黑道中人要称霸武林，白道中人要一统江湖，谁都恨不得吃掉对方。黑道前辈殷殷教育后辈：杀一个白道人物，就是为我们黑道出一口恶气。白道前辈殷殷教育后辈：我辈平生习武，所为何事，除魔卫道耳，黑道奸邪，人人得而诛之。千百年来黑道白道互相征伐，各有死伤，谁也灭不了谁。

黑道的先知后来终于悟出一个真理：江湖的格局从来都是根据武力来分割的，谁的武功天下第一，谁就可以领导武林。不过这个道理白道的先贤早已发现了，但白道人物对外总是宣称：习武之人，武德为先，得道者方得天下。因此，白道上的侠客们也都有一个梦想：成为武林第一流的高手。

成为第一流高手有两个办法：一是自己修习第一流的武功；二是阻止别人修习。黑道的魔头与白道的大侠们无不以此为己任。比如白道人物得了一本武功秘籍，黑道人物总是拼命抢了去，抢不成就绞尽脑汁用苦肉计美人计反间计三十六计偷了去。比如黑道人物在练习某门绝世武术，白道人物得悉后也要兴师动众，上门问罪，顺便将那绝世武术夺过来。千百年来黑白道发生了那么多杀戮，至少有一半就是为了争夺某门武功绝学。

最近江湖上传言绝世武学《葵花宝典》又重现江湖，这个消息让黑白道的人物同时犯了失眠症和高血压。黑道人物几乎倾巢而出，寻找宝典，连从不读书的黑社会少年也成天躲在古籍店，扎进故纸堆里，因为据称《葵花宝典》就记载在前朝一本古籍里。白道人物则迅速发表联合声明，指称《葵花宝典》乃不祥之物，修习者必为奸邪，天下同道务必先于黑道高手之前，将妖书寻出并公开焚毁。不过白道的侠客们私下都希望自己第一个找到宝典，抄下副本，再交公焚毁。黑白道为此拼杀了无数回，但《葵花宝典》一直下落不明。

因为传说凡修习宝典神功，必先挥刀自宫，前朝东方不败自宫练功，不但成为天下第一高手，而且成为天下第一美人。所以江湖上不少心切者尚未寻得宝典，已急不可待先自净了身。据说这些自宫者尽是黑道人物，但不知何故一些白道好汉也成了娘娘腔，当然他们断不会承认自宫一事。

江湖上的女侠和女魔头们更是热切，因为从前朝传下来的说法称，修习《葵花宝典》的武功，有如服用天然雌性激素，可以丰胸细腰，塑身美体，美貌养颜，以致白道上的大侠碰到妖艳的女魔头，总不放过，设法抓回去拷问，以期问出宝典下落。但总问不出结果，大侠们就干脆将她们送到华山劳动改造，因为这些女魔头即使没练《葵花宝典》，但长得太娇艳，美得太邪恶，放出去也难免要蛊惑侠义，祸害武林。

白道的侠女们为示清白，从不敢化妆行走江湖，容貌丑的还可以挺胸走路，容貌俊的还要以污泥抹面，用布条将丰满的胸乳束细，将纤细的腰身缠粗，这样才能避开侠义道的耳目，不致被怀疑练习了《葵花宝典》。

可是许多年过去了,《葵花宝典》仍无下落,大伙儿都不禁有些心灰意懒。一些自宫的人感到无望,干脆跑到朝廷当太监去了。侠义道的侠客们对当初放言《葵花宝典》重出江湖的那些家伙恨得牙痒痒的,扬言非要找出谣言的始作俑者严惩不可。但谁是始作俑者谁也不知道。

后来江湖上又传出"独孤九剑"剑谱出世,黑白道人物又忙着去寻那剑谱了,当然免不了又一番龙争虎斗。江湖永远就是江湖,黑白道纷争不休,永无宁日。

武功的创新

江湖中有许多前辈,武功练到某种程度之后,或者在达到一定年龄后,都想自己创造一门武功,传之后世,以期千古流芳。有个叫独孤求败的家伙,本是无名之辈,身世不见典籍记录,但因为自创了天下无敌的"独孤九剑",所以直至数百年后武林中人提起剑法,言必称独孤氏。

千百年来,武林中高人辈出,武学不断创新、与时俱进,但能以姓氏命名并经得起历史考验的武功,只有两个,一个就是独孤求败的"独孤九剑",另一个是李寻欢的"小李飞刀"。此外,尚有个姓罗名汉的人创造了一套"罗汉绵拳",但后来有人揭发,这并不是原版独创,而是抄袭佛门的拳经,侵犯了佛门武学的知识产权。

不过,这种剽窃事件并不能影响武林前辈们对武学创新的热情。江湖中,因为辈分的新陈代谢,每年都要产生一些前辈,所以江湖中每年都有一些新创的武功问世。这些新创的武功未必很高深，正如那些自创武功的人的武学修为未必很高明。从某个角度来说，武功的创新并不需要特别高的能力，但必须具备相对高的资历，也就是说，必须是取得一定资格的人才允许创造武功、创造出来的武功才能得到承认，这个资格通常与个人能力无关，而是年龄、辈分、职务（掌门人或非掌门人）诸因素的一个综合评估。

江湖中后辈小子的任务是好好学习前辈创造的武功，如果年轻人也去搞武功创新的脑力劳动，会被看作是游手好闲、好逸恶劳的表现。华山派的岳大掌门之所以将大弟子令狐冲看成一个问题少年，就因为令狐冲这个人不实事求是，不好好学习师父传授的武功，偏要与师妹合创什么冲灵剑法，还在如厕时创造一套刺苍蝇的剑术，成何体统？

因为年龄和辈分是评估武功创新资格的重要指标，江湖中有些辈分很高的人都不再做其他事情，专心养老，等到年龄大了，就去创造武功，然后摊派给后辈修习，抽收版税和专利转让费。这些人渐渐多了起来，以致翻新的武功层出无穷，"武"多为患，比如有一个名门正派，原来只有七十二绝技，后来通过不断创新，已发展到七千七百七十二门绝技的规模，令门下弟子练习起来无所适从。特别是自创武功的人一多，难免有一些不合资历的后辈小子混进队伍，造成某种程度的混乱。

因此，武林的首脑决定对武功的创新工作进行统一管理，成立了一个武功创新资历审批委员会，委托五岳剑派代理。以后凡要自创武功的人，必须向五岳剑派递交申请书，填写资历表格，否则创造出来的武功一概不予承认。五岳剑派的工作报告说，这个举措使得武功的创新工作慢慢走上了规范化的道路。

武功修炼了人

江湖中人人都在练习武功，殊不知武功也在练习人。

武功是有性格的，有的武功豪迈，有的武功婉约，有的武功粗鲁，有的武功温柔，有的武功无情，有的武功多情。一般来说，练习了多情的武功，人就变得多情；练习了无情的武功，人就变无情；男人练了温柔、婉约的武功，就懂得怜香惜玉，甚至还会导致娘娘腔；女人练了粗鲁、豪迈的武功，不但性格会男性化，严重者还将出现第二性特征发育不全的倾向。

具体点说，《葵花宝典》的武功是前朝太监创造的，所以就带有太监的行为特征，修习《葵花宝典》的人，无一例外都会变成太监。西域欧阳锋的蛤蟆功练到一定段位后，人就会变胖，前肢变短，后肢变长，嘴巴变阔，双眼突鼓，皮肤会分泌毒素，总之就跟一只癞蛤蟆差不多。而日月神教的吸星大法修炼得久的话，人就变得越来越贪婪，不但敛财，而且集权，任我行最后成了一名大独裁者，便与修习吸星大法有关。

不妨说，每一门武功都有其运转的逻辑，人去练习它，就必须进入它的逻辑，违背这个逻辑，武功就会严厉惩罚练武的人。比如，据说练了童子功的人必须从此保持童子身，否则就会走火入魔。童子功其实并没多大的威力，真不知是什么人物创造出来的，估计又是哪一名前朝太监。不过童子功也有用处。白道中的侠客抓到一些采花大盗之后，有人就提议，最有效的惩罚办法并不是杀了他们，而是强制他们练习童子功，采花贼们一旦练成了童子功，见了女色就只有干着急的份。但这一招比较狠毒，不像是侠义道的行为。

武功的性格化给练武者带来了许多麻烦。打个比方，神雕大侠杨过有一套最厉害的掌法，叫"黯然销魂掌"，是杨过失恋时所创的，创出后这套掌法就具有了失恋的性格，杨过在使用这套掌法时必须始终保持失恋或丧偶的精神状态，要不便无法发挥掌法的威力。这一点弄得杨过苦不堪言，因为他每次与人格斗，都要哭丧着脸，想象着夫人跟哪个小白脸跑了，才能最大限度将武功的精髓发挥出来，有时他已经将对手打败了，但情绪还调整不过来，杨过的夫人小龙女本来就生性忧郁，加上杨过常常苦着脸，夫妻生活便没了情趣。

江湖中许多高手都梦想得心应手地使用武功，但最后都被武功使用了。

江湖的经济问题

江湖中各派势力之消长，尽管与各派武功之高低休戚相关，然而武功毕竟只可逞一时之强，一个门派的经济基础之厚薄，才关乎该门派的基业之兴衰。

孔子曾说，君子喻于义，小人喻于利。黑道中尽是宵小之辈，人人精于经营之道，这些黑道人物组织起来的帮派实际上就是一些经济实体，以拦路抢劫、掘墓盗宝、倒卖文物、收保护费、贩毒造假、开设赌场酒楼旅馆妓院等为业，进行着资本的原始积累。昔日上官金虹组织金钱帮，赤裸裸言钱，引诱天下高手入帮，凡入帮之高人，可获若干股份，年终分红，每月取息。当年金钱帮风头正健，垄断多种行业，俨然是一大市场寡头，持有金钱帮股份，等于持有天下财富，一时间，多少豪杰为金钱所吸引，投入上官氏麾下。

白道中人耻于言利，三句不离义利之辨，对追利逐臭之事，极不以为然。但实际上，白道的大门派千百年来之所以能够保持声名不坠、基业不衰，也有赖效益良好的门户产业支撑，否则早让黑道集团兼并了。你看丐帮以乞为业，吃百家饭，温饱无忧；峨眉派向来香火旺盛，善男信女所捐的香油钱应付日常开支绰绰有余；武当派可以卖些符咒，或帮人家捉捉鬼驱驱邪，赚外快也比较容易。经济来源没问题，丐帮才渐渐成为天下第一大帮，武当派才得以保住武林泰斗的地位。

　　另外一些小门派，既无香油钱，也画不了符咒，更不屑学习黑帮做生意，经济收入毫无保障，只能在江湖上混日子，不但成不了气候，有时还要饿肚子。

　　白道的奇人异士为解决这些小门派的吃饭问题，创造了不少奇妙的功夫，据说练了这些功夫就不用吃饭。其中最著名的一门功夫叫作"辟谷神功"，这是一种极其复杂的内功心法，修炼日久，练功者的消化系统就会逐渐萎缩、退化，味觉慢慢消失，神经系统对食物提不起兴趣，闻美食美味如闻腐臭，出现反胃、欲呕的生理反应。还有一门神功叫作"水知道答案"，据说修炼此功之后，可以只喝水，不用吃饭，运用内功便可以让胃里的水生出各种氨基酸、矿物质、维生素……

　　白道小门派的掌门人对"辟谷神功"与"水知道答案"神功都情有独钟，他们练习了神功之后，就可以底气十足地对黑道人物锦衣玉食、腐化堕落的生活嗤之以鼻了。

江湖"死士"

江湖上有一种特别可怕的人物,就是某些帮派精心培养出来的"死士"。死士之所以可怕,是因为他们的生理结构、思想感情、行为方式都不同于常人,而类似于好莱坞电影《终结者》中的机械杀手。死士能完成种种不可思议的任务,因此许多门派都要培养死士,以备应急之用。

培养死士极费心血,据说要从娃娃抓起。江湖中有一些可怜的儿童,他们出世的任务就是给人当死士,从小就被送到培训基地,接受特别的训练。他们要服用一种特殊的药物,修习一些奇怪的内功心法,这种药物与武功的作用,会使他们的生理结构慢慢发生变化。首先是一些多余的东西,如泪腺、味蕾、神经末梢、生殖器官、控制笑容的肌肉、大脑皮层,会逐渐退化;然后,随着生理的变异,他们的痛觉、情感、思维也逐渐消失,没有七情六欲,没有思考与判断能力。

除此之外,这些未来的死士还要接受严格的思想改造,教员们以不断重复的方式告诉他们:你们是死士,你们活着的意义是服从指令,你们活着的目的是壮烈死去……经过这种思想教育之后,他们的大脑又不会完全退化掉,不至于变成一群无脑的野兽,他们懂得活着的意义和目的,而野兽是不懂的。至此,成品的死士才算成功制造出来,可以出厂了。

许多行走江湖的高手并不惧怕猛兽,却最怕死士。死士接到指令,要杀谁,他就上刀山下火海追杀谁,不达目的决不罢休,一般来说,让死士追杀上了,就只有死路一条了,与死士打,死士不怕打,你砍掉他半条胳膊他也不会痛,被他还刺一刀可就完蛋了,打到最后,死士就搞同归于尽,使出江南霹雳堂的火器,轰的一声，大伙儿都烟消云散。

因为死士太可怕，白道上各帮派一致谴责使用死士的行径，并签订协议禁止制造死士。但还是有组织在秘密培训死士，出于威慑平衡的需要，白道上的门派最后只好也去训练死士了，不过他们不叫"死士"，而叫"敢死队"。

东方不败与岳不群

白道是最讲究克己复礼的，偏偏黑道中人非要为所欲为，所以江湖中，黑道与白道总是互相看不顺眼，比如白道的侠女就很瞧不起黑道的女魔头：长得那么妖艳，打扮得那么花枝招展，作风又那么轻浮，一副媚态，简直不知廉耻。所以行走江湖的侠女发现了那些美艳的女魔头，就恨不得将她们抓起来，在她们的脸上划上几刀，看这群狐狸精还风骚不风骚。

白道的侠女们最瞧不顺眼的还是日月神教的东方不败，因为东方不败自从练了《葵花宝典》之后，变成了一名十分娇艳的女魔头，举手投足，风情万种，千姿百态，女人味十足，让许多粗线条的女侠大感自卑、自愧不如。这东方不败也存心要招女同胞们嫉妒，公然着了性感的女装，涂了口红，描了眉线，还割了双眼皮，不再打理教务，专心学做女红，花绣得比谁都漂亮。后来这东方不败还干脆找了一个叫作杨莲亭的男宠。堂堂男儿落到这般模样，成何体统？

东方不败的招摇与鲜廉寡耻令白道上的女侠男侠一致感到气愤：邪魔外道终究是邪魔外道，什么妖孽都出来了。但对东方不败最嫉恨的人是华山派的君子剑岳不群。岳不群在性别取向上与东方不败差不多,而且已经偷偷做过了简单的变性手术,内心深处也想抹口红、画眉线、割双眼皮,打扮得妖艳夺人,甚至还想将结发妻子宁中则休了。但岳不群是白道中人,还是堂堂掌门人,白道的正宗的女孩子尚且不敢那么放肆地打扮,何况是通过手术的变性人?如果江湖中所有的变性人都只能这么压抑着倒还罢了,凭什么黑道的东方不败又可以公然做起了女人?这很不公平嘛。

岳不群在愤恨之下,便决心吞并五岳剑派,壮大势力,梦想着有一天将日月神教灭了,把东方不败抓起来,用"辟邪剑法"划花他的小白脸,看他还做不做得了女人!

帮派林立

江湖是一个讲究结社、集会自由的地方,江湖中人一旦心血来潮,就跑去登记成立一个什么帮派。当然成立白道组织比较麻烦,要申请,要填表格,要审核,所以白道组织基本上由武当、昆仑、五岳剑派等七大门派垄断。成立黑道帮派最省事,只要有两个人以上就可以申建帮派,当然一个人也可以申建,但一个人的帮派只有掌门没有门徒可使唤,很没意思。

所以江湖中人比较喜欢到黑道上去拉帮结派,渐渐地黑道上便派别林立,各种千奇百怪的教派都出来了。几个木匠寻不到活路,就去组建斧头帮;花农们在农闲季节则创建了一个红花会;一帮盗贼联合起来,就成立了"三只手"协会;有几名采花贼也搞了一个盗香窃玉门,推举楚留香做掌门人,据说楚留香不同意,但楚留香不做自有人做。

一个帮派从一些人手里缔造出来了，缔造者便是掌门人兼开山祖师，可以拥有特权，由他给帮派命名，给帮派订门规，门下弟子全听他号令，他订出再不可思议的规矩，门人都必须遵守。林朝英失恋后，躲到终南山中创建古墓派，这是一个类似于单身贵族俱乐部的组织，专收女弟子，入派的弟子必须终生单身，不得与男人接触。东方不败改组日月神教，规定教众每天诵读"东方教主文成武德千秋万载一统江湖"，教中无人敢不遵，让东方不败感到十二万分的过瘾。

江湖中有许多失意的人，闯荡江湖那么多年了还一事无成，都会想到创立一个什么门派，捞个开山祖师和掌门人当当，告慰余生，过把瘾就死。当年令狐冲落魄潦倒之时，受师妹嫌弃，师门放逐，就想另立门派，还将门规都想好了，规定小师妹必须爱上大师兄。不过令狐冲这个人散漫惯了，终究立不成新门派。

一代情痴的诞生

江湖是一个盛产奇迹的地方。神雕大侠杨过制造了一个惊人的奇迹，成为一代情痴，这是大家想破了脑袋也想不到的事。杨过小时候是一个出了名的小流氓，他的理想就是要像后来的韦小宝一样娶七八个老婆。杨过长大后成为一名花花公子，四处拈花惹草。这是理所当然的事。

但杨过这个人常常有一些惊世骇俗的想法，总想制造一点什么奇闻出来，他与陆无双、程英之间波澜不兴的交往让他感到索然无味，直到他被郭芙砍掉一条胳膊，才感觉爱情有点刺激，不过这还不是十分过瘾，所以他决意追求他的授业老师小龙女——

在大宋时代的江湖，这是多么轰动于世的啊！有一天杨过发现身边的花花公子已经多如牛毛，又下决心要与小龙女厮守终生、痴情到底，以此证明他的与众不同。

尽管看到漂亮的女人时，杨过也会想入非非，并且为这份想入非非的无望而痛苦万分。但这种痛苦同时又让杨过感到悲壮而过瘾。还有比这更刺激的爱情吗？没有人知道杨过爱这绝望、痛苦的感受胜过爱任何人，包括小龙女在内。

江湖中有一些专门为武林人物做排行榜的中介机构，定期或不定期发放各种江湖排行榜，比较出名的有百晓生所作的"兵器谱"，以及根据华山论剑结果发布的"天下五绝榜"，都是按照武功的高低进行排序的。有人提议，老做这些刀光剑影的排行榜太乏味，不如搞搞新意思，弄一个"五绝榜中榜"出来，进入这个"榜中榜"的人必须是一个超级痴情种子。

"榜中榜"做了三届，第一届由欧阳锋中榜，理由如下：王重阳负林朝英，乃是薄情之人，不选；黄药师的妻子冯蘅红颜薄命，黄难辞其咎，不选；洪七终生未娶，怎知情为何物，不选；段智兴三宫六院，用情太滥，不选；唯独欧阳锋敢于冲破禁区，爱上大嫂，情有独钟，不愧是第一等的痴情人物。

第二届上榜名额空缺，本来郭靖可以入选，但郭靖不重视儿女私情，最后还是落榜，而周伯通对瑛姑始乱终弃，薄情寡义，更不可选。

第三届"榜中榜"出来，杨过名列榜首。这个往日的花心大萝卜一赌气，于是就成为天下第一等痴情的一代大情圣了。

江湖其实就是一个大赌场，赌气赌一把，什么奇迹都可以赌出来。